Herbstwege

Buchinhalt

Manchmal braucht man eine Auszeit, um wieder klar zu sehen.

Nach dem Tod der Mutter herrscht zwischen den Schwestern Helen und Irene Funkstille. Das Erbe hat sie auseinandergebracht.

Helens Mann Daniel hat genug vom Familienzwist und bricht nach Mallorca auf, wo er über seine Zukunft nachdenken möchte. Seine Frau reist gekränkt nach Sylt zu ihrer Freundin Marlene. Kann sie ohne Schwester und Ehemann noch einmal von vorn beginnen? Welches Geheimnis umgibt Marlenes Partner und was passiert, wenn das Schicksal einem dazwischenfunkt?

Eine Geschichte über Fehler und den Mut, verzeihen zu können.

Nach dem Erfolg von „Konfetti im Winter" der zweite Sylt-Roman der Autorin.

Die Autorin

Katharina Mosel ist in Hamburg geboren und aufgewachsen in einem kleinen Dorf in Schleswig-Holstein. Der Liebe wegen ist sie nach dem Studium ins Rheinland gezogen. Heute lebt sie mit ihrem Ehemann in Köln. Hauptberuflich arbeitet sie als Anwältin im Bereich des Familienrechts und des Erbrechts in einer eigenen Kanzlei.

2016 schrieb sie zusammen mit ihrer Cousine Janine Achilles das Buch „Paragrafen und Prosecco – Justitia und das wahre Leben". Das Schreiben brachte viel Freude und die Erkenntnis, dass sie weiterschreiben wollte.

2017 erschien „Vier Mal Frau", eine heitere Geschichte über Veränderung. Nach „Konfetti im Winter" und „Sommergolf" ist „Herbstwege" ihr vierter Frauenroman. Ein Ende der Schreiblust ist nicht abzusehen.

Weitere Informationen unter: katharina-mosel.de

Katharina Mosel

Herbstwege

Ein Sylt-Roman

Bibliografische Information der Deutschen Nationalbibliothek:
Die Deutsche Nationalbibliothek verzeichnet diese Publikation in der
Deutschen Nationalbibliografie; detaillierte bibliografische Daten sind
im Internet über dnb.dnb.de abrufbar.

© Cover- und Umschlaggestaltung: Laura Newman –
design.lauranewman.de
© Entenlogo: Laura Newman – design.lauranewman.de
Lektorat: Eva Maria Nielsen, www.lektoratderrotefaden.de
Buch-Innengestaltung: buchseitendesign by ira wundram,
www.buchseiten-design.de
Druck: Custom Printing, Wał Miedzeszyński 217, PL-04-987
Warszawa, Polen
Bestellung und Vertrieb: Nova MD GmbH,
Raiffeisenstraße 4, D-83339 Vachendorf, Deutschland

ISBN: 978-3-96698-843-8

1

Ein Geräusch schreckte Helen auf. Sie zuckte zusammen und hätte fast den Inhalt des Bechers verschüttet, der neben der aufgeschlagenen Tageszeitung stand. Der Kaffee war längst kalt. Hatte Charlie draußen etwas umgerissen? Der Hund liebte es, in Mülltüten zu stöbern.

Sie erhob sich mit einem Seufzen. Ihr Blick streifte die Wanduhr, die über dem Gewürzregal hing. Halb zehn, du lieber Himmel. Sie war doch eben erst aufgestanden.

„Charlie", rief sie und stützte sich mit einer Hand am Tisch ab. „Wo bist du? Komm sofort her."

Keine Reaktion. Sie schlurfte zum Eingang und warf einen Blick in den langgestreckten Flur Richtung Haustür. Die beiden Tüten mit Müll, die darauf warteten, nach unten gebracht zu werden, standen an derselben Stelle wie gestern Abend. Warum hatte Daniel den Abfall nicht entsorgt? Vom Yorkshire war nichts zu sehen, vermutlich lag er verbotenerweise im Schlafzimmer auf dem Bett. Müde wischte sie sich mit der Hand über die Augen. Ein paar Minuten ausruhen. Vor heute Nachmittag brauchte sie in der Boutique nicht zu erscheinen. Vormittags kam Nicole allein zurecht. Den Rest des Tages im Grunde auch. In den letzten Monaten war sie wahrlich keine Hilfe gewesen.

„Charlie", rief sie erneut und ging am Wohnzimmer

vorbei bis zum Ende des Gangs. Die Schlafzimmertür war geschlossen. Merkwürdig. Helen ließ normalerweise alles auf, die Luft sollte zirkulieren. Eine Marotte, die sie von ihrer Mutter geerbt hatte und die Daniel in den Wahnsinn trieb. Er achtete akribisch darauf, Türen zu schließen. Im Winter mit dem Kommentar, dass sie nicht für den Flur heizten.

Hinter der Tür scharrte es. Ob sich der Hund aus Versehen selbst eingesperrt hatte? Helen drückte die Klinke behutsam nach unten, um Charlie nicht zu verletzen. Wie erwartet, lauerte er dahinter und sprang an ihr hoch, sobald sie in das Zimmer trat.

„Was machst du hier?", sagte sie und beugte sich zu dem Fellknäuel hinab. Der Hund fiepste und wedelte mit seinem Schwanz. Erleichtert, dass er nicht mehr allein war. Helen kraulte ihn und überlegte, sich doch noch einen Augenblick hinzulegen. Auf keinen Fall länger. Sie näherte sich dem geräumigen Doppelbett, Charlie hüpfte vor ihr auf und ab. Warum lag die blaue Reisetasche auf der Decke? Zur Hälfte gepackt mit Poloshirts und Baumwollhosen. Helen durchforstete ihr Gehirn. Wollte Daniel verreisen? Geschäftlich? Wieso benutzte er nicht den Kleidersack, in dem man Anzüge knitterfrei transportierte? Welche Anzüge? Das waren alles Freizeitklamotten. Sie schüttelte den Kopf und nahm das Tier auf den Arm. Charlie schmiegte sich an ihre Brust. Ob er ihre Verwirrung merkte? Hunde hatten ein Gespür für Stimmungen. Wann immer ein Koffer gepackt wurde, blieb er dicht beim Gepäck, aus Angst, vergessen zu werden. Sie strich mit der Hand über die rote Jeans, die oben auf dem Stapel lag. Ihre Lieblingshose. Daniel hatte die auf ihre Initiative hin gekauft. *Denkst du nicht, dass diese*

Farbe für mich zu jugendlich ist? Für ausdrucksstarke Töne ist man nie zu alt.

Was hatte sie verpasst?

Mit Charlie auf dem Arm schritt sie zurück in die Küche, wo sie den Hund vor seinen Näpfen absetzte. Der Yorkshire tauchte seine Schnauze in den Wassernapf und ein schlabberndes Geräusch durchschnitt die Stille. Helen goss den Kaffee in den Ausguss. Sollte sie noch schnell einen Kaffee trinken? Besser nicht, sie war aufgeregt genug. Ihr Herz klopfte lauthals, und sie tastete mit der rechten Hand nach dem Puls. Zu schnell. Und wenn sie Daniel im Büro anrufen würde?

Schlechte Idee. Die Kommunikation zwischen ihnen war derzeit schwierig. Sie war verantwortlich. Endlich abschließen mit der Trauer und den ewigen Vorwürfen. Irene lebte über vierhundert Kilometer entfernt. Wenn die Schwester sich weigerte, sie zu sehen, war es eben so. *Keine endlosen Diskussionen mehr,* Originalton Daniel. Ihr Mann hatte die Nase voll von ihr. Helens Augen wurden feucht. Sie schluckte. Jetzt bloß nicht wieder heulen. Schau nach vorn. Daniel hatte recht, sie würde ab sofort damit anfangen zu vergessen. Wohin wollte er mit der Reisetasche?

Charlie schoss in den Flur, Sekunden später hörte Helen, wie sich die Haustür öffnete. „Hallo Hund", ertönte die kraftvolle Stimme Daniels. „Wenigstens einer, der sich immer wieder aufs Neue freut."

Sie hastete zum Küchentisch und setzte sich, schob die Zeitung zu sich hin. Was machte Daniel um diese Uhrzeit hier? Normalerweise war er in seinem Büro. Die Zeilen verschwammen vor ihren Augen. Sie bemühte sich, den Text zu verstehen. Irgendetwas mit Fußball. Ein Foto von jubelnden Menschen vor irgendeinem Stadion. Daniel trat in die Küche. Helen hob den Blick. Er nickte ihr, ohne zu lächeln, zu, öffnete den Kühlschrank und goss sich ein Glas Orangensaft ein.

„Seit wann interessierst du dich für Sport?", fragte er und stellte sich so nahe an sie heran, dass sie sein Rasierwasser roch. Ein Hauch von Sandelholz und Moschus. So vertraut.

„Arbeitest du heute nicht?"

„Nein." Daniel setzte sich an den Tisch und fuhr sich mit den Händen durch die Haare. „Wir müssen reden."

Helens Magen verkrampfte sich. Würde er sie verlassen? Hatte er eine andere Frau gefunden? Eine, die nicht mit so vielen Problemen zu kämpfen hatte?

„Jetzt?"

„Ja, jetzt."

Unter dem Tisch kniff sie sich mit den Nägeln der rechten Hand in den linken Handteller, bis es wehtat. Bloß nicht anfangen zu weinen. Helen zwang sich, ihrem Mann ins Gesicht zu sehen. Entdeckte sie einen Hauch von Mitleid in seinem Blick? Sie räusperte sich. „Fährst du weg?"

„Ja. Ich brauche Zeit nur für mich." Er seufzte. „Ich zieh für einige Wochen nach Mallorca. In Lutz' Wohnung. Die in Palma."

„Aha." Sie drückte die Fingernägel stärker in die Haut.

Daniel legte seine Brille vor sich ab. Er wischte sich über die Augen und massierte seine Kopfhaut. Sein schmaler goldener Ehering blitzte am linken Ringfinger auf.

„Ich brauch eine Auszeit."

„Aha."

„So kann es nicht weitergehen."

„Aha." Helen schmeckte Magensäure, gleichzeitig klopfte ihr das Herz bis zum Hals.

„Ist das alles, was du dazu sagst?"

„Fährst du allein?"

Daniel schob sich die Brille wieder auf die Nase. „Hast du mir in den vergangenen Monaten auch nur einmal zugehört?"

Sie fröstelte und beugte sich zu dem Hund hinunter, der sich auf ihren Füßen niedergelassen hatte. Mit zitternden Händen strich sie ihm über das Fell. Charlie drehte sich auf den Rücken und ließ sich von ihr den Bauch kraulen. Minutenlang sprach niemand.

„Glaubst du ernsthaft, dass ich eine Affäre habe? Du solltest mich eigentlich besser kennen", sagte Daniel beleidigt. „Ich bin ausgebrannt und will so nicht weiterleben. Bald bin ich sechzig, ich werde nicht mehr so viel arbeiten. Du weißt, dass ich seit Jahren den Plan habe, vorzeitig aufzuhören. Dafür habe ich so geschuftet. Für uns. Jetzt bin ich mir nicht sicher, ob es überhaupt noch ein ‚Uns' gibt."

Helen richtete sich schwerfällig auf. Ihre Hände zitterten, sie verbarg sie unter dem Tisch. Nur keine Schwäche zeigen.

„Wie lange bleibst du weg?"

„Weiß nicht. Du kannst mich jederzeit anrufen. Ich melde mich ab und zu. Ansonsten …" Daniel sah auf seine zusammengepressten Hände.

„Ansonsten soll ich dich in Ruhe lassen."

Daniel sprang auf, eilte zum Fenster und sah hinaus. Charlie folgte ihm auf dem Fuße und versuchte knurrend, sich mit der Schnauze an seiner Hose festzubeißen. Daniel hob sein Bein und schüttelte ihn ab. „Du hörst ja nicht auf meinen Rat, leider. Nimm auch eine Auszeit", sagte er nach einigen Minuten. „Vielleicht schaffst du es endlich, dir professionelle Hilfe zu suchen. Schließ mit deiner Familie ab oder versöhn dich mit Irene. Eins von beiden, das ist mir egal. Sonst weiß ich nicht, ob wir eine gemeinsame Zukunft haben. Ich werde so nicht weiterleben." Seine Schultern zuckten. Ob er weinte? Sollte sie ihn trösten? Warum? Sie war diejenige, die die Mutter verloren hatte. Ihre Schwester hatte das Erbe an sich gerissen und verweigerte ihr den Zutritt zum Elternhaus. Und nun verließ er sie, weil sie es nicht schaffte, über diese Ungerechtigkeit hinwegzukommen. Verkehrte Welt.

Helen starrte auf das von einem voluminösen Blattgoldrahmen umgebene leuchtende Lavendelfeld. Ein Ölbild, was sie beide in einem längst vergessenen Frankreichurlaub auf einem Flohmarkt entdeckt hatten. Sie räusperte sich und blinzelte, um die Tränen zurückzudrängen. „Mach das, was du glaubst, tun zu müssen. Ich halte dich nicht auf. Im Notfall hat das Büro sicher deine Adresse."

„Du brauchst mein Office nicht zu bemühen. Ich habe dir die genaue Anschrift auf den Sekretär im Wohnzimmer gelegt."

Warum klang seine Stimme auf einmal so kalt?

„Wann geht dein Flug?"

„In drei Stunden. Ich rufe mir ein Taxi."

„Dann hast du ja alles bestens geregelt und kommst ohne mich zurecht. Ich wünsch dir einen angenehmen Aufenthalt." Helen wandte sich um und ging aus der Küche. Jetzt nicht zusammenbrechen. Dafür war Zeit, sobald sie wieder allein war.

2

Das Taxi war innerhalb von zehn Minuten da. Daniel warf die Tasche auf die Rückbank, bevor er sich in den Ledersitz fallen ließ. „Zum Flughafen bitte."

„Klaro."

Der Mercedes beschleunigte. Daniel wischte die feuchten Hände an der Jeans ab. Geschafft. Bis zuletzt war er nicht sicher gewesen, ob er das tatsächlich durchziehen würde. Ohne die Hilfe von Lutz hätte er es nicht gemeistert. In den vergangenen Tagen hatte er stundenlang mit seinem langjährigen Kanzleipartner diskutiert. Sollte er Helen zurück in Hamburg lassen? Was würde sie tun? Er erinnerte sich nicht daran, wann er zuletzt allein Urlaub gemacht hatte. War das hier überhaupt eine Ferienreise? Es ging immerhin um seine Ehe. Stimmt nicht, korrigierte er sich selbst. Es betraf sein Leben. Seine Zukunft.

„Wo geht's denn hin? Hoffentlich haben Sie da besseres Wetter."

„Hoffe ich auch", brummte Daniel. Der Taxifahrer drückte auf die Hupe, um die Fahrerin des Minis aufzuschrecken, der vor der grün gewordenen Ampel stand.

„Sehen Sie sich das an. Total unfähig. Schleichen durch den Stadtverkehr und wundern sich dann, wenn andere Unfälle bauen." Der Mann gestikulierte mit beiden

Händen. Daniel schloss die Augen. Bloß keine Diskussion mit Taxifahrern anfangen. Da zog man immer den Kürzeren. Er murmelte etwas Zustimmendes und sank tiefer in den Sitz.

„Sie brauchen dringend Erholung, was?", prasselte es erneut auf ihn ein. „Stress im Job oder Stress daheim?"

„Keins von beiden", sagte Daniel. „Hab nur schlecht geschlafen."

„Kenn ich. Zu heftig gebechert, was?"

Mein Gott, musste er ausgerechnet auf einen Taxifahrer treffen, der Sabbelwasser getrunken hatte? Auf einmal sehnte er sich nach dem Süden. Zuerst würde er sich in Palma eine Bar suchen, um im Sonnenschein ein Glas Weißwein zu trinken. Am besten gleich eine ganze Flasche. Dazu Tapas.

„Ich kenn das. Passiert ja jedem mal. Sie werfen am Flughafen einen großen Becher Kaffee ein, dann klappt's schon. Es stört doch nicht, wenn ich Musik mache, oder?" Kurze Zeit später erscholl Reggae aus den Lautsprechern, die Bässe wummerten.

„Bitte, geht es etwas leiser?"

„Ach ja, sorry, Mann, klaro."

Der Rest der Fahrt verlief schweigend. Es nieselte. Daniel verfolgte die herablaufenden Tropfen auf der Windschutzscheibe. Bis Weihnachten waren es dreieinhalb Monate. Ob er dann wieder zurück war? Wieso dachte er an das Weihnachtsfest? Wegen der Familie? Die Wohnung in Palma war bis auf Weiteres nicht vermietet. Er konnte so lange bleiben, wie er Lust hatte. *Und wenn ich gar nicht mehr zurückkomme? Dann eröffnen wir eine Zweigstelle in Spanien,* hatte Lutz gesagt. *Mach dir keine Sorgen, Alter, du hast eine Auszeit verdient. Wir wollten doch sowieso die Arbeitszeit reduzieren. Sollen die Jungen mal zeigen, was sie draufhaben.*

✳ ✳ ✳

Am Flughafen gab Daniel dem Taxifahrer ein zu hohes Trinkgeld. Er schnappte seine Tasche und bahnte sich den Weg durch die Menschenmasse in der Abflughalle, bis er vor dem Check-in angekommen war. Hinter einer Familie mit zwei Kindern reihte er sich ein. Die Mutter trug vor der Brust ein bunt gestreiftes Tragetuch, der Blondschopf eines Säuglings lugte hervor. Neben ihr hielt ein Mann einen kleinen Jungen an der Hand. Der hüpfte von einem Bein auf das andere und plapperte vor sich hin. Der Vater beugte sich zu der Frau und küsste sie auf den Mund, gleichzeitig strich er über den Kopf des Babys. Daniel ließ seine Reisetasche zu Boden fallen und schubste sie mit dem Fuß ein Stück vor. Er zwinkerte dem Knirps zu. Der runzelte die Stirn und sah ihn mit blauen Kulleraugen an, bevor er sich ruckartig umwandte. Sophie und Ben. Als die klein waren, konnten Helen und er sich Flugreisen nicht leisten. Urlaube an der Nordseeküste, entweder in Dänemark oder auf einer der Inseln, waren die Regel. Inzwischen besaßen Helen und er ein Appartement auf Sylt, das meistens vermietet war. Schon lange her, dass sie dort Sommerurlaube verbracht hatten. Über Weihnachten und Silvester flohen sie oft auf die Insel. Zur Weihnachtsparty am Heiligen Abend lud Marlene sie ein, die in Wenningstedt in einem uralten Reetdachhaus wohnte. Die Kinder waren nur selten mit dabei. Sie lebten in Partnerschaften und wollten an ihren freien Tagen nicht bei den Eltern herumhängen. Das war in Ordnung. Die Zeit verging so rasch. Ob er bald Großvater werden würde?

Die Schlange schob sich ein paar Meter vor. Hier und jetzt, darauf kam es an. Niemand wusste, wie viel Zeit einem blieb. Warum begriff Helen das nicht?

„Sie sind dran." Eine genervte Stimme durchbrach von hinten sein Gedankenkarussell. Die Familie vor ihm war nicht mehr zu sehen. Daniel fischte die Brieftasche aus dem Rucksack und legte seinen Ausweis auf den Schalter.

„Wo geht's denn hin?", fragte ein gelangweilter Mitarbeiter, ohne hochzublicken.

„Nach Palma de Mallorca."

„Eine Bordkarte haben Sie nicht?"

„Nein, sorry. Habe total vergessen, vorher einzuchecken."

„Okay, dann muss ich sehen, wo ich etwas für Sie finde. Der Flug ist ausgebucht, ich habe nur Plätze in der Mitte.

„Hauptsache, ich komme mit."

Der Mann händigte ihm die Bordkarte aus und wünschte einen guten Flug. Daniel schlenderte in Richtung der Sicherheitskontrolle und fand sich kurze Zeit später im Duty-free-Bereich wieder. Fünfundvierzig Minuten bis zum Abflug. Was hatte der Taxifahrer gesagt? Ein Becher Kaffee würde helfen. Ihm war nach etwas Stärkerem zumute. Er musterte die Phalanx der Whiskeyflaschen. Sollte er Helen vor dem Start anrufen? Auf gar keinen Fall. Er wählte die Nummer von Sophie und lauschte ungeduldig dem Freizeichen. Vermutlich war sie im OP. Bei Ben brauchte er es gar nicht zu versuchen; der war als Headhunter bundesweit unterwegs und tagsüber nie zu erreichen. Er verschob die

Telefonate auf den Abend. Oder auf morgen. Helen würde die Kinder sicher über seinen Ausbruch informieren.

✳ ✳ ✳

Am Zeitungskiosk ignorierte er die Tageszeitungen und betrachtete stattdessen die Thriller. Endlich würde er Zeit zum Lesen haben. Wahllos griff er nach fünf Büchern, die vom Cover her blutrünstig aussahen. Ablenkung war nützlich. Wenn er sich in seine neue Situation eingefunden hatte, war Muße genug für tiefsinnige Romane. Deutsche Buchhandlungen gab es in Palma schließlich auch. Und wer sagte überhaupt, dass schwere Kost notwendig war? Komplizierte Texte hatte er berufsbedingt zuhauf gelesen. Gewöhn dich daran. Die nächsten Wochen bestimmst nur du, was Sache ist. Wenn dazu Thriller gehören, umso besser.

✳ ✳ ✳

Hinter ihm schloss der Steward die Tür des Flugzeugs. Eine Flugbegleiterin fing an, die Klappen der Gepäckfächer zu schließen. Er schlängelte sich an ihr vorbei und hastete, bepackt mit seiner Büchertüte und der Flasche Whisky, die er beim Aufruf des Boardings gekauft hatte, zu seinem Platz in der letzten Reihe. Am Fenster und Gang saßen zwei ältere Damen, die über den freien Sitz hinweg in ein Gespräch vertieft waren.

„Entschuldigen Sie bitte", sagte Daniel, die beiden Köpfe fuhren auseinander. „Wenn Sie mögen, setzen Sie sich doch nebeneinander, ich sitze gern außen." Genau genommen war der Gangplatz sein Lieblingsplatz, es flog sich besser mit ausgestreckten Beinen.

„Wie aufmerksam von Ihnen, junger Mann", antwortete die Frau am Fenster, die eine hellblaue Lesebrille über ihre schneeweißen, kurz geschnittenen Haare geschoben hatte. Auf ihrem Schoß lag ein dicker Schmöker. „Emilia und ich haben uns aber extra so weit auseinandergesetzt, damit wir nicht die ganze Zeit schnattern." Sie gluckste. Er schätzte sie auf mindestens achtzig. Pech gehabt, es blieb beim unbequemen Mittel-platz.

„Kommen Sie, ich stehe mal kurz auf." Emilia benötigte ein paar Sekunden, bis sie ihren Anschnallgurt gelöst hatte. Sie stützte sich mit den Händen auf der linken Armstütze auf, bevor sie sich schwerfällig erhob.

„Darf ich Ihnen behilflich sein?"

„Danke, nicht nötig. Ich schaffe das schon. Es dauert nur. Hatte ich eben gesagt, dass ich kurz aufstehe?" Sie kicherte und schob sich an ihm vorbei. Dabei fiel ein Buch hinunter. Er bückte sich, das Cover kam ihm bekannt vor. Das gleiche Teil hatte er erstanden.

Emilia trug eine rote Baseballkappe, farblich abge-stimmt auf ihre Hose, die sie bis über die Ohren gestülpt hatte. Genau wie ihre Freundin war sie äußerst farben-froh gekleidet: in eine rot-gelbe Bluse mit bedruckten Schmetterlingen. Sie bevorzugten wohl denselben Designer. Bei der Frau auf dem Fensterplatz waren Insekten in Blau- und Türkistönen auf den Kleidungs-stücken zu sehen.

Daniel verstaute Rucksack und Tüte im Gepäckfach, einen der Thriller behielt er in der Hand. Er zwängte sich in den Mittelsitz und schnallte sich an. Glücklicherweise dauerte der Flug nicht so lange. Wieso hatte er sich nicht rechtzeitig um einen komfortableren Platz gekümmert?

Die Stewardess half Emilia, sich wieder anzuschnallen. Geräuschvoll schloss sie die obere Klappe, der Flieger rollte in Richtung Startbahn. Daniel hoffte, dass er den Flug verschlafen würde. Gestern Nacht hatte er sich im Bett hin- und hergewälzt, den leisen Schnarchtönen von Helen gelauscht.

„Reisen Sie geschäftlich oder machen Sie Urlaub?"

„Emilia, der Mann hat einen Ehering und ist allein im Flugzeug. Natürlich dienstlich", schallte es von rechts in sein Ohr. Heute war offenbar sein absoluter Glückstag. Jeder wollte mit ihm ins Gespräch kommen. Jeder, außer Helen.

„Das weißt du doch gar nicht, Dorothea. Vermutlich sitzt die Dame ein paar Reihen vor uns. Haben wir doch schon erlebt, dass es nicht mit Plätzen nebeneinander geklappt hat."

„Er ist allein eingestiegen."

Es nützte nichts, Daniel öffnete die Augen. Die Maschine beschleunigte, über ihm ratterte es. Jetzt hob der Flieger ab. Daniel wurde in den Sessel gedrückt. Die Kiste stieg, und es wackelte heftig. Ein Grund, warum er nicht gern hinten im Flugzeug saß.

„Stör den Herrn nicht", sagte Dorothea. „Vielleicht hat er Flugangst. Er sieht auf einmal ganz blass aus."

„Kann man Ihnen helfen?" Es roch nach Lavendel. Emilia beugte sich zu ihm hin. „Soll ich die Stewardess rufen? Die Spucktüte ist vorn in der Klappe."

„Ach was, ich bin nur etwas müde." Daniel drehte sich zu ihr um. Sein Blick fiel auf den Roman. „Wir haben denselben Geschmack, ich habe mir vorhin das gleiche Buch gekauft."

„Wirklich? Ich liebe Karin Slaughter. Keine schreibt so spannend wie sie. Und dabei immer aktuell am Puls der Zeit. In diesem wird Sara entführt, und es geht um ein Neonazi-Netzwerk, das …"

„Jetzt verrate doch nicht den ganzen Inhalt!"

„Huch. Entschuldigen Sie bitte, das war keine Absicht."

„Kein Problem, jetzt bin ich neugierig." Daniel griff nach seinem Exemplar. Eventuell würde das den Rede-schwall von links bremsen.

„Mir ist das zu blutig. Ich bevorzuge Romantik." Dorothea schwenkte ihren Wälzer, dabei verzogen sich die dunkelrot geschminkten Lippen zu einem breiten Lächeln. „Das Leben ist schon kompliziert genug, da muss ich wenigstens in meinen Büchern eine heile Welt haben."

„Ich entspanne mich bei Thrillern am besten", sagte Daniel zu seiner eigenen Überraschung.

„Lovestorys sind ja nun auch wirklich nichts für Männer", sagte Dorothea resolut.

„Sie denken, dass wir alle unromantisch sind?"

„Das habe ich nicht behauptet, junger Mann. Mein Hubert, Gott hab ihn selig, war ein äußerst romantischer Kerl. Er hat mir jede Woche eine rote Rose geschenkt und nie einen Hochzeitstag vergessen."

„Du vergisst seine Affären, meine Liebe." Emilia lehnte sich nach vorn und sah ihre Freundin an. Auf Daniel wirkte sie wie ein Habicht, der sich auf die Maus stürzte.

„Das eine hat doch mit dem anderen nichts zu tun." Dorothea grinste Daniel weiterhin an. Die Anschnall-zeichen erloschen. Die Stimme der Flugbegleiterin wies darauf hin, dass man wegen möglicher Turbulenzen den Sicherheitsgurt geschlossen halten sollte.

„Papperlapapp!" Dorothea öffnete den Verschluss. „In meinem Alter macht man sich keine Sorgen mehr um Turbulenzen. Im Gegenteil: Ich wäre froh, wenn ich etwas Aufregendes erleben würde."

Daniel beschloss zu schweigen.

„Das ist so typisch", kreischte Emilia. „Wer kümmert sich nachher um dich, wenn es schiefgeht? Ich natürlich."

„Machen Sie Urlaub auf Mallorca?" Bevor die beiden übereinander herfielen, würde er lieber Konversation betreiben. Die paar Stunden käme er noch ohne Schlaf aus. Und ohne Buch.

Sie fingen wie auf Kommando an, herzhaft zu lachen. „Wo denken Sie hin, junger Mann", sagte Dorothea. „Emilia und ich leben auf Mallorca, wir waren nur besuchsweise in Hamburg. Ab und zu muss man sich mal bei Kind und Verwandtschaft sehen lassen. Sonst sind die beleidigt."

„Ach …" Daniel war verblüfft. „Darf ich fragen, wo Sie auf der Insel wohnen?"

„Fragen dürfen Sie alles." Dorothea sah ihn verschmitzt an. Ihre grünen Augen leuchteten.

„Jetzt hör schon auf, den netten Herrn zu provozieren", schaltete sich Emilia ein. „Wir haben seit vielen Jahren ein Haus bei Llucmajor. Dort verbringen wir die meiste Zeit. Nur wenn wir die jährliche Kreuzfahrt unternehmen oder Familie und Freunde in Hamburg besuchen, sind wir nicht auf der Insel."

„Du musst ihm doch nicht gleich unser ganzes Leben erzählen."

„Ich finde das äußerst interessant." Und es stimmte. Zwei alte Damen, die auf Mallorca lebten, Schiffsreisen unternahmen und sich ab und zu bei der Verwandtschaft blicken ließen. Wer hätte das gedacht?

„Was führt Sie denn auf unsere Insel?", fragte Emilia.

„Ich ... äh, ich gönne mir eine kurze Auszeit. Ein paar Wochen ohne Job und ..."

„Ohne Ehefrau", sagte Dorothea.

Daniel nickte. „Ohne Familie. Ich brauche ein wenig Zeit für mich." Wieso erzählte er das zwei fremden Frauen? Normalerweise war er nicht so redselig. Egal. Er würde sie nach diesem Flug nie wiedersehen.

„Wenn es Ihnen zu einsam wird, kommen Sie bei uns vorbei. Wo werden Sie wohnen? Ich schreib mal unsere Adresse auf." Emilia beugte sich zu ihrer Handtasche, die sie unter dem Sitz verstaut hatte. Dabei fiel das Buch zu Boden.

„Äh", stieß Daniel hervor. „Das ist ..."

„Der will seine Zeit sicher nicht mit zwei ollen Schachteln verbringen", sagte Dorothea.

„Wenn ich in der Gegend bin, komme ich Sie gern besuchen."

„Siehst du", antwortete Emilia, die in ihrer Tasche herumkramte. „Ich finde meinen Kuli nicht."

„Was darf ich Ihnen zu trinken anbieten?" Der Steward strahlte sie hinter seinem Getränkewagen an.

„Haben Sie etwas zu schreiben?" Emilia schloss den Reißverschluss. „Ich muss dem Herrn neben mir unsere Adresse notieren."

Der Flugbegleiter, ein Sonnyboy mit einem Glitzerstein im Ohr, wirkte verunsichert. Überlegte er, ob es sich bei Daniel um einen Betrüger handelte? Einen Gauner, der hilfsbedürftige Seniorinnen ausraubte?

„Lassen Sie nur", winkte Daniel ab. „Ich hab einen Stift

in meinem Rucksack." Vielleicht vergaß Emilia ihre Idee bis zur Landung.

„Nix da, nachher verbummeln wir das. Junger Mann, Ihren Kugelschreiber bitte. Und einen Zettel. Was wollen wir trinken?"

„Ich gebe einen aus. Wie wäre es mit einem Glas Sekt? Wir könnten auf unsere neu gewonnene Bekanntschaft anstoßen." Daniel zwinkerte dem Steward zu, der hektisch ein Stück Papier von einem Block abriss. Eigentlich war das Prickelwasser nicht sein Getränk. Die Situation fing aber an, ihm Spaß zu bereiten.

„Nix da, ich zahle." Emilia holte aus ihrer abgegriffenen gelben Ledertasche ein ebenso gelbes Portemonnaie hervor.

Der Sonnyboy kapitulierte und fischte aus einer der Schubladen drei Piccolos heraus. Zusammen mit den obligatorischen Plastikbechern reichte er die Fläschchen Daniel und sagte von oben herab. „Als Gentleman übernehmen Sie sicher das Einschenken."

Emilia zahlte und kritzelte ein paar Zeilen auf das Papier, bevor sie den Stift zurückgab. „Wenn Sie nicht im Dienst wären, würde ich Sie ebenfalls einladen."

Auf den Mund gefallen war sie nicht. Darin glich sie dieser Dorothea, die bereitwillig den gefüllten Becher von Daniel entgegennahm.

„Auf das Leben", rief sie aus und stieß über den Schoß von Daniel hinweg mit Emilia an.

Er goss sich etwas Sekt ein. „Auf meine charmanten Reisebegleiterinnen."

„Hier ist unsere Adresse mit Telefonnummer. Wenn Sie sich nicht melden, bin ich beleidigt." Emilia schob ihm das Papier hin.

„Herr ... wir kennen gar nicht Ihren Namen." Dorothea runzelte die Stirn.

„Richtig, wie unhöflich von mir. Ich bin Daniel Jakobi aus Hamburg."

Dorothea nickte gnädig. „Herr Jakobi hat sicherlich anderes im Sinn, als uns zu besuchen."

„Ich bin Emilia, und das ist Dorothea. Die Nachnamen sparen wir uns. In unserem Alter ist das nicht wichtig."

„In Ordnung, ich bin Daniel. Wenn ich in der Gegend bin, komme ich vorbei." Wie oft lügt der Mensch am Tag? Da kam es auf eine weitere Unwahrheit nicht mehr an. Emilias Augen leuchteten unter ihrer Kappe. Dorothea hustete.

„Sie werden sich vermutlich Mühe geben, gar nicht erst nach Llucmajor zu kommen. Obwohl es ein hübsches Städtchen ist." Sie schwenkte den Becher. Daniel goss ihr erneut ein. War er so einfach zu durchschauen?

„Dorothea ist eher der pessimistische Typ. Hören Sie nicht auf sie." Emilia wedelte mit der rechten Hand in Dorotheas Richtung. „Ich backe einen Mandelkuchen, wenn Sie sich vorher ankündigen. Alle Männer lieben meinen Kuchen."

„Jaja", brummte es von der anderen Seite.

Die beiden verhielten sich wie ein eingespieltes Ehepaar. Daniel trank hastig von dem Sekt und hätte sich beinahe verschluckt.

„Was machen Sie beruflich?", fragte Dorothea. „Ich meine, wenn Sie sich nicht gerade eine Auszeit nehmen?"

„Jetzt bist du es doch, die neugierig ist. Sie müssen uns das nicht verraten."

„Ich bin Steuerberater."

„Ein Zahlenschubser, auch das noch. Verstehe, dass Sie eine Pause von dem Job brauchen."

Dorothea schob sich die Lesebrille ins Gesicht und öffnete ihr Buch.

„Du bist wirklich unmöglich", sagte Emilia. „Kein Wunder, dass du bei deinen Schülern nicht beliebt warst."

„Papperlapapp. Beliebtheit war nie mein Ziel, davon kann man sich nichts kaufen. Heutzutage sind alle verweichlicht. Ich sage nur ‚Helikopter-Eltern'." Dorothea blätterte demonstrativ einige Seiten um.

„Sie waren Lehrerin?"

„Fast vierzig Jahre im Schuldienst, ja. Ich übrigens auch", sagte Emilia.

„So lange hält heute niemand mehr durch." Dorothea schaltete sich wieder in das Gespräch ein.

„Welche Fachkombinationen haben Sie unterrichtet?"

„Ich habe Kunst und Sport gelehrt,", sagte Emilia und lehnte sich zu ihm hin. „Meine Freundin Deutsch und Geschichte. Sofort nach der Pensionierung sind wir nach Mallorca gezogen."

„Und Ihre ... äh, Ehemänner?"

„Ich war nie verheiratet, und Doros Mann ist mit zweiundsechzig gestorben."

„Du hast in wilder Ehe gelebt, und Ulrich ist ebenfalls lange tot", sagte Dorothea. Es hörte sich wie ein Wettbewerb zwischen ihnen an.

„Oh", bemerkte Daniel, um Ernsthaftigkeit bemüht. „Sie sind also beide verwitwet."

„Und Sie?", fragte Emilia.

„Bitte?"

„Ich meine, Sie sind doch noch verheiratet. Was macht Ihre Frau denn nun ohne Sie?"

„Ich nehme an, dass sie sich selbst bemitleidet und täglich zwei Stunden in ihrer Boutique verbringt. So kann sie wenigstens gegenüber Dritten behaupten, dass sie etwas Sinnvolles fabriziert." Seine Stimme brach. Zu hart formuliert. Das betretene Schweigen seiner Nachbarinnen bewies, dass er über das Ziel hinausgeschossen war.

„Jetzt wissen Sie, warum ich eine Auszeit brauche", sagte er leichthin. „Ich muss raus und nachdenken, wie es weitergeht."

Emilia tätschelte seinen Arm. „Das wird schon wieder."

„Gießen Sie mal den Rest des Sekts ein, junger Mann. In unserem Alter darf man nichts verschwenden." Dorothea hielt ihm erneut den Becher hin, und er beeilte sich, die Flüssigkeit gleichmäßig zwischen den Frauen zu verteilen.

✳✳✳

Die Maschine setzte mit einem harten Ruck auf, und Daniel schreckte hoch.

„Willkommen auf Mallorca", sagte Emilia. Er benötigte einige Sekunden, um sich zu orientieren. Sein Thriller war ihm vom Schoß gerutscht und steckte in der Spalte zwischen seinem und Dorotheas Sitz.

„Wieder wach?" Dorothea warf ihm einen schelmischen Blick zu. „Sie hatten es bestimmt nötig."

Daniel beobachtete, wie die Passagiere das Flugzeug hintereinander verließen. Emilia machte keine Anstalten, aufzustehen. Normalerweise war er einer der Ersten, der aufsprang und nach dem Gepäck griff, um zügig an die frische Luft zu kommen. Eingezwängt zwischen zwei Damen, die es nicht eilig hatten, war daran nicht zu denken. Er räusperte sich und schnallte sich los.

„Sie gelangen hier früh genug hinaus, junger Mann. Spätestens am Gepäckband in der Flughafenhalle treffen wir alle wieder." Dorothea klappte ihr Buch zu und löste den Anschnallgurt.

„Wo werden Sie wohnen?", fragte Emilia, die sich schwerfällig aus ihrem Sitz erhob. „Können wir Sie irgendwohin mitnehmen?"

„Nein danke, das wird nicht nötig sein, am Flughafen steht mein Mietwagen." Daniel hoffte, dass Emilia ihn nicht nach der Adresse fragen würde. Mit den Fingern tastete er in seiner Hosentasche nach dem Zettel, den sie ihm vorhin in die Hand gedrückt hatte.

Sie waren die letzten, die die Maschine verließen. Daniel passte sich Dorotheas und Emilias Gang an. An ihnen vorbeizuhasten wäre zu unhöflich gewesen. Lange Förderbänder zogen sich durch die Röhren. Daniel hatte vergessen, wie weitläufig der Flughafen war. Dorothea und Emilia kannten sich aus. Sie schritten, ohne anzuhalten, zu den Gepäckbändern. Daniel überlegte, wann er das letzte Mal auf Mallorca gewesen war. Einige Jahre her. Lutz hatte Helen und ihn zu seinem Fünfzigsten nach Palma eingeladen. Hatte er damals schon das Appartement in der Stadt?

✳ ✳ ✳

In der Ankunftshalle tummelten sich die Menschen. Sie brauchten einige Minuten, bis sie sich zum richtige Kofferband durchgearbeitet hatten. Daniel erspähte seine blaue Reisetasche, die zwischen den schwarzen Roll-koffern hervorstach.

„Meine Tasche ist schon da, Glück gehabt", sagte er und schob sich an den Leuten vorbei zum Gepäckband, wo er mit einem beherzten Griff sein Gepäckstück an sich nahm. „Kann ich Ihnen noch irgendwie behilflich sein?", fragte er Emilia, die mit Dorothea ein wenig abseits des Getümmels Stellung bezogen hatte.

„Wir warten immer, bis sich alle verzogen haben. Unser Koffer läuft nicht weg." Emilia streckte ihre Hand aus. Daniel bemerkte, dass ihre Finger mit breiten Ringen geschmückt waren. „Ich wünsche Ihnen das, was Sie sich wünschen. Bitte besuchen Sie uns, wir würden uns freuen." Sie gab ihrer Freundin einen leichten Klaps auf den Arm. „Nicht wahr, Dorothea?"

„Selbstverständlich", sagte Dorothea und lächelte breit. „Denken Sie an den Mandelkuchen."

Daniel kam es komisch vor, die beiden allein zu lassen. „Werden Sie abgeholt?"

„Papperlapapp, unser Mercedes steht in der Flughafengarage", rief Dorothea und schüttelte ihm die Hand. „Wir kommen sehr gut ohne fremde Hilfe zurecht. Noch sind wir nicht senil."

Emilia schüttelte den Kopf. „Sei nicht immer gleich so streng. Herr Jacobi ist ein Gentleman."

Daniel beschloss, keine weiteren Gedanken an die zwei zu verschwenden, obwohl die Vorstellung, dass sie mit einem Mercedes über die Insel brausten, ihn schaudern ließ. Das war aber nicht sein Problem. Er hatte genügend eigene.

„Schauen Sie nicht so bedröppelt, junger Mann", sagte Dorothea. Offenbar merkte man ihm sein Unbehagen an.

„Ich bin schon Auto gefahren, da waren Sie noch gar nicht auf der Welt."

Genau das war der Punkt. „Da haben Sie recht", antwortete er und winkte, bevor er sich in Richtung Ausgang wandte. Auf einmal sehnte er sich zurück nach Hamburg.

3

Die Tür fiel ins Schloss. Daniel war weg. Helen schmiss sich auf das Ehebett und verbarg das Gesicht. Ihre Augen wurden feucht. Sie unterdrückte den Wunsch, loszuschreien. Warum? Niemand würde sie hören. Was für eine absurde Situation. Etwas kratzte über den Holzfußboden. Wenige Sekunden später landete der Terrier neben ihr. Charlie schnüffelte an ihren Haaren und stupste sie an.

Helen drehte sich auf die Seite, wich der Hundezunge aus. Braune Knopfaugen. „Ach, Charlie", flüsterte sie. „Wir sind allein. Was mache ich bloß?" Der Hund wälzte sich auf den Rücken und wartete auf das vertraute Bauchkraulen. „Du kleiner Halunke", raunte sie ihm zu. Sie strich mit den Fingern über das weiche Bauchfell. Tränen flossen ihre Wangen hinunter. Sie schluchzte auf. Charlie rückte näher zu ihrem Körper. Hundetrost.

✳ ✳ ✳

Es klingelte an der Tür. Helen fuhr hoch. Sie musste eingenickt sein. Der Hund zuckte zusammen und sauste, wie von der Tarantel gestochen, bellend in den Flur. Wer auch immer draußen stand, sie konnte jetzt nicht aufmachen. Wieso war sie immer noch so müde?

Ein Blick auf die Uhr am Nachttisch zeigte, dass es bereits kurz vor zwei war. Normalerweise sollte sie längst im Laden sein. Wo war ihr Handy? Helen erhob sich mühsam, alles drehte sich. Ihr Kreislauf war im Keller. Kein Wunder, wenn man sich nicht bewegte. Sie schleppte sich in die Küche. Charlie gab seine Position vor der Wohnungstür auf und folgte ihr schwanzwedelnd. Das Telefon lag dort, wo sie es zurückgelassen hatte. Mitten auf dem Küchentisch. Ob Daniel wirklich allein geflogen war? Sie drückte die vertraute Tastenkombination und wartete darauf, dass sich Nicole meldete. Keine Ahnung, was sie der erzählen sollte.

„Hey Süße, ist gerade schlecht. Wir haben Kundschaft. Bist du unterwegs?"

„Ich …" Helen überlegte. „Ich bin aufgehalten worden, mache mich sofort auf den Weg. Es wird ein paar Minuten später werden."

„Kein Problem, Süße, bis gleich."

Helen sah an sich hinunter. Ihr dunkelgrünes Wollkleid war nur wenig zerknautscht, die hellgrüne Strumpfhose ohne Laufmasche. Umziehen brauchte sie sich nicht. Aber Make-up war nötig, jede Menge Make-up. Im Badezimmer schöpfte sie mit den Händen kaltes Wasser über ihr Gesicht. Ihre kurzen schwarzen Haare standen in alle Richtungen ab. Sie griff nach Haargel und brachte die Strähnen mit wenigen Handbewegungen einigermaßen in Form. Der Friseurbesuch war längst überfällig. Warum ließ sie sich so gehen? Routiniert fing sie an, sich zu schminken. Eyeliner, Lidschatten, Wimperntusche, Concealer und Foundation, das Komplettprogramm.

Der Hund hüpfte aufgeregt hin und her, während

Helen sich in ihren dunkelgrauen Übergangsmantel hüllte. „Natürlich kommst du mit", sagte sie und hob Charlie hoch. Vor der Tür lag der Prospekt eines Modeunternehmens. Sie beförderte ihn mit einem Tritt in den Hausflur. Draußen leinte sie Charlie an. Es waren nur wenige Minuten von der Heilwigstraße bis zum Eppendorfer Baum. Der Yorkshire markierte genüsslich seine Lieblingsbäume. Helen versuchte, mehrfach hintereinander tief durchzuatmen, wie vor Jahren im Yoga-Kurs gelernt. Früher war sie regelmäßig ins Fitnessstudio gegangen. Früher. Es würde sich alles finden, Daniel würde zurückkommen. Spätestens zu Weihnachten würde er wieder in Hamburg sein. So lange musste sie allein durchhalten.

✳ ✳ ✳

„Du siehst scheiße aus", sagte Nicole, nachdem sie ihr die Ladentür geöffnet hatte. Der Yorkshire sprang an Nicoles Bein hoch und begrüßte sie stürmisch. „Hallo Charlie, alles okay bei dir?" Sie streichelte den Hund am Rücken, der ließ sich auf die Seite fallen. „Nö, jetzt nicht, du kleiner Genießer. Komm, lass uns nach den Leckerlis schauen."

Charlie hüpfte wie ein Flummi in Richtung Teeküche, wo die Hundesüßigkeiten in einer Schublade verstaut waren.

„Hey", rief Helen, bemüht, sich locker zu geben. „Was ist mit mir? Ich bin die mit dem beschissenen Vormittag, wie du zu Recht bemerkt hast." Sie ließ sich auf das rote Designersofa fallen, das mitten im Raum stand.

Nicole, die Charlie in den hinteren Bereich des Ladens

gefolgt war, brüllte zurück. „Soll ich dir die Notfallschokolade bringen?"

Gegen ihren Willen musste Helen kichern. Notfallschokolade. In der winzigen Küche gab es eine Schrankschublade, die mit Süßigkeiten vollgestopft war. Nicole und sie versicherten sich in regelmäßigen Abständen, von dem Süßkram nur in absoluten Notsituationen Gebrauch zu machen: bei einer nörgelnden Besucherin zum Beispiel. Das waren die Frauen, die schon gelangweilt den Laden betraten, sich mindestens zehn verschiedene Outfits zeigen ließen, in der Umkleidekabine ein Tohuwabohu veranstalteten und, ohne etwas zu kaufen, abzogen. Selbstverständlich mit dem Hinweis, dass die Auswahl bescheiden sei. Helen musste sich bei derartigen Tussis zusammenreißen, um sie nicht mit Schimpfwörtern zu bewerfen. Contenance wahren, die Story ihres Lebens. Schokolade half.

Nicole, die ihre schwarze Velourslederhose trug, näherte sich mit einer Schale, bis an den Rand gefüllt mit Schokoladentäfelchen. Aus der Teeküche ertönte ein schabendes Geräusch. Charlie kämpfte vermutlich mit einem Kauknochen.

Nicole stellte die Süßigkeiten ab und strich ihr lockiges, frisch blondiertes Haar hinter die Ohren zurück. „Soll ich uns einen Kaffee kochen?"

„Für mich nicht, danke. Koffein um diese Uhrzeit, und ich stehe heute Nacht senkrecht im Bett."

„Das würde Daniel nicht gefallen. Oder vielleicht doch?" Nicole sah sie prüfend an. Sie setzte sich, die langen Beine so ausgestreckt, dass ihre mit Nieten besetzten Lederstiefeletten nicht zu übersehen waren.

„Daniel hat mich verlassen."

„Was?", rief Nicole aus. „Das glaub ich nicht."

„Kannst du aber. Er ist heute Mittag nach Mallorca geflogen."

„Hat er eine andere?"

„Das habe ich ihn auch gefragt." Helen wickelte ein Schokoladentäfelchen aus und knüllte das Papier zusammen.

„Und?"

„Er sagt Nein. Und dass ich schuld bin. Er braucht Zeit für sich." Sie biss in die dunkle Schokolade und genoss den herben Geschmack auf der Zunge. Charlie trottete aus der Küche, drehte sich ein paar Mal um sich selbst, bevor er, an ihren Pumps gelehnt, alle viere von sich streckte.

„Der Hund hat es gut. Er bekommt genügend zu fressen, Streicheleinheiten und Gassi gehen in regelmäßigen Abständen. Was will man mehr?" Nicole dehnte die Fußspitzen nach unten.

Nicole hatte als überzeugter Single nie mit jemandem zusammengelebt. Ambulant ist okay, war einer ihrer Lieblingssprüche, stationäre Aufnahme kommt nicht in Frage. Zurzeit war sie mit einem Fitnessclubbesitzer liiert und besuchte seitdem dreimal in der Woche das Studio. Helen seufzte. Vielleicht sollte sie Nicole dahin begleiten. Zeit hatte sie wahrhaftig genug.

„Ach Süße!" Nicole tätschelte ihr das Knie. „Der kriegt sich wieder ein, du wirst sehen. Daniel ist schneller zurück in Hamburg, als du bis drei zählen kannst. Allein kommt der Mann doch gar nicht zurecht."

„Vielleicht will ich das gar nicht?" Helen richtete sich ruckartig auf und stieß dabei Charlie an, der empört den Kopf hob.

„Was willst du nicht?"

„Dass er zurückkommt und alles so weiterläuft."

„Oh, oh. Sind das die Wechseljahre, oder hast du jemand anders im Sinn?"

„So ein Quatsch. Männer sind nicht das einzig Wichtige auf dieser Welt." Helen schüttelte den Kopf. „Und nur weil du fünf Jahre jünger bist und deine Tage noch bekommst, brauchst du nicht über Wechseljahre zu lästern. Warte ab, wenn es bei dir soweit ist. Vielleicht findest du zur Abwechslung den Mann, mit dem du zusammenleben willst, und er hat keine Lust auf dich. Kann passieren, oder?"

„Bestimmt nicht, aber ich bin nicht das Thema." Nicole sah Helen nachdenklich an. „Ich steh grad auf der Leitung. Heißt das, du willst Daniel gar nicht mehr? Du hast nie allein gelebt."

„Dann wird's höchste Zeit. Denkst du, ich schaff das nicht?", sagte Helen bockig. „Du bist doch auch Single, abgesehen von deinen …" Sie suchte nach dem richtigen Wort.

„Liebhabern", schlug Nicole vor und lachte.

„Kann es sein, dass du mich nicht ernst nimmst?" Helen boxte Nicole in die Seite. „Wie lange kennen wir uns jetzt?"

Nicole griff zu einem Schokoladentäfelchen und hielt es vor sich hin. „Lange genug, um zu wissen, dass du ohne deinen Mann unglücklich bist."

„Bin ich nicht."

Das Glockenspiel über der Tür läutete, und beide sprangen auf. Charlie lief wedelnd auf zwei Frauen zu, die die Boutique betraten. Sie sahen sich ähnlich, vermutlich Mutter und Tochter.

„Wenn der Hund Sie stört, geben Sie Bescheid." Helen griff Charlie am Nacken und beförderte das Schokoladenpapier in den Papierkorb neben dem Tresen. „Möchten Sie sich erst einmal umsehen? Suchen Sie etwas Bestimmtes?"

„Wir …"

„Meine …", antworteten die Frauen gleichzeitig und stoppten.

„Meine Mutter braucht etwas Flippiges", sagte die Jüngere und grinste Helen an. Nicole hatte sich nach hinten verzogen. „Sie wissen schon: nicht so bieder und ein wenig sexy."

„Okay." Helen musterte die Mutter, die die Augen verdrehte. Mit Jeans und Sneakers war sie sportlich gekleidet. Sie streichelte Charlie, der sich an ihrem Bein rieb.

„Hören Sie nicht auf das Kind. Ich benötige etwas Praktisches, das festlich aussieht. Vielleicht …" Sie richtete sich auf und sah sich suchend um. „Eine Bekannte hat Ihren Laden empfohlen."

„Ach", sagte Helen. „Verraten Sie mir, wer?"

„Marlene Hurst. Sie lebt hauptsächlich auf Sylt."

Helen nahm Charlie auf den Arm und strahlte ihre Kundin an. „Das ist ja eine nette Überraschung. Na klar kenne ich Marlene. Sie besitzt ein wunderschönes Reetdachhaus in Wenningstedt. Waren Sie schon mal da? Wir haben ganz in der Nähe ein Appartement, wo wir ab und zu hinfahren."

Die Dame lächelte zurück, ihre grünen Augen sprühten vor Energie. „Ich habe das letzte Weihnachtsfest mit ihr verbracht. Sie lädt jedes Jahr an Heiligabend Freunde und Nachbarn ein, es war ein besonders zauberhafter Abend für mich …" Sie unterbrach sich. Helen merkte ihr an, dass sie nach all den Monaten noch voller Begeisterung war.

„Da hätten wir uns beinah getroffen", antwortete Helen. „Letztes Jahr waren wir leider nicht dabei, aber sonst sind mein Mann und ich dann immer auf Sylt. Marlene ist meine Freundin, und ich liebe die Art, wie sie Weihnachten feiert."

„Nicht wahr? Vielleicht klappt es in diesem Jahr. Komisch, dass wir schon im September über Weihnachten nachdenken."

„Mal sehen." Helen setzte Charlie zurück auf den Boden.

Die Tochter holte das eine oder andere Outfit hervor, um es genauer anzusehen.

„Hatten Sie eher an ein Kleid gedacht oder darf es auch ein Rock mit einem passenden Oberteil sein?" Helen konzentrierte sich auf ihre Kundin.

„Für mich ist es entscheidend, dass ich mich in den Teilen mühelos bewegen kann. Ich bin nicht so der Typ für enge Röcke und hohe Schuhe."

„Meine Mutter kocht für andere Leute", mischte sich die Tochter ein. „Sie wissen schon, wenn sie ein Abendessen oder eine Fete zu Hause geben und keine Lust haben, selbst das Essen zuzubereiten. Sie heißt Mona Lehmann, vielleicht haben Sie bereits von ihr gehört. Mamilein, du hast hoffentlich Visitenkarten mit, oder?"

„Nele, wirklich. Das interessiert die Dame nicht." Frau Lehmanns Wangen röteten sich.

„Doch", beeilte sich Helen zu sagen. „Lassen Sie mir gern ein Kärtchen da." Sie schritt zu einem geöffneten Weißholzschrank und holte ein blau-türkisfarbenes Outfit aus einem fließenden Stoff hervor. „Probieren Sie das. Ich könnte mir vorstellen, dass es Ihnen hervorragend steht. Nicht von den Farben abgeschreckt sein, bitte, bunt ist in diesem Winter in. Harmoniert perfekt mit Ihren grünen Augen und dem dunkelblonden Haar." Helen hielt das Kleid der Mutter hin, die es zögernd ergriff.

„Meinen Sie? Ist das nicht zu grell?"

„Endlich was anderes, als das Schwarz oder Grau, was du sonst so trägst. Tobias wird das auch gefallen." Die Tochter strich mit der Hand über das Gewebe. „Los, probier es an."

Helen deutete auf die Umkleidekabine. Frau Lehmann verschwand hinter dem Vorhang. „Das Kleid wird an Ihrer Mutter großartig aussehen", sagte Helen und blinzelte der Tochter komplizenhaft zu."

Die junge Frau machte ein paar Schritte in Richtung des Sofas und blieb kurz davor stehen.

„Setzen Sie sich bitte. Darf ich Ihnen etwas zu trinken bringen?"

„Nele, kannst du mir den Reißverschluss hinten schließen?"

„Dafür bin ich doch da." Helen schob den Vorhang ein wenig zur Seite. Frau Lehmann hatte das Kleid angezogen, es passte. Sie trug grau-weiß gepunktete Socken, man sah die nackten Unterschenkel. Ihrer beider Blicke trafen sich im schmalen Spiegel, der in der Umkleidekabine angebracht war.

„Das sieht ziemlich bescheuert aus", sagte sie und kicherte.

„Irgendwie schon", antwortete Helen, die erfolglos versuchte, ein Grinsen zu unterdrücken. „Ich gebe Ihnen ein Paar Strumpfhosen, Moment."

Die Tochter stand erwartungsvoll vor der Kabine. „Kleinen Augenblick, ich hole nur rasch etwas. Sonst verpufft der ganze Effekt." Die untere Schublade des Schranks war geöffnet, Strumpfhosen und Leggins in allen Farben quollen daraus hervor. Helen fischte mit sicherem Griff eine blaue Blickdichte heraus, farblich passend zum Kleid und reichte sie Frau Lehmann hinter den Vorhang. „Hier, ziehen Sie die drunter an."

Wenige Sekunden später erschien Mona Lehmann. Helen hätte beinahe in die Hände geklatscht. Das Kleid saß perfekt. Wenigstens für Mode besaß sie ein Händchen.

„Wow", sagte Nele. „Das Kleid ist der Hammer. Da wird Tobias aber Augen machen."

„Als ob das die Hauptsache wäre", antwortete Mona, die über das gesamte Gesicht strahlte. „Ich gebe zu, dass es mir gefällt. Von allein hätte ich niemals danach gegriffen. Sie haben definitiv ein gutes Auge für Farben. Marlene hatte recht. Mit etwas Übung schaffe ich es auch, den Reißverschluss ohne fremde Hilfe zu schließen."

„Danke", sagte Helen und betrachtete Mona, die sich vor dem Spiegel hin- und herdrehte. In solchen Momenten bereitete Helen die Arbeit ungeheuren Spaß. Warum war es nicht immer so? Daniels Bild schob sich vor ihre Augen, und sie zuckte zusammen. Heute Abend wartete niemand auf sie.

„Alles in Ordnung?", fragte Frau Lehmann, die sich zu ihr hingedreht hatte.

„Klar", log Helen. „Darf ich Ihnen noch etwas zeigen? Vielleicht eine passende Jacke zu dem Kleid? Oder einen Dreiecksschal?"

Die Frau schüttelte den Kopf. „Für heute reicht es.

Jetzt muss ich erstmal wieder ein paar Aufträge abarbeiten und Geld verdienen. Es macht außerdem mehr Spaß, nochmal wiederzukommen." Sie stellte sich auf die Zehenspitzen. „Wahrscheinlich sollte ich es doch mit höheren Schuhen probieren."

„Definitiv", sagte Helen. „Sie können aber selbst Sneakers oder Stiefel mit flachen Absätzen dazu tragen. Es gibt kein Modediktat mehr, alles ist möglich."

Die Kundin sah sie nachdenklich an. „Ja, das stimmt. Alles ist möglich. Das ist die gute Nachricht. Wir können im fortgeschrittenen Alter Dinge unternehmen, von denen unsere Mütter und Großmütter nur geträumt haben. Wir müssen nur die Chancen nutzen, die das Leben uns bietet."

„Wirst du jetzt philosophisch, Mama?" Nele trat neben ihre Mutter. Sie strich ihr in einer liebevollen Bewegung über den Unterarm.

Mona gab Nele einen Kuss auf die Wange. Helen verspürte einen leisen Stich. Warum eigentlich? Sie musste diese destruktive Einstellung ablegen, sonst würde sie ernsthaft depressiv werden. Was hatte Daniel gesagt? Sie solle sich professionelle Hilfe suchen. Super. Er saß vermutlich mit einem Glas Weißwein auf der Plaza in Palma und genoss den Tag. Urlaub. Vielleicht sollte sie auch einfach wegfahren. An die Nordsee. Nach Sylt.

„Wenn Wahrheit philosophisch ist, dann bin ich es", sagte Frau Lehmann und drehte sich erneut um sich selbst.

„Sie haben so recht", antwortete Helen. „Leider nutzen wir oftmals unsere Möglichkeiten nicht und verharren in ungeliebten Situationen." Warum wurde sie so persönlich? Irgendetwas hatte die Frau an sich, was Helen zum Reden verlockte. Normalerweise führte sie mit ihren Kundinnen keine tiefsinnigen Gespräche. Sie zwang sich zu einem Lächeln. „Sie können das Kleid direkt anbehalten, wenn Sie mögen."

„Nein, nein." Mona Lehmann hob abwehrend die Hände. „Ich ziehe mich wieder um. Die Strumpfhose nehme ich natürlich auch." Nach einem letzten Blick in den Spiegel verschwand sie hinter dem Vorhang der Kabine.

Helen rechnete die Preise zusammen und schrieb eine Rechnung. Kurze Zeit später erschien die Kundin, Kleid und Strumpfhose über den Arm geworfen. Sie kassierte und packte die Sachen in eine Papiertüte, auf der das Logo des Ladens aufgedruckt war.

„Wenn Sie Lust haben, lassen Sie uns mal einen Kaffee zusammen trinken", sagte Mona Lehmann. „Wo wir doch dieselbe Freundin auf Sylt haben. Dauert ja eine Weile, bis wir uns dort treffen. Obwohl Weihnachten immer schneller kommt, als man denkt. Ich lade Sie ein. Wie wäre es im ‚Josie'?"

„Warum nicht?" Helen lächelte Mona an. „Melden Sie sich gern. Meine Kontaktdaten finden Sie im Netz." Sie deutete auf die Tragetasche. „Oder Sie kommen einfach vorbei, wenn Sie in der Nähe sind. Leckeren Kaffee haben wir hier auch. Vergessen Sie nicht Ihre Flyer." Mona Lehmann nickte Helen grüßend zu. „Einen schönen Tag für Sie und bis bald."

„Das sind ja völlig neue Töne", sagte Nicole, die mit einer pinkfarbenen Gummiente in der Hand zu Helen trat. „Seit wann triffst du dich mit Kundinnen auf einen Kaffee? Sind deine Worte nicht immer: Geschäft ist Geschäft, und privat ist privat?"

„Du hast grundsätzlich recht", verteidigte sich Helen. „Die Frau ist aber total nett, außerdem kennt sie Marlene. Du weißt schon, meine Freundin, die Künstlerin, die hier in Eppendorf eine Wohnung hat und mich gefragt hat, ob wir ihre Bilder bei uns ausstellen. Die normalerweise auf Sylt lebt. Im Übrigen habe ich jetzt massig Zeit, wo Daniel nicht da ist. Die muss gefüllt werden."

Nicole schleuderte die Gummiente in Richtung der Eingangstür. Es quiekte. Charlie schoss wie eine Rakete hinter dem Tresen hervor und fiel über das Spielzeug her. „Das funktioniert doch immer wieder", sagte Nicole.

„Stimmt", antwortete Helen. „Das ist das Wunderbare an einem Hund, er ist so berechenbar."

„Du meinst, im Gegensatz zu deinem Mann", konstatierte Nicole, die sich bückte, um Charlie die Ente wieder wegzunehmen. Er knurrte und ließ nicht locker. Nicole zog das Hundespielzeug vorsichtig zwischen seinen Zähnen hervor und schleuderte es erneut weg. Wieder stürzte er sich knurrend darauf. Dieses Spiel konnten beide stundenlang miteinander betreiben.

„Ich glaub, ich brauch einen Tapetenwechsel", sagte Helen und sah durch die Glastür auf die Straße. Es hatte angefangen zu nieseln. „Vielleicht benötige ich auch etwas Abstand von allem." Sie vollführte mit der Hand eine den Raum umfassende Geste. „Was Daniel kann, kann ich auch. Ich fahre nach Sylt. Unsere Ferienwohnung ist hoffentlich frei, wenn nicht, miete ich einfach eine andere. Meinst du, du kannst mich hier einige Zeit vertreten? Finanziell werden wir das gestemmt bekommen, ich verzichte auf meine Entnahmen." Helen sah Nicole fragend an. Ihr Herz klopfte bis zum Hals. War das ein Ausweg?

„Kommt überhaupt nicht infrage", sagte Nicole. „Fahr

du nach Sylt. Wir teilen weiterhin unsere Gewinne. Alles andere kannst du knicken. Wer weiß, nachher brauche auch ich mal eine Auszeit in meinem Leben. Wenn der Mann aller Männer plötzlich vor der Tür steht."

Helen stolperte auf Nicole zu und umarmte sie. Nicole versteifte sich für ein paar Sekunden, bevor sie die Liebkosung erwiderte. Es war tröstlich, einem Menschen so nah zu sein. Helen schloss die Augen und genoss die Berührung. Etwas kratzte an ihrem Bein. Sie löste sich von Nicole und sah, dass Charlie die Gummiente neben ihren Fuß gelegt hatte. Seine Kralle hatte sich in der Strumpfhose verfangen. Das würde eine Laufmasche geben.

„Keine Angst, Charlie, dich nehme ich mit nach Sylt. Etwas Auslauf am Meer schadet uns beiden nicht."

4

Marlene warf den Stock ins Wasser. Max sprang, ohne zu zögern, in die Wellen. Er erreichte den Knüppel und schnappte nach einigen Fehlversuchen das Holz. Kurze Zeit später legte er das Teil zu ihren Füßen ab und schüttelte sich ausgiebig. Fertig damit, setzte er sich auf die Hinterbeine und kuckte sie aus seinen braunen Hundeaugen auffordernd an.

„Du bekommst nie genug davon", sagte Marlene und schleuderte den Stecken erneut ins Nass. Fröhlich bellend stürzte sich Max in die Fluten. Sie sah auf die Uhr. Kurz vor fünf. Um diese Zeit war nichts los am Strand. Die Touristen bereiteten sich auf den Abend vor. Beste Hundeauslaufzeit. Von Weitem näherte sich ein Rauhaardackel, der laut kläffend am Ufer stehenblieb. Das Tier war offenbar wasserscheu. Max vergaß den Stock und rannte auf den Dackel zu. Kurz vorher bremste er ab und ließ sich auf die Vorderpfoten fallen. Sein Schwanz wedelte, Mäxchen liebte Hundegesellschaft. Der Kleine lief bellend auf Max zu und versuchte, hinten an ihm hochzuspringen. Aus der Ferne ertönte ein Pfiff. Marlene beobachtete, wie eine korpulente Dame in einem Friesennerz, bewaffnet mit einer Hundeleine, auf den Dackel zustürzte. Der ließ Max sofort links liegen und sauste am Wasser in die entgegengesetzte Richtung davon, Max hinterher. Marlene amüsierte sich über das ungehorsame Tier, beschloss aber, ihren Hund zurückzurufen. Mit Glück würde das Dackeltier ihm folgen, und der Hundebesitzerin wäre geholfen.

„Komm zurück, Max", schrie sie gegen den Wind an und wie durch ein Wunder trabte er zu ihr hin. Der Dackel blieb abrupt stehen, machte aber keine Anstalten, hinterherzulaufen. Vielleicht war ihm die Lust vergangen. Die Dame erreichte ihr Tier und leinte ihn an.

„Du bist ein Braver", lobte sie Max und fischte in ihrer Jackentasche nach einem Leckerli. Er verschlang die Hundesüßigkeit und wedelte. „Nö, mehr gibt es nicht."

Max erspähte Möwen, die sich an der Wasserkante niedergelassen hatten, und schoss los, um sie zu vertreiben. Das war neben Hundebegegnungen seine zweite Lieblingsbeschäftigung.

Marlene ließ ihn nicht aus den Augen. Es hatte aufgefrischt, und der Wind trieb Schaumflocken über den Strand. Sie fröstelte. Schon bald würde es um die Uhrzeit dunkel sein. Die Zeit verging so rasant. In wenigen Monaten wurde sie fünfundsechzig, in ein paar Wochen war Weihnachten. Sie erinnerte sich mit Freude an den letzten Heiligen Abend. An Zoey, Moritz, Mona und Tobias. Die Wärme, die Lichter, das opulente Essen und, nicht zu vergessen, den köstlichen Wein. Das Zusammensein. Marlene erlaubte sich, an Jasper zu denken. Jasper. Der früher zur See gefahren war und heute, wenn möglich, in einem blauen Troyer herumlief, im Ohr einen Ankerohrstecker. Ihr Liebster. Was er wohl gerade machte?

Marlene schüttelte den Kopf, um die trüben Gedanken zu verscheuchen. Zu Hause erwartete sie der neue Roman von Juli Zeh, den sie gestern bei Paulina in der Buchhandlung abgeholte hatte. Sie würde sich einen gemütlichen Abend vor dem Kamin bereiten. Und darauf warten, dass Jasper sich meldete.

✳ ✳ ✳

Vom Strand waren es nur wenige Minuten Fußweg bis zu ihrem Zuhause, einem alten Friesenhaus. Es hatte ihren verstorbenen Eltern gehört und war aufwendig von ihr renoviert worden. Nachdem sie Max vor der Tür abgetrocknet hatte, schlüpfte sie in Filzpantoffeln und trottete in die Küche, um sich einen Tee zu kochen. Ostfriesentee mit einem Schuss Sahne, ihr Allheilmittel gegen trübe Gedanken. Max kontrollierte seinen Hundenapf, was ihr immer ein Lächeln auf das Gesicht zauberte. Mäxchen war ein unverbesserlicher Optimist. Morgens servierte sie ihm eine ausgewogene Hundemahlzeit, er leckte den Napf sekundenschnell hingebungsvoll aus. Noch nie hatte es einen Nachschlag gegeben und dennoch. Max gab die Hoffnung nicht auf. Darin war er ihr ähnlich, obwohl es ihr in diesen Tagen schwerfiel, frohen Mutes zu bleiben. Ach Jasper. Hoffentlich wird es so, wie du dir das wünscht.

Das Telefon läutete. Sie griff hastig nach dem mobilen Teil, das sie seit neuester Zeit immer nah bei sich trug. „Hurst".

„Hallo Marlene, ich bin's, Mona."

„Ach, hallo Mona, wie schön, dass du dich meldest." Marlene bemühte sich um einen enthusiastischen Tonfall.

„Du hörst dich ein wenig deprimiert an. Alles in Ordnung bei dir?"

So viel zu dem Versuch, aufmunternd zu wirken. Mona hatte ein Gespür für Stimmungen. „Alles im grünen Bereich. Bin vor fünf Minuten mit Max vom Strand gekommen. Nicht so viele Touristen unterwegs, nur ein störrischer Dackel."

„Hat Jasper sich gemeldet?"

Das war eine Punktlandung. „Nein, leider seit vorgestern nicht mehr. Ich warte auf seinen Anruf."

„Er meldet sich sicher sofort, wenn es Neuigkeiten gibt. So lange ist er nicht fort, braucht ein paar Tage Ruhe. Mach dir keine Sorgen, alles wird gut."

„Das ist eigentlich mein Spruch", sagte Marlene und fühlte sich getröstet.

„Schon klar, aber du weißt, dass man in eigenen Angelegenheiten nicht so toll ist."

„Wahre Worte", antwortete Marlene und lachte scheppernd auf. „Weshalb rufst du an? Kommt ihr nach Sylt?"

„Leider nein, ich habe diverse Aufträge, und Tobias hat erst wieder im November Urlaub. Bevor die heiße Weihnachtsphase startet. Das klingt blöd." Marlene hörte, wie Mona kicherte. „Ist in Wahrheit natürlich unglaublich toll. Nie hätte ich geglaubt, dass mein Business so super laufen wird." Mona hatte sich nach ihrer Scheidung selbstständig gemacht, man konnte sie buchen und sich zu Hause von ihr bekochen lassen.

„Du bist eine fabelhafte Köchin, die Althergebrachtes mit Neuem kombiniert. Ist doch klar, dass die Leute dir die Bude einrennen. Hast du was von Zoey gehört?"

„Seit der WhatsApp aus der Tangobar in Buenos Aires, die sie an uns alle geschickt hat, nichts mehr. Die beiden amüsieren sich sicher heftig. Moritz tut ihr gut."

„Ja." Marlene hatte Moritz im letzten Winter Zoey vorgestellt. Es war keine Liebe auf den ersten Blick. Zoey hatte ein paar Monate vorher ihren Mann verloren und war nach Sylt gekommen, um neuen Lebensmut zu finden. Den hatte sie bekommen und Moritz dazu.

„Ich habe heute von dir gesprochen", sagte Mona und riss Marlene aus ihren Gedanken.

„Ach ja?"

„Ich war in der Boutique in Eppendorf, die du mir empfohlen hast. Du erinnerst dich?"

„Klar. Bist du fündig geworden?"

„Die Inhaberin hat mir ein Kleid nahezu aufgedrängt, was ich allein niemals auch nur angeschaut hätte. Und was soll ich sagen, es ist der Hammer."

„Wow, jetzt machst du mich neugierig."

„Ich bringe es mit, wenn wir uns das nächste Mal sehen. Kommst du in nächster Zeit nach Hamburg?"

Marlene besaß ein Appartement in Eppendorf. Wenn es ihr im Sommer zu voll auf der Insel war, erholte sie sich in Hamburg von den Menschenmassen. Nicht logisch, für sie aber normal. In den letzten Monaten hatte Zoey die Wohnung genutzt. Marlene überlegte einen Moment, bevor sie antwortete. „Ich weiß noch nicht, es klingt verlockend. Ein paar Tage in der Stadt, einkaufen, bummeln, Freundinnen treffen. Ich denke darüber nach und melde mich bei dir."

„Auf jeden Fall koche ich für uns."

„Darf ich mir dann was wünschen?" Marlenes schlechte Laune war endgültig verflogen. Sie würde ein paar Tage nach Hamburg fahren und sich mit lieben Menschen umgeben. Das war ein Tick besser, als zu lesen, am Strand zu laufen und auf Jasper zu warten. Die Zügel wieder in die Hand nehmen. Gemalt hatte sie schon längere Zeit nicht mehr, vielleicht führte der Tapetenwechsel zu einer Inspiration. Ihr war klar, dass ihr die Stadt irgendwann wieder auf die Nerven gehen würde. Sie würde sich nach der Insel, dem Meer und dem Strand sehnen. Das war zwangsläufig so. Egal. Es war die Abwechslung, die zählte. Jedenfalls jetzt.

„Weißt du was? Ich glaub, ich packe meine Sachen zusammen und komme in der nächsten Woche."

„Wow, das nenne ich eine zügige Entscheidungsfindung. Es war sicher meine Essenseinladung, die dich überzeugt hat. Fühl dich bei mir willkommen."

„Ich habe einen unbändigen Appetit auf Ente mit Rotkohl und Knödeln. Muss am Wetter liegen. Hier ist es heute ziemlich usselig."

Mona lachte lauthals auf. „Ich werde sehen, ob es sich einrichten lässt. Oh, jetzt klingelt es an der Haustür. Melde dich sofort, wenn du hier bist. Tschüss, meine Liebe."

Marlene schaltete den Wasserkocher ein und holte die dunkelrote Teekanne aus dem Schrank. Max hatte vor dem Kachelofen alle viere von sich gestreckt. „Es gibt Neuigkeiten, Mäxchen. Wir fahren nach Hamburg, du und ich."

Der Schwanz des Hundes klopfte auf den Boden, er spitzte die Ohren. Er würde sie überallhin begleiten, so viel war sicher.

5

Bei der Autovermietung hatte es nicht lange gedauert, bis er seinen Wagen, einen Fiat Punto, übernehmen konnte. Lutz hatte ihm den Weg erklärt und darauf hingewiesen, dass er in der Stadt mit einem kleineren Auto beweglicher sei. Zu Hause fuhr Daniel einen geräumigen Audi. Es bedurfte einiger Fehlversuche, bis er sich an die Gangschaltung gewöhnt hatte. Er öffnete das Schiebedach und drehte das Radio auf, summte zum Takt der Musik mit. Wann hatte er zuletzt Zeit ohne Verpflichtungen verbracht? Zeit nur mit sich allein? Während des Studiums, vor der Geburt von Ben? Als Erstes würde er einkaufen, danach auf der Plaza etwas essen. Oder umgekehrt. Und das Glas Weißwein natürlich.

✳ ✳ ✳

Am Ende blieb es nicht bei einem Glas. Das Appartement war zweckmäßig eingerichtet: Couch, Esstisch, Doppelbett, Duschbad und Küche. Vom Balkon aus leuchtete ihm das Blau des Mittelmeers entgegen.

Daniel hatte den Leihwagen in eine Lücke in einer der Seitenstraßen gezwängt bekommen. Für heute hatte er sein Soll erfüllt, das Nichtstun wartete auf ihn. Er winkte dem Mann zu, der hinter der Theke der Tapasbar stand, die nur wenige Meter von seinem Domizil entfernt lag. Durch die geöffnete Tür hatte der Kellner eine gute Sicht auf die Tische draußen.

Daniel war neben einem älteren Paar der einzige Gast. Die Sonne verschwand vom Himmel, ohne die Wärme mitzunehmen. In Hamburg hätte man längst einen Pullover benötigt. Er deutete auf sein leeres Weinglas, und der Kellner nickte bestätigend. Wenige Sekunden später stand ein volles vor ihm, dieses Mal brachte er ihm auch ein buntes Schälchen mit Oliven drin. Er biss in eine. Dieses nussige Aroma, wunderbar. Heute würde er nicht alt werden und früh zu Bett gehen. Ohne Helen. Ob er trotzdem einschlafen würde? Ohne ihre Nähe, das vertraute, kaum vernehmliche Schnarchen? Das Anschmiegen im Schlaf?

Er erinnerte sich nicht daran, wann sie das letzte Mal miteinander geschlafen hatten, es war Monate her. Daniel vermisste den Sex. Das konnte nicht alles gewesen sein. Er prostete sich zu und beglückwünschte sich zu seinem Ausbruch. Immer ein Schritt nach dem anderen. Morgen würde er die Stadt erkunden und den kürzesten Weg zum Wasser suchen. Oder lieber joggen? Mach dich nicht lächerlich, du bist seit Jahren nicht mehr gelaufen. Dann doch eher eine Runde auf einem der vielen Golfplätze. Ausrüstung konnte man sich leihen. Vorher Trainerstunden nehmen wäre keine blöde Idee. Lutz hatte ihn damals überredet, die Platzreife zu absolvieren. Er war einige Male allein losgezogen. Helen war genervt, dass er noch mehr Zeit außer Haus verbrachte, daher war es bei den wenigen Runden geblieben. Hier hielt ihn niemand gefangen, er war frei. Daniel trank einen Schluck von dem kühlen Wein. Wieso geisterte Helen durch seine Gedanken?

Zwei blutjunge Frauen, bepackt mit Einkaufstüten,

schlenderten an ihm vorbei, einen Hauch von süßlichem Parfüm in der Luft zurücklassend. Die eine, mit den langen blonden Haaren, erinnerte ihn an Sophie. Heute Abend musste er sich bei ihr melden. Oder besser erst morgen, in ausgeschlafenem Zustand? Er drehte sein Smartphone in der Hand: keine Nachrichten. Das war gut, nicht wahr? Mach langsam, Junge, schalte nicht sofort auf null herunter, ein Schritt nach dem anderen. Er trank den Wein aus und legte einen Geldschein auf den Tisch.

✳ ✳ ✳

Daniel erwachte von der Sonne, die ihm ins Gesicht schien, und wälzte sich aus dem Licht. Schon zehn Uhr durch, so spät war er ewig nicht aufgestanden. Helen war immer die Erste, die das Bett verließ, um mit Charlie rauszugehen und das Frühstück vorzubereiten. Er rieb sich die Augen und schlurfte in die Küche. Zuerst Kaffee. Hoffentlich fand sich welcher in den Schränken. Ansonsten würde er den Tag im Supermarkt beginnen müssen. Gestern hatte er keine Lust mehr verspürt, sich dem Einkauf zu widmen. Daniel gähnte, öffnete die Klappe über dem Herd. Glück gehabt: Ein Glas mit Kaffeekapseln wartete auf ihn. In einer Ecke entdeckte er eine Kaffeemaschine, das gleiche Modell stand im Büro. Hatte Lutz besorgt, der genauso kaffeesüchtig war wie er.

Daniel befüllte den Wassertank und schaltete das Gerät ein. Wie günstig, dass er sich nicht mit Gebrauchsanweisungen herumschlagen musste. Technik war nicht so sein Ding. Die Maschine erwachte mit einem brodelnden Geräusch zum Leben. Wenige Sekunden später durchströmte Kaffeearoma die Küche. Jetzt ein Croissant und sein Frühstück wäre perfekt. Das Aufsuchen eines Bäckers war Dringlichkeitsstufe eins. Nach der Dusche. Keine Eile, es hetzt dich niemand.

Mit einem Kaffeebecher in der Hand, nur mit T-Shirt und Boxershorts, trat er auf den Balkon. Sonnenstrahlen kitzelten seine Haut. Auf dem Geländer landete ein Spatz, der sofort wieder kehrtmachte. Daniel beobachtete, wie er auf der gegenüberliegenden Terrasse aufsetzte und ein Bad in einer Vogeltränke nahm. Kopfunter ducken und Federn spreizen wechselten sich ab. Morgentoilette. Daniel nippte an dem heißen Getränk und blinzelte. Sein Smartphone klingelte. Es dauerte eine Weile, bis er das Teil auf dem Couchtisch fand.

„Moin Daniel, schon wach?", ertönte die vertraute Stimme von Lutz.

„So gerade. Ich hoffe, du arbeitest wenigstens fleißig an unserem Erfolg." Er räusperte sich.

„Haha. Du klingst so, als hättest du gestern ein Glas zu viel gehabt."

„Ist im Büro alles im grünen Bereich?"

„Klaro. Und wenn nicht, würde ich es dir nicht erzählen. Deshalb rufe ich nicht an."

„Okay?"

„Ich habe ein Date für dich arrangiert."

Daniel verschluckte sich am Kaffee und hustete. „Du hast was?"

„Ganz ruhig bleiben. Maria holt dich morgen um zehn Uhr ab. Also bitte früher aufstehen."

„Bist du irre? Ich habe Helen doch nicht in Hamburg gelassen, um hier etwas mit anderen Frauen anzufangen. Ich will meine Ruhe, sonst nichts." Daniel merkte, dass er hysterisch wurde, und stoppte.

„Komm wieder runter. Maria ist eine liebe Freundin von mir, sie wird dir Einkaufsmöglichkeiten, Restaurants und Bars zeigen, natürlich auch den schnellsten Weg zum Strand. Und was besonders cool ist, sie spielt Golf."

„Im Gegensatz zu mir."

„Du brauchst Ablenkung und Bewegung. Maria ist Mitglied im Son Antem Club und wird dich dort einführen. Ein paar Golfstunden schaden nicht, du hast Auslauf und lernst neue Leute kennen."

Daniel war hin- und hergerissen. Genervt, dass sein Partner ihn wie ein kleines Kind behandelte, auf der anderen Seite gerührt, dass er sich kümmerte. Trotzdem würde er ihm nicht verraten, dass er ebenfalls über die Auffrischung seiner nicht vorhandenen Golfkünste nachgedacht hatte.

„Bist du noch da?", fragte Lutz.

„Ja sicher. Ich weiß nicht, ob ich es toll finde, was du da arrangiert hast …"

„Danke, lieber Lutz, reicht vollkommen."

„Idiot."

„Aber ein liebenswerter. Und übrigens …"

„Was denn noch?"

„Maria ist bereits Großmutter. Ciao, mein Lieber."

Daniel warf das Gerät auf den Küchentisch. Lutz hatte einfach aufgelegt. Bevor er fragen konnte, ob diese Maria überhaupt deutsch sprach. Seine Spanischkenntnisse beschränkten sich auf die Bestellung von Essen, Trinken und die üblichen Begrüßungen. Egal. Wenn es nicht funktionierte, würde er sie loswerden. Dusche und Bäcker. Anschließend ein Besuch im Supermarkt. Irgendwie würde er den Tag herumbekommen.

6

Die Wohnung in Wenningstedt war erst wieder ab Anfang November frei. Helen hatte die Hausverwaltung darauf hingewiesen, dass sie die dann bis zum neuen Jahr selbst nutzen würde. Glücklicherweise stand ein anderes Appartement im Objekt zur Verfügung, sie buchte es für die Übergangszeit. Wenn Daniel bis auf Weiteres auf Mallorca weilte, würde sie an die Nordsee fahren und sich den Wind um die Nase wehen lassen.

Der Kofferraum im Audi war geräumig genug, um den Inhalt des Kühlschranks, diverse Weinflaschen, Hundefutter samt Körbchen und ihre Klamotten aufzunehmen. Sie hatte so viele Sachen eingepackt, dass sie es problemlos bei jeder Wetterlage auf der Insel aushalten konnte, ohne großartig waschen zu müssen.

Gestern Abend hatte sie lange mit Sophie gesprochen. Sophie war erstaunt über Daniels Entscheidung, das hatte Helen ihr angemerkt. Kritik äußerte sie nicht. Im Gegenteil: Sie fand es völlig in Ordnung, dass er eine Auszeit von Helen brauchte, und ermunterte sie dazu, ebenfalls einige Zeit allein zu verbringen. *Manchmal muss man sich Raum lassen, um wieder zueinanderzufinden.* Ihre Tochter, die Philosophin. Mit Daniel hatte sie nicht telefoniert. „Soll ich nicht doch mal Tante Irene anrufen?", hatte

Sophie zum wiederholten Male angeboten. Sie wollte vermitteln, schlichten, die Familie zusammenhalten.

Helen hatte Sophie und Ben aus den Einzelheiten des Streits herausgehalten. Beiden war bekannt, dass sie von der Mutter enterbt worden war und das Haus in Leverkusen an Irene fiel. Über die Frustration und die maßlose Enttäuschung, die sie gegenüber Irene empfand und die sie nicht schlafen ließ, verlor sie kein Wort. Erst recht nichts über die endlosen zermürbenden Gespräche mit Daniel.

„Das ist eine Sache zwischen meiner Schwester und mir, misch dich da nicht ein", sagte sie, bemüht, nicht zu bitter zu klingen. Sophie war loyal, sie würde nicht hinter ihrem Rücken handeln. „Ich hab alles gesagt, was ich zu sagen habe. Wenn sie etwas von mir will, muss sie sich melden." Sophies Hinweis, dass auf diese Art und Weise Kriege entstehen, ignorierte sie.

Es war erstaunlich, wie rasch man die Marschroute wechseln konnte. Gestern Morgen kämpfte sie am Küchentisch mit der Lustlosigkeit, in wenigen Minuten würde sie zusammen mit Charlie nach Sylt aufbrechen. Apropos Hund. Wo war der eigentlich? Helen stopfte Butter und Käse zu den Lebensmitteln in eine Stofftüte und trat auf den Flur hinaus. Charlie lag direkt vor der Wohnungstür und fixierte den Koffer, der dort stand.

„Ach, Charlie", rief Helen und beugte sich zu ihm hin. „Du musst keine Angst haben, dass ich dich vergesse. Selbstverständlich kommst du mit." Der Yorkshire spitzte die Ohren, rührte sich allerdings nicht vom Fleck. Als Helen die Leine ergriff, sprang er auf und wedelte. Sie schob ihn mit dem Fuß zur Seite. „Moment, Herr Hund.

Erst belade ich das Auto, dann verlassen wir gemeinsam diese heiligen Hallen."

Das Telefon klingelte, als sie mit Charlie vor der Tür stand. Daniel? Wenn er dich nicht erreicht, ist es kein Beinbruch, sprach sie sich selbst Mut zu, wusste aber, dass sie der Versuchung nicht widerstehen würde. Sie schloss auf und eilte in den Flur. Charlie sträubte sich. Sie ließ die Leine fallen. „Jakobi", meldete sie sich atemlos.

„Helen, hier ist Marlene. Ich hoffe, ich störe dich nicht."

„Nein", antwortete sie und setzte sich mit dem Rücken zur Wand. „Tatsächlich bin ich auf dem Weg nach Sylt. Das Auto ist startklar, Charlie würde am liebsten schon drinsitzen. Super, dass du dich meldest. Wir können uns in natura sehen, wenn du magst."

Marlene lachte scheppernd. „Das gibt's doch gar nicht. Ich rufe an, um mich mit dir in Hamburg zu treffen. Nehme nachher den Autozug und bin heute Abend in der City."

„Na toll, da bin ich hoffentlich in Wenningstedt." Helen seufzte.

„Alles in Ordnung bei dir? Wie geht's Daniel?"

„Daniel hat sich nach Mallorca abgesetzt."

„Ach du lieber Himmel. Warum?"

„Ich geh ihm auf die Nerven. Vermutlich hat er sogar recht damit." Helen merkte, wie ihre Stimme brüchig wurde, und zwang sich dazu, bewusst ein- und auszuatmen.

„Das tut mir leid. Warte mal, ich kann meine Reise nach Hamburg auch verschieben. Kein Problem."

„Das kommt überhaupt nicht infrage."

„Bist du sicher?"

„Na klar, ich bin doch schon ein großes Mädchen. Wie lange bleibst du in Hamburg?"

„Ich weiß nicht genau. Ich hatte auf einmal Sehnsucht nach einer Großstadt. Ab und zu geht mir das Inselleben furchtbar auf die Nerven, und ich muss runter von Sylt. Bin spätestens in einer Woche zurück, wenn ich die Läden leergekauft habe und mir der Strand fehlt. Klingt nicht logisch, ist aber so. Du bist doch sicher dann noch da, oder?"

„Auf jeden Fall. Ich habe das Auto vollgepackt bis unters Dach mit Vorräten, Klamotten und Alkohol. Ich komme durch und wenn du zurück bist, machen wir mit den Hunden einen langen Strandspaziergang und klönen. Wie geht's Jasper? Hütet er Max solange?"

„Äh, nein. Mäxchen kommt mit. Jasper musste für ein paar Tage verreisen in einer Familienangelegenheit. Ich erzähle es dir, wenn wir uns sehen."

„Hoffentlich etwas Positives? Wenn ich an meine Schwester in Leverkusen denke, bekomme ich sofort wieder schlechte Laune." Helen streichelte Charlie, der sich neben sie gesetzt hatte, mechanisch.

„Deine Schwester lebt in Leverkusen?", schrie Marlene in ihr Ohr. „Das ist aber ein Zufall. Jasper ist ebenfalls dort."

„Was will er denn da? So toll ist die Stadt nun auch wieder nicht. Ich muss es wissen, ich bin da geboren."

„Das hast du mir nie gesagt. Jasper ist …, äh …"

„Du brauchst es mir nicht zu erzählen", sagte Helen, die merkte, dass Marlene nach Worten suchte. „Ich muss mich eh sputen, um den Autozug zu erwischen."

„Alles klar." Marlene klang erleichtert. „Ich ruf dich an, wenn ich wieder in Wenningstedt bin."

Merkwürdig. Normalerweise war Marlene die Ruhe selbst. Irgendetwas schien sie zu bedrücken. Hoffentlich war mit ihr und Jasper alles in Ordnung. Sie waren sich letztes Jahr Weihnachten nähergekommen. Zusammen wohnten sie nicht, keiner von ihnen wollte die Eigenständigkeit aufgeben. War auch besser so. Jeder konnte sein Leben notfalls allein gestalten. Helen erhob sich mühsam vom Boden. Nur weil es mit dir und Daniel nicht läuft, musst du nicht überall Gespenster sehen. Fahr nach Sylt, und klär dein eigenes Leben. Damit bist du vollauf beschäftigt.

Einzelne Sonnenstrahlen ließen das Grün der Wiesen erstrahlen. Schafe bevölkerten die Deiche, und der Autozug ratterte, als er auf den Hindenburgdamm fuhr. Helen hatte das Seitenfenster geöffnet. Charlie, der auf ihrem Schoß saß, streckte seinen Kopf hinaus in den Wind. Es herrschte Ebbe. Sie sah Möwen, die im Watt nach Futter suchten. Salzige Luft strömte herein. Helen hielt den Yorkshire fest, der versuchte, herauszuklettern. „Wir gehen nachher ans Meer, da kannst du dich auslaufen."

Ihr Herz klopfte wie jedes Mal, wenn sie sich auf dem Autozug der Insel näherte. Die Vorfreude auf die Wellen, den Strand und die Seeluft machte sie kribbelig. Für einen Augenblick trat der Ärger der vergangenen Stunden zurück und schuf Platz für etwas Neues, Aufregendes. So war es schon immer gewesen. Nordseefreuden. Helen blinzelte in die Sonne und nahm sich vor, nicht weiter nachzudenken. Nur fühlen und ausprobieren, was passierte. So schwer konnte das doch nicht sein.

***

Es dämmerte bereits, als sie mit Charlie am Hundestrand ankam. Sie löste die Leine, und der Hund sauste los. Er verscheuchte ein paar Möwen, die sich am Wasserrand niedergelassen hatten, und bellte voller Lebensfreude. Als sie ihn rief, jagte er zurück und sprang an ihr hoch. Helen bückte sich zu ihm hinunter. Seine Hundezunge streifte ihre Wange. Übermütig ließ sie sich nach hinten in den Sand fallen. Charlie hüpfte auf ihren Bauch, versuchte, ihr Gesicht abzulecken. Abwehrend hielt sie die Hände davor und lachte. Charlie wandte sich von ihr ab und jagte ein paar Meter in Richtung Meer, bevor er sich auf den Rücken warf und anfing, sich am Strand zu wälzen. Vermutlich wieder irgendein stinkender Fisch. Hundeparfum. Helen erhob sich und schüttelte den Sand aus dem Friesennerz. Ein Griff in die Haare verriet ihr, dass heute Abend duschen auf dem Programm stand. Leider gab es in der Wohnung keine Badewanne. Sie wandte sich gen Süden, der Strand war nahezu menschenleer. Charlie folgte ihr und wich den Wellen aus, um nasse Hundepfoten zu vermeiden. Ihr Yorkshire war wasserscheu und nur unter Zwang dazu zu bewegen, in die Wellen zu springen. Bei Regen verkroch er sich im Körbchen, musste regelrecht zum Spaziergang genötigt werden. Heute Abend würde er zuerst duschen.

7

Wann hatte sie das letzte Mal durchgeschlafen? Vor dem Tod der Mutter? Vor dem Wiedereinzug ins Elternhaus? Es kam ihr wie eine Ewigkeit vor. Seit fünf Uhr wälzte sie sich im Bett umher, inzwischen war die Sonne aufgegangen. Schulbeginn war heute erst zur zweiten Stunde. Jede Menge Zeit. Zeit, die es zu füllen gab.

Duschen und Anziehen dauerten nicht lange. Ihr Haar wusch sie nicht täglich, sie steckte es stattdessen zu einem Dutt. Viele Jahre hatte sie es nachgefärbt, das war ihr unterdessen zu aufwendig. Jeans, weiße Bluse und dunkelblaue Strickjacke reichten für den Schultag. Irene öffnete die Haustür, die Tageszeitung lag davor. Das Radio spielte dieselben Hits wie gestern. Keine Veränderung. Im Arbeitszimmer wartete ein Stapel Klausuren auf die Korrektur. Und der Brief, den sie bis heute nicht beantwortet hatte. Er war ihr sofort aufgefallen unter den Werbesendungen und Rechnungen. Wer schrieb heutzutage noch mit der Hand? Alles fand digital statt.

Auf dem Fensterbrett in der Küche saß eine Amsel, die neugierig hereinsah. Irene hob die Zeitung an, und der Vogel flog fort. Sie kam nicht drumherum: Eine Entscheidung musste getroffen werden, Aussitzen würde nicht funktionieren. Oder doch? Mit dem Kaffeebecher setzte sie sich an den Schreibtisch. Vor Schulbeginn schaffte sie ein paar Klausuren. Im Aufschieben privater Angelegenheiten war sie herausragend.

✸ ✸ ✸

Nach sechs Stunden Unterricht in der Mittelstufe war Irene heilfroh, auf dem Heimweg zu sein. Über fünfunddreißig Jahre im Schuldienst schuf Routine. Trotzdem merkte sie ihr Alter und beobachtete an sich eine abnehmende Toleranzschwelle. In wenigen Wochen stand ihr sechzigster Geburtstag an. Viele Kollegen ließen sich früh pensionieren. Dank des Erbes war das für sie nun auch eine Option.

Irene parkte den Golf direkt in der Einfahrt zum Reihenhaus und schulterte ihre Tasche. Sie öffnete das Gartentörchen und entdeckte den Mann, der auf der Schwelle saß. Sie wusste sofort, wen sie vor sich hatte. Schneeweiße kurze Haare, wettergegerbtes Gesicht. Der Typ hatte seine Beine ausgestreckt. Er bemerkte sie und erhob sich schwerfällig.

„Was machen Sie hier?", fauchte sie ihn an.

„Moin", antwortete er bedächtig. „Mein Name ist Jasper Hansen. Ich bin extra aus Sylt gekommen, um mit Ihnen zu sprechen. Haben Sie meinen Brief erhalten?"

Irene ließ die Tasche zu Boden fallen und musterte ihn. Er trug einen dunkelgrauen Seemannspullover und sah sie aus blauen Augen an. Irgendetwas an ihm kam ihr bekannt vor, sie verbannte diesen Gedanken aber sofort. Der norddeutsche Akzent war deutlich zu hören.

„Ich weiß nichts von einem Brief. Verlassen Sie augenblicklich mein Grundstück, sonst rufe ich die Polizei."

„Nun mal langsam." Der Mann trat einen Schritt auf sie zu. Instinktiv wich sie zur Seite. „Wir müssen reden. Wenn es jetzt nicht passt, dann heute Abend. Oder morgen. Ich habe Ihnen meine Handynummer aufgeschrieben." Er griff in seine Jackentasche und förderte einen zerknitterten Zettel hervor, den er ihr entgegenstreckte. Irene nahm ihn zögerlich, vielleicht würde er sie nun in Ruhe lassen.

„Ich habe Ihnen nichts zu sagen", zischte sie und wies in Richtung Straße. „Gehen Sie. Sofort."

„Jo. Auf Dauer können Sie mich nicht ignorieren." Er bewegte sich nicht vom Fleck. „Ich verstehe Ihren Kummer und Ihre Überraschung. Mir geht es doch genauso. Bitte."

Ihr fiel auf, dass er einen Ankerstecker im Ohr trug. Ein Mann mit einem Ohrring, wie primitiv.

Irene machte einen Bogen um ihn herum. Angst, ihm den Rücken zuzudrehen, hatte sie nicht. Er würde sie nicht überfallen. Trotzdem zitterten ihre Hände, und es gelang ihr erst im zweiten Anlauf, den Schlüssel ins Schloss zu stecken. Durch den Türspion beobachtete sie, wie er ihr Grundstück verließ, das Gartentürchen sorgsam schließend. Auf der Straße angekommen, drehte er sich um und fixierte das Haus. Irene schob die Abdeckung vor das Guckloch und kam sich albern vor. Er konnte sie nicht sehen.

✳ ✳ ✳

In der Küche schmierte sie sich ein Butterbrot und setzte Teewasser auf. Kräutertee statt Kaffee, der Nervosität nur verstärken würde. Den Zettel mit seiner Telefonnummer hatte sie auf den Tisch gelegt. Zahlen und Name waren ungelenk gekritzelt, genauso wie sein Brief davon zeugte, dass er nicht oft schrieb. Kein Wunder. Im Schriftstück stand, dass er Seemann war. Abitur hatte der sicher nicht.

Du bist ausgezeichnet darin, Sachen zu ignorieren, die dir nicht passen. Das hat mit Helen geklappt, das wird auch mit diesem Menschen funktionieren, sprach sie sich laut Mut zu. Du hast bis heute alles gemeistert. Mach weiter so, wie du es immer getan hast. Ein Jasper wird daran nichts ändern. Jasper. Jetzt hatte sie doch seinen Vornamen benutzt.

Die letzten Klausuren warteten auf sie. Ihr Arbeitszimmer war spärlich eingerichtet. Außer Regal, Lampe, Schreibtisch und Stuhl kaum Möbelstücke. Bloß keine Ablenkung. Vom Fenster aus sah man in den übersichtlichen Reihenhausgarten. Ein Stück Rasen, drumherum ein paar Beete mit Sträuchern. Nach dem Tod der Mutter hatte sie deren persönliche Sachen in Kisten gepackt und in den Keller geschafft. Dort setzten sie Staub an. Die meisten Möbel kamen auf den Sperrmüll und sie ließ das Haus von oben bis unten neu tapezieren und streichen. Erinnerungen der letzten Jahre weitestgehend vernichten, war die Idee. Bis vor wenigen Tagen hatte es funktioniert. Bis dieser Brief aufgetaucht war.

Als ihre Mutter die Krebsdiagnose erhielt, war sie untröstlich. Warum ich, hatte sie immer wieder gefragt. Irene kündigte ihre Mietwohnung und zog zurück in das Elternhaus. Qualvolle letzte Monate. Die Mutter wehrte sich mit aller Kraft gegen die Krankheit. Hilfe von Dritten annehmen stand für sie außer Frage, und es bedurfte tagelanger Überredung durch Irene, bis der Pflegedienst regelmäßig erschien. Sie wollte niemand Fremden zu sich lassen, starrsinnig bis zum Schluss. Ohne ihre Tätigkeit in der Schule wäre Irene verloren gewesen, rund um die Uhr an die Mutter gefesselt. Mehr als eine Reduzierung der Stunden kam nicht in Betracht. Die Übersiedelung in ein Hospiz lehnte sie hartnäckig ab. Geistig klar bis zum Tode. Zu Hause sterben war ihr Wille. Ein Wunsch, den Irene verstand. Letztlich war es so gekommen.

Fast zwölf Monate war es her, dass sie sie zu Grabe getragen hatten. Siebenundachtzig Lebensjahre, ein stolzes Alter. Den eigenen Mann um mehr als zehn Jahre überlebt. Irgendwie auch eine Leistung.

Ihre kleine Schwester Helen hatte sich herausgehalten. Wie so oft. Immer nur die Vorteile abgreifen. Sie war von Anfang an ein Papakind. Mit der Mutter kam Helen nicht klar. Es krachte regelmäßig zwischen ihnen. Außer ein paar Tage im Frühjahr und im Herbst, in denen Helen sich bequemte, ins Rheinland zu kommen, sahen sie sich nicht. Telefonate gab es, wenn überhaupt, alle zwei Wochen. Irene war diejenige, die sich die Beschwerden der Mutter anhörte.

Nach dem Tod des Vaters wurde sie einmal zu Weihnachten in den Norden eingeladen. Ein einziges Mal. Irene nutzte die Chance und verbrachte den Jahreswechsel zusammen mit einer frisch getrennten Kollegin in einem Wellnesshotel im Allgäu. Die Familienidylle in Hamburg war nur kurz, danach wollte die Mutter die Feiertage wieder in Leverkusen verbringen. *Wir machen es uns hier gemütlich, wir zwei,* hatte sie gesagt und Irene mit diesem Blick angesehen, gegen den sie machtlos war. Eine Mischung aus Erwartung, inständigem Flehen und Traurigkeit. Für Helen war es bequem, sie lebte weit genug entfernt. Weihnachten auf Sylt war Irene nicht vergönnt, sie saß mit Mama vor dem mit Lametta geschmückten Baum und hörte sich Geschichten von früher an. Immer die Gleichen. Von vor Urzeiten, als die Familie noch beisammen war.

Selbstverständlich wurde Helen über die Krebserkrankung informiert. Die Schwester kam mit ihrer Luxuskarosse angerauscht und wirbelte alles durcheinander. Eine zweite ärztliche Meinung sollte her, Helen schlug sogar eine Operation vor, bevor sie sich wieder verabschiedete. Die Mutter sprang darauf an, und es hatte Irene Wochen gekostet, den angerichteten Schaden zu beheben. Der behandelnde Arzt versicherte, dass ein Eingriff außer weiterer Qual zu nichts führen würde. Wieder war die kleine Schwester den einfachsten Weg gegangen. Warum war sie nicht geblieben, um sich das Elend anzusehen?

Leverkusen hatte Helen längst hinter sich gelassen. Sie sprach verächtlich von der Stadt, in der sie aufgewachsen war. Nicht einmal zur Unterstützung von Mutter und Irene hielt sie es hier aus. Die Boutique hätte ohne sie überlebt, schließlich gab es die Geschäftspartnerin. Und wenn nicht, auch kein Verlust. Ihr Mann war der Hauptverdiener. Helen war schon als Kind eine Egoistin. Hauptsache, alles richtete sich nach ihrem Willen. Nur nicht die Hände selbst beschmutzen.

Zur Beerdigung erschien sie mit der gesamten Familie, alle übernachteten in einem vornehmen Hotel in Köln. Leverkusen war zu piefig. In dieser Zeit sprach Irene das Nötigste mit ihr, inzwischen war der Kontakt komplett abgebrochen. Helens Schuld. Hatte sie ernsthaft angenommen, dass ihr die Mutter diesen Verrat verzeihen würde? Den Umzug nach Hamburg, das Im-Stich-Lassen? Irene war es, die sich um alles sorgte. Tag und Nacht, während die kleine Schwester sich amüsierte.

Gern hätte sie Helens Gesicht beim Lesen des Testaments gesehen. Abgesehen von wütenden E-Mails gab es keine Reaktion. Zum Anrufen war Helen zu feige. Oder sie hatte es endlich kapiert: Wem außer Irene standen Haus und Geld zu? Sie war die Alleinstehende, sie hatte keinen Gutverdiener geehelicht. Irene hatte sich gekümmert. Nur fair, dass sie die Alleinerbin ihrer Mutter war. Daran gab es nichts zu rütteln.

Fairness. Sie wog das Wort hin und her. Gab es so etwas überhaupt? Es hatte gedauert, bis sie den Tod der Mutter abzuschütteln vermochte, der Sterbeprozess war grausam. Mit sechzig neu anfangen, sich vom Job beurlauben und reisen. Das war ihr persönlicher Traum. Kataloge von Wohnmobilen lagen im Wohnzimmer, Geld genug war vorhanden. Was hielt sie zurück? Außer Helen gab es keine Familie, und die war für sie gestorben. Endlich auf niemanden Rücksicht nehmen. Warum hatte sie den Brief nicht ungeöffnet in die Tonne geworfen?

8

Am Strand laufen. Eine bessere Therapie gab es nicht. Kilometer um Kilometer an der Wasserkante, das Gesicht gen Himmel gereckt. Helen hatte einen Rhythmus gefunden, die ersten Tage allein auf der Insel gemeistert. Sie beobachtete Charlie, der übermütig vor ihr herlief, die Nase am Boden. Diverse fremde Gerüche, ein Paradies für Hunde. Ab und zu legte er sich hin, wenn er einen Artgenossen in der Ferne bemerkte.

Helen bekam von diesem Schauspiel nie genug. Der Yorkshire blieb jedes Mal wieder angewurzelt stehen, den Schwanz in der Waagerechten angespannt. Wenige Meter vor dem anderen Tier stützte er sich auf die Vorderpfötchen und wedelte, die Ohren gespannt nach vorn gerichtet. Es gab irgendein geheimes Zeichen, was ihm signalisierte, aufzuspringen und sich auf sein Gegenüber zu stürzen. Die Hunde umkreisten sich, und es entschied sich innerhalb von Sekunden, ob man miteinander auskam oder nicht. Nahezu ähnlich wie beim Menschen. Im besten Falle jagten sich die Tiere über den Strand. Alternativ ignorierte man sich und stolzierte aneinander vorbei wie Cowboys vor einem Revolverduell. In Ausnahmefällen wurde leise geknurrt. Charlie war furchtlos, ein echter Terrier. Die Verwegenheit des Hundes hatte Helen schon Nerven gekostet.

Nach ihrer Theorie bestimmte der Auslauf über den Grad der Feindseligkeit. Hunde, die genügend Freiheit bekamen, waren meistens friedlich. Ihr taten die Tiere leid, die selbst am Strand an der Leine geführt wurden. Kein Wunder, dass die zu Aggressionen neigten. Im Grunde war es wie beim Menschen. Ohne Bewegung verkümmerte man, alles drehte sich im Kreis. Veränderung war wichtig, sich auf Neues einlassen. Ideen kamen, wenn man nicht mit ihnen rechnete. Wenn man den Geist schweifen ließ und lief. Vielleicht kam ihr die Erleuchtung, wie es weiterging, wenn sie die Insel umrundet hatte? Sie verscheuchte den Gedanken.

Charlie jagte hinter einer Möwe her und unterschätzte im Eifer die Reichweite einer Welle. Er wurde von einem Wasserschwall getroffen und nahm Reißaus in ihre Richtung. Helen lachte über sein Missgeschick. „Du bist so wasserscheu, kaum zu glauben."

Der Hund schüttelte sich. Es würde sicher nicht lange dauern, bis er sich in den Sand schmiss, um das Jucken des Salzes mit einer Sandpackung zu bekämpfen. Das schrie nach einer erneuten Hundedusche am Abend. Daniel hatte Charlie bei jedem Syltaufenthalt gepackt und in die Wellen geworfen. Der Yorkshire paddelte zurück an den Strand und war für einige Zeit beleidigt. Daniel. Gestern hatte er sich das erste Mal gemeldet. Immerhin. Helen verriet ihm nicht, dass sie ebenfalls geflüchtet war. Wozu auch. Das Telefonat war kurz. Alles in Ordnung, gutes Wetter. Ob das in Zukunft so weitergehen würde? War das der Anfang vom Ende?

Einfach durchatmen, Helen, nicht bewusst denken. Nur fühlen. Sie straffte die Schultern und setzte die Wanderung fort. Gen Norden, Richtung Weststrand. Mal sehen, wie weit die Ausdauer reichte. Das Wasser floss ab, der harte Untergrund war ideal zum Laufen. Schade, dass die Sturmhaube in Kampen seit Jahren geschlossen war. Wie gern hätte sie sich im Restaurant auf dem roten Kliff mit einem Alsterwasser und einer Krabbensuppe gestärkt. Das gehörte früher zu jedem Inselurlaub dazu. Früher. Hör endlich auf mit der Vergangenheit. Wenn du genug vom Wandern hast, nimmst du den Bus zurück nach Wenningstedt. Alles kein Problem.

✳ ✳ ✳

Stunden später duschte Helen den Hund und trocknete ihn mit einem uralten Badetuch ab, das sie aus Hamburg mitgebracht hatte. Charlie entwand sich ihrem Griff und flüchtete unter das Sofa. Dort wähnte er sich sicher vor weiteren Attacken seines Frauchens. Besonders verhasst war ihm der Föhn, den sie benutze, um sein Fell wenigstens ein bisschen anzutrocknen. Da es in der Wohnung eine Fußbodenheizung gab, verzichtete Helen darauf, ihn unter dem Möbelstück hervorzuholen und säuberte die Dusche.

Ob sie sich von Gosch etwas zum Abendbrot holen sollte? Krabbenfleisch mit Bratkartoffeln zum Beispiel. Dazu ein Glas Rosé, maximal zwei. Als es den alten Standort des Restaurants am Kliff noch gab, hatte sie mit Daniel oft den Abend dort verbracht. Draußen zusammen mit anderen Menschen am Tisch stehen, essen und trinken, die Nordsee immer im Blick. Leider gab es das Lokal nicht mehr, es war einem riesigen Esstempel einige Meter weiter zum Opfer gefallen. Für Helen war der vormalige Charme dahin. Die Gerichte waren unverändert lecker, die Atmosphäre im Laden glich dafür eher einer Kantine.

Haderst du schon wieder mit der Gegenwart, dachte sie und schmunzelte. Vielleicht lag es an ihrem Alter, dass sie mit Neuerungen nicht konform ging. Die Insel veränderte sich wie alles um sie herum. Nichts blieb so, wie es einmal war. Leider.

Sie würde den Tag mit ihrem Krimi beschließen. Das klang nach einem vollkommenen Plan. Helen hatte mit sich selbst die Verabredung geschlossen, maximal zwei Gläser Wein am Tag zu trinken. Bisher hatte sie es durchgehalten. Auf Dauer zu viel, das war klar. Momentan brauchte sie diesen Schlummertrunk. Bildete sie sich zumindest ein. In Hamburg gab es von montags bis donnerstags keinen Tropfen Alkohol, darauf hatten Daniel und sie sich von Anfang an verständigt. Zunächst, weil sie den Kindern ein Vorbild sein wollten. Später, weil es in ihrem Bekanntenkreis den einen oder anderen gab, der vom Alkohol nicht mehr loskam. Ob Daniel auf Mallorca auch jeden Abend Wein trank?

Ihr Smartphone klingelte. Sie ließ den Putzlappen im Bad fallen und lief ins Wohnzimmer. Unbekannter Teilnehmer. „Jakobi", meldete sie sich atemlos.

„Hallo Helen, ich bin's", ertönte die Stimme von Marlene.

„Hast du eine neue Nummer? Ich habe dich nicht angezeigt bekommen", sagte Helen erstaunt. „Sorry, moin erstmal."

„Rufe von einer Bekannten an, finde das Gerät gerade nicht. Alles in Ordnung bei dir? Was macht meine Insel?"

„Deiner Insel geht es gut, mir übrigens auch." Es stimmte. Sie war deutlich entspannter als wenige Tage zuvor. „Wie ist es in Hamburg?"

„Wunderbar, Hamburg ist meine Lieblingsstadt. Ich

habe ordentlich eingekauft und alle getroffen, die ich treffen wollte. Morgen bin ich wieder auf Sylt und ich dachte …" Marlene unterbrach sich, und Helen hörte, wie sie mit jemandem im Hintergrund sprach. „Entschuldige, wo war ich?"

Helen kicherte. „Du warst dabei, mir zu sagen, was du dir dachtest." Charlie robbte unter dem Sofa hervor und schlich in Richtung Küche. Sie hörte, wie er Wasser schlabberte.

„Hast du morgen Abend Zeit? Nur wir zwei. Ich bereite uns Krabbenrührei auf Schwarzbrot zu, und wir köpfen eine Flasche Wein."

„Klingt prima, wenn es dir nicht zu viel Mühe macht."

„Ach was, das geht schnell. Ich freue mich auf dich. So gegen sieben. Muss jetzt auflegen, wir wollen zum Abschied ins ‚La Monella'".

„Guten Appetit, meine Liebe." Helen legte das Telefon auf den Couchtisch und folgte dem Terrier in die Küche. „Kleine Planänderung, Charlie. Morgen treffen wir uns mit Marlene und Max zum Essen, also gibt es für mich statt Krabben von Gosch heute Nudeln mit Tomatensauce."

Er sah sie mit seinen braunen Hundeaugen so an, als hätte er jedes Wort verstanden. Versuchsweise schob er den leeren Hundenapf in ihre Richtung. Sie strich ihm über das angetrocknete Fell.

„Seeluft macht hungrig, nicht wahr? Mal schauen, ob es für dich auch noch was gibt."

✳ ✳ ✳

Helen drückte auf den Klingelknopf. Im Hintergrund

ertönte das tiefe Bellen von Max. Charlie hechelte. Wenige Sekunden später öffnete sich die Tür, und Marlene lachte ihr entgegen, den Retriever am Halsband gepackt. „Ach wie schön, dass ihr da seid. Moin."

Sie gab den Weg frei, und Helen beobachtete, wie die Hunde sich ausgiebig beschnüffelten. Dann erst fiel sie Marlene um den Hals.

„Mach dir keine Sorgen um den Kleinen, die zwei kennen sich doch." Wie auf Kommando hüpfte Charlie an Max hoch, der sich auf den Rücken fallen ließ. Helen entspannte sich. Sie musterte Marlene, die ein dunkelblaues Strickkleid trug. Ihre blonden Locken hatte sie mit einem hellblauen Stoffband zurückgebunden.

„Gut siehst du aus."

„Das Kompliment gebe ich zurück, du hast Farbe bekommen. Die Insel tut ihre Wirkung. Lass uns in die Küche gehen."

Marlene hatte das Friesenhaus, das sie von den Eltern geerbt hatte, umgebaut. Alten Charme mit modernem Komfort kombiniert. Der mit blau-weißen Fliesen gekachelte Ofen war unverändert geblieben, er beherrschte den Raum. Auf dem Weißholztisch stand eine Schüssel mit Salat, daneben zwei Weingläser. Die Hunde waren den Frauen gefolgt. Charlie näherte sich dem Napf von Max und wurde mit einem dumpfen Grollen daran erinnert, dass er dort nichts zu suchen hatte.

„Charlie, lass das. Komm da weg", rief Helen, die eine Balgerei befürchtete. Ihr Hund fühlte sich nicht angesprochen und blieb ungerührt stehen. Max schubste ihn mit der Schnauze zur Seite und beschnupperte ausgiebig seine Hundeschüssel.

„Mach dir keinen Kopf, meine Liebe. Die beiden

Hundeherren klären das untereinander. Das ist wie im wahren Leben. Abgesehen davon weiß Mäxchen ganz genau, dass um diese Zeit nichts mehr in seinen Napf wandert." Marlene lachte scheppernd auf, und Helen musste mitlachen.

„Du bist wirklich eisern. Nicht mal ein Leckerli für Mäxchen." Der so Angesprochene spitzte die Ohren und kam schwanzwedelnd näher.

„Jetzt hast du was gesagt." Marlene bückte sich und holte unter der Spüle eine verbeulte Dose hervor. Sie fischte zwei dunkel aussehende Brocken raus und gab einen Max, der sich erwartungsvoll vor ihr aufgebaut hatte. Den anderen warf sie Charlie hin, der nach dem Stück schnappte und sich sofort mit der Beute unter der Eckbank verkroch. Kluges Tier.

„Mehr gibt es nicht, nun zu uns. Trinkst du ein Glas Weißburgunder mit mir? Passt super zu dem Krabbenrührei. Setzt dich doch schon mal hin, das Essen ist gleich fertig." Marlene holte eine Flasche aus dem Kühlschrank und goss ein. „Prost, auf uns."

Der Wein schmeckte nach einem Hauch von Zitrusfrüchten mit einem nussigen Abgang. Helen spürte den Aromen hinterher und sah zu, wie Marlene eine gusseiserne Pfanne auf den Herd stellte und ein Stück Butter hineingab.

„Es tut so gut, bei dir zu sein. Du strahlst so eine Gelassenheit und Lebensfreude aus, die mir oft fehlt."

Max drehte sich mehrfach um sich selbst, bevor er sich vor dem Kachelofen ausstreckte. Das knirschende Geräusch unter ihr verriet, dass Charlie noch am Hundesnack kaute.

„Dein Eindruck täuscht dich." Marlene schlug zwei

Eier in eine Schüssel und verquirlte sie mit einer Gabel. „Als wir vor meiner Abreise nach Hamburg telefonierten, war ich genervt und von Gelassenheit ganz weit entfernt." Sie salzte und pfefferte die Eimasse, bevor sie sie in die Pfanne füllte.

„Erzähl, was ist passiert? Es hat was mit Jasper zu tun, richtig?"

Marlene drehte sich zu ihr hin. „Ja, ich mache mir Sorgen um ihn."

„Ist er noch in Leverkusen? Was macht er da?" Helen schlug sich auf den Mund. „Sorry, wenn ich zu neugierig bin. Du musst natürlich nicht antworten."

„Schon okay, lass mich mal eben die Krabben rausholen." Marlene öffnete den Kühlschrank und entnahm eine bunte Schüssel. Wenige Sekunden später durchströmte ein appetitanregender Duft nach Krabben die Küche. Helens Bauch knurrte, und sie kicherte. „Das riecht so lecker, mein Magen meldet sich bereits."

„Krabbenrührei ist eines meiner Lieblingsgerichte. Geht schnell und schmeckt auf Schwarzbrot einfach genial. Habe ich übrigens auch für Zoey zubereitet, als sie das erste Mal hier war. Die Glückliche ist momentan mit Moritz in Argentinien."

„Wow, da war ich noch nie, muss ein faszinierendes Land sein. Zoey ist so eine liebevolle Person. Wünsche ihr, dass das mit Moritz klappt. Nach dem Tod ihres Lebensgefährten hat sie ein wenig Glück verdient."

„Haben wir das nicht alle? Glück muss man sich nicht verdienen, es liegt meistens an uns selbst. Jeder ist seines Glückes Schmied, du weißt schon. Oh je, ich philosophiere, obwohl ich nüchtern bin." Marlene verteilte das Rührei auf zwei Teller und stellte beide auf dem Tisch ab. „Warum soll das nicht funktionieren? Bist du frustriert, weil Daniel auf Mallorca ist? Möchtest du darüber reden?"

Helen lächelte Marlene an. „Guter Ablenkungsversuch. Aber ja, nach dem Essen. Und ich mag deine optimistische Geisteshaltung." Sie hob das Weinglas an und prostete Marlene zu.

Das Rührei zerging auf der Zunge und war zusammen mit den Nordseekrabben und dem herzhaften Schwarzbrot eine göttliche Kombination. Der Salat aus Rauke und Tomaten rundete das Abendbrot ab. Helen schob sich den letzten Bissen Brot in den Mund, bevor sie den Teller von sich schob.

„Danke, das war großartig." Ihr Blick fiel auf die Hunde. Charlie hatte sich zwischen den Vorder- und Hinterbeinen von Max gezwängt, seine Schnauze berührte den Bauch des Retrievers. „Schau mal, wie die zwei zusammen liegen. Sieht friedlich aus."

Marlene stand auf und stapelte die Teller aufeinander. Beide Tiere hoben den Kopf. „Es gibt nichts für euch Hundeschätze", sagte Marlene. „Für uns dagegen schlage ich Kekse und einen Espresso zum Nachtisch vor."

„Du verwöhnst mich", antwortete Helen. „Ein Espresso wäre fabelhaft."

„Wollen wir in die gute Stube gehen?"

„Ich bin ein Küchenkind und finde es hier wahnsinnig gemütlich."

✳ ✳ ✳

„Du oder ich?", fragte Marlene, als sie das heiße Getränk vor sich stehen hatten.

„Ich fange an", antwortete Helen und setzte sich aufrecht hin. „Daniel hat mich verlassen und ist nach Mallorca geflogen. Dort lebt er in der Wohnung von Lutz, seinem Geschäftspartner. Wann er zurückkommt, weiß er nicht. Vielleicht kommt er auch gar nicht zurück." Sie nahm einen der Mandelkekse, die Marlene in eine blaue Tonschale geschüttet hatte, und drehte ihn zwischen den Fingern.

„Natürlich kehrt er zurück", sagte Marlene. „Er kann ohne dich nicht leben, ihr liebt euch."

„Ich wäre mir da nicht so sicher. Er kann mich nicht mehr ertragen, und weißt du was …" Helen stöhnte leise auf und sah zum Fenster in die Dunkelheit hinaus. „Er hat gar nicht unrecht. Manchmal mag ich mich auch nicht leiden. Ich meine … seit dem Tod von Mami bin ich ab und zu schwer auszuhalten. Es ist nicht ihr Tod …" Sie ließ den Keks fallen und verschränkte die Finger ineinander. „Wir müssen alle sterben, und sie ist immerhin siebenundachtzig geworden. Das ist doch ein stolzes Alter. Außerdem war sie unheilbar krank."

„Na ja", mischte sich Marlene ein. „Gleichwohl fällt es schwer, geliebte Menschen ziehen zu lassen."

„Sicher. Aber meine Mutter konnte mich nicht leiden, Irene war ihr Liebling. Ich war ein Papakind. Trotzdem war ihr Tod irgendwie ein Schock."

Marlene beugte sich zu Helen hin und ergriff ihre Hände. „Du bist ihre Tochter, und sie hat dich geliebt."

„Sie hat mir nie verziehen, dass ich in den Norden gezogen bin. Wenn etwas nicht nach ihrem Willen lief, war sie zickig."

„Das mag sein. Aber das ist viele Jahre her, du hast Daniel geheiratet und zwei tolle Kinder bekommen. Dein

Leben spielt sich in Hamburg ab, du bist selbstständig, die Boutique läuft ausgezeichnet. Was ich meine: Warum jetzt? Was hat sich verändert? Ist es, weil du deiner Mutter nicht mehr sagen kannst, dass du sie trotz allem geliebt hast?"

Helen fiel es schwer, Marlenes warmen Blick standzuhalten. Sie trank den letzten Schluck Wein aus ihrem Glas.

„Ich glaub nicht", antwortete sie zögernd. „Natürlich habe ich sie irgendwie geliebt. Sie war meine Mutter. Lieben nicht alle Kinder ihre Mütter?"

„Keine Ahnung, darüber lässt sich lange philosophieren. Aber mal praktisch: Was treibt dich denn um? Dass du als Nächstes dran bist, weil die Eltern tot sind? Das Gefühl hat, glaube ich, jeder irgendwann. Du kennst ja mein Lebensmotto: carpe diem, nutze den Tag. Es kann uns jederzeit erwischen. Und ob wir nach dem Tod ins Paradies gelangen, weiß auch die Kirche nicht."

Helen drehte den Stil des Weinglases. „Es ist diese Ungerechtigkeit. Mit der komme ich nicht klar. Die macht mich fertig und lässt mich nachts nicht schlafen. Ich fühl mich wie gelähmt."

„Welche Ungerechtigkeit?"

„Ich, äh …" Helen spielte weiter mit dem Glas.

„Ist das eine Aufforderung, dass ich dir Wein nachschenken soll?" Marlene hob die Augenbrauen.

„Besser nicht, lass mich erst erzählen."

„Okay."

Es dauerte ein paar Sekunden, bevor Helen in der Lage war, sich zu offenbaren. „Ich habe das bis heute niemandem gesagt. Nur meiner Familie. Wenn ich ehrlich bin, hätte ich denen das auch am liebsten verschwiegen. Ich …, meine Mutter, … ich bin enterbt worden."

Marlene sagte nichts, wofür Helen dankbar war.

„Sie hat ein Testament erstellt und Haus und Geld Irene hinterlassen. Handschriftlich. Irene ist sozusagen die Universalerbin. Um mich zu ärgern, hat sie hineingeschrieben, dass ich mich nicht um sie gekümmert habe. Stell dir das vor, so ein Hass. Wie hätte ich es der Dame denn recht machen sollen? Hier alles liegen lassen? Nach Leverkusen ziehen? Um sie zu pflegen? Zusammen mit Irene?" Helen merkte, dass ihre Augen feucht wurden, sie kniff sich in die Handfläche.

Marlene schwieg weiter.

„Und meine liebenswerte große Schwester hat sie sicher in der Entscheidung bestärkt. Sie sitzt im Elternhaus auf allen Sachen und lacht sich ins Fäustchen. Klar, ich kann den sogenannten Pflichtteil fordern. Aber es geht mir gar nicht ums Geld, es geht mir um …"

Marlene sah ihr mit zusammengekniffenen Augen ins Gesicht.

„… um Gerechtigkeit."

Charlie hatte sich erhoben und trottete zu Helen hin. Er legte sich so zu ihren Füßen, dass er sie berührte.

„Was habe ich ihr eigentlich getan? Ich meine, wir sind Schwestern. Außer uns gibt es niemanden mehr. Warum tut sie mir das an?"

„Redet ihr nicht miteinander?"

„Nein, mit der bin ich endgültig fertig. So eine Hexe. Sie …" Helen versuchte, sich zu beruhigen. „Das Allerschlimmste ist, dass Daniel mich nicht versteht. Er sagt, ich soll es endlich hinter mir lassen, nach vorn schauen. Das Leben geht weiter und so. Bla, bla, bla. Möchte mal wissen, wie er reagiert hätte, wenn es ihm so gegangen wäre. Er hat von seinen Eltern Immobilien geerbt, die er zusammen mit seinem Bruder verwaltet. Für ihn ist natürlich alles easy."

Marlene stand auf und ging um den Tisch herum. Charlie verzog sich unter den Stuhl. Sie beugte sich zu Helen hinunter und umarmte sie. „Es ist gut, dass du mir das erzählt hast. Reden befreit." Helen roch ihr herbes Parfüm. Tränen liefen über ihre Wangen, und sie fühlte sich geborgen.

„Ich glaub, ich koche uns einen Kräutertee, was meinst du? Oder lieber etwas Stärkeres?"

Helen wischte sich mit einem Taschentuch über die Augen. „Kräutertee klingt prima. Ich habe mir geschworen, meinen Kummer nicht mit Alkohol zu betäuben."

„Ausgezeichneter Vorsatz. Den Wein trinken wir, wenn es dir wieder besser geht."

„Was würdest du an meiner Stelle tun?", fragte Helen. Marlene stand mit dem Rücken zu ihr am Herd.

„Das ist nicht leicht zu beantworten. Ich verstehe die ungeheure Kränkung. Das würde mich genauso treffen. Familie ist aber etwas, was einem bleibt, egal, was man unternimmt. Vom Ehemann kann man sich scheiden lassen, von der Schwester nicht. Ich hab mal gelesen, dass der Mensch drei Zentren hat: Kopf für das Verstandes-mäßige, Herz für die Liebe und den Bauch für die Identität. Also für das, woher wir kommen. Deshalb schmerzt es uns am meisten, wenn wir Probleme mit der Ursprungsfamilie haben. Ist sicher was dran." Marlene füllte Tee in ein Teenetz.

„Irene ist für mich gestorben."

„Sag das nicht."

„Stimmt aber."

„Irene hat keine Kinder, oder?"

„Nein."

„Einen Partner?"

„Nein. Nicht, dass ich wüsste. Hatte sie, glaub ich, auch noch nie für länger. Kein Wunder. Sie ist das fleischgewordene Klischee der alten Jungfer. Und sie arbeitet als Lehrerin, erzieht Kinder. Unfassbar."

Marlene stellte die Teekanne auf den Tisch und sagte nichts.

„Warum willst du das wissen? Ist doch nicht meine Schuld, dass sie nicht geheiratet hat. Ich kann auch nichts dafür, dass sie immer noch in Leverkusen hockt, inzwischen wieder im Elternhaus." Ihre Stimme drohte zu entgleisen, und sie stoppte abrupt. Tief durchatmen.

Marlene goss ihr Tee in den Becher. Ein Hauch von Lavendel lag auf einmal in der Luft. „Mein bevorzugter Beruhigungstee. Wenn wir gleich müde werden, liegt es am Getränk."

„Du hast recht, ich rege mich schon wieder auf. Genau das, was Daniel nicht mehr erträgt." Helen stützte den Kopf in die Hände und schnitt eine Grimasse.

Max war aufgestanden und zu seinem Frauchen getrottet. Er legte sein Haupt in ihren Schoß und stupste sie mit der Schnauze an. „Der braucht seine Streicheleinheiten", sagte Marlene und lächelte. „Er ist ein soziales Wesen, wie wir alle." Sie strich ihm sanft über das Fell.

„Vermittelst du mir durch die Blume, dass Irene sich nur deshalb so mistig verhält, weil sie einsam ist?"

Marlene schüttelte den Kopf. „Nein, ich kenne deine Schwester nicht. Es liegt mir fern, irgendwelche

Diagnosen zu erstellen. Letztlich könnt nur ihr beide das miteinander klären. Du kannst versuchen, darüber wegzukommen. Notfalls mit professioneller Hilfe."

„Das sagt Daniel auch. Ihr habt nicht zufällig telefoniert?"

„Keine Verschwörungstheorien bitte. Die gibt es schon zu Genüge in diesem Land."

„Sorry. War nur ein Spaß."

„Darf ich dich etwas fragen?"

„Sicher."

„Was würdest du tun, wenn du mit deiner Schwester das Haus geerbt hättest?"

Helen stutzte und sah Marlene überrascht an. „Na, ich würde es mit ihr verkaufen und den Erlös teilen."

„Okay. Und wenn Irene das nicht will, weil sie in dem Haus leben möchte?" Marlene beugte sich zu ihr hin.

„Dann, äh … keine Ahnung. Sie müsste mich auszahlen oder so."

„Okay. Nehmen wir an, sie hätte das Geld nicht, um dich auszuzahlen. Was würdest du tun?"

Helen runzelte die Stirn. „Worauf willst du hinaus? Ich …, vielleicht könnte sie in Raten zahlen oder so. Die Frage stellt sich doch gar nicht."

„Ich versuche es mal anders? Geht es dir ums Geld?"

„Was? Nein, natürlich nicht. Geld ist unwichtig."

„Aha. Weil du genügend zum Leben hast." Marlene drehte den Kopf von Max weg, der sich in Richtung der Keksschale bewegte.

„Aber das hat doch überhaupt nichts mit Geld zu tun." Helen rutschte auf dem Stuhl hin und her. „Es geht um die Ungerechtigkeit, darum, dass Mami mich nicht bedacht hat. Und ins Testament reinzuschreiben, dass ich mich nicht gekümmert habe, das ist so gemein. Und Irene macht dabei mit."

„Vielleicht wusste deine Mutter, dass du zurechtkommst und Irene nicht."

Helen öffnete den Mund zum Protest und schloss ihn wieder. Darüber musste sie nachdenken.

„Ich will dich nicht ärgern, Helen, das sind nur meine Gedanken, die ich laut ausspreche."

„Ich weiß, dass du mich nicht ärgern willst. Du bist meine Freundin."

„Ich bin deine Freundin", bestätigte Marlene, „und Freundinnen sollen einander die Wahrheit sagen."

„Du hast recht."

„Mach mich nicht zur Heiligen. Ich habe durchaus meine Abgründe."

„Die würden mich brennend interessieren", sagte Helen leichthin. Das ging ihr alles gerade zu schnell, sie brauchte einen Themenwechsel.

„Aber nicht mehr heute Abend, Liebes." Marlene gähnte und hielt sich die Hand vor dem Mund. „Der Beruhigungstee scheint zu wirken. Du bleibst die nächsten Wochen auf der Insel, und wir werden uns regelmäßig sehen. Strandspaziergänge mit den Hunden unternehmen und das eine oder andere Glas miteinander trinken." Sie zwinkerte Helen zu.

Helen trank den lauwarmen Tee aus und erhob sich. „Danke für den wunderbaren Abend, ich melde mich morgen bei dir." Sie gab Marlene einen Kuss auf die Wange und ging zögernden Schrittes in den Flur, Charlie folgte ihr auf dem Fuße. Einerseits war sie erleichtert, dass sie nicht mehr über ihre desolate Familiensituation nachdenken musste, auf der anderen Seite rumorte es in ihr. Warum hatte Marlene nicht eindeutig für sie Partei ergriffen?

Draußen verabschiedeten sie sich mit einer Umarmung voneinander. Max hob sein Bein an der Hagebuttenhecke, und Charlie beeilte sich, es ihm gleichzutun. Marlene winkte ihr hinterher. Erst als Helen die Tür zu ihrem Appartement aufschloss, fiel ihr ein, dass sie nicht mehr über Jasper gesprochen hatten.

9

Genau um zehn Uhr klingelte es an der Tür. Daniel öffnete und sah sich einer hochgewachsenen schlanken Frau mit schwarzem, schulterlangem Haar und braunen Augen gegenüber, die ihn mit zwei schmatzenden Wangenküssen begrüßte.

„Hola", sagte er und zog seinen Bauch ein. Warum hatte er sich heute Morgen nicht rasiert? „Ich hoffe, Sie sprechen deutsch. Meine Spanischkenntnisse sind äußerst bescheiden."

„Keine Sorge, ich hab Jahre in Deutschland gelebt, in Wolfsburg."

„Ach, wunderbar. Wollen wir einen Espresso auf dem Balkon trinken?"

Maria war Daniel sofort sympathisch. Sie plauderten über das Wetter und die vielen Touristen auf der Insel, bevor sie ihn hochscheuchte. Erster Tagespunkt: Stadtbesichtigung.

Nach einer Stunde hatte sie ihm ihre Lieblingsbars und Restaurants in Palma von außen gezeigt, die meisten hatten noch geschlossen. An dem kleinen Supermarkt bei ihm um die Ecke ging Maria achtlos vorbei und beschwor ihn, Lebensmittel auf dem Markt zu kaufen. Daniel kannte in Hamburg den Isemarkt, wobei kennen nicht hieß, dass er dort regelmäßig einkaufte. Das erledigte Helen.

Maria zeigte ihm den Mercat del Olivar, eine der Markthallen in Palma, die jeden Tag außer sonntags bis zum frühen Nachmittag geöffnet war. Hier bekam man von Obst und Gemüse, Wurst und Fleisch bis hin zu Haushaltsartikeln alles. Sie führte ihn durch die Fischhalle. Es roch würzig und salzig zugleich. Wie bei Gosch in Wenningstedt. Einige Händler kannten Maria und begrüßten sie mit den obligatorischen Küsschen. Er verstand kein Wort von dem, was sie sich zuriefen. Ein Verkäufer hielt einen Oktopus hoch und deutete auf ihn. Daniel winkte lachend ab. Er traute sich angesichts der überladenen Fisch- und Meeresfrüchtestände nicht, ihr zu gestehen, dass seine Kochkünste nur bescheiden waren. Viel mehr als Bratkartoffeln und Spiegeleier bekam er nicht zustande. Allenfalls tiefgefrorene Fischstäbchen dazu. Frischen Fisch hatte er in seinem ganzen Leben noch nie zubereitet. Helen war diejenige, die sich zu Hause um sein leibliches Wohl kümmerte.

Als sie nach dem Umherstreifen zwischen den Buden wieder in der Sonne standen, war Daniel vom Umherlaufen erschöpft, Füße und Rücken schmerzten.

„Ich möchte Sie gern auf ein Glas Wein und ein paar Tapas am Hafen einladen", sagte er und musterte die hochhackigen Sandalen von Maria. „Es ist mir ein Rätsel, wie ihr Frauen euch auf solchen Teilen bewegen könnt, ich jedenfalls bin fix und alle und muss mich dringend setzen."

Maria lachte übermütig und klatschte in die Hände. „Bis zum Hafen ist es nicht so weit. Das schaffen Sie noch."

„Wir nehmen ein Taxi, keine Widerrede." Er winkte einem Taxifahrer zu, der in der Nähe mit seinem Wagen parkte.

„Bitte sagen Sie ihm, wo er hinfahren soll." Maria gab dem Fahrer in schnellem Spanisch eine Adresse an. Daniel lehnte sich in dem Sitz zurück. Für heute war er genug gelaufen.

✳ ✳ ✳

Eine Viertelstunde später saßen sie an einem Tisch mit Blick auf die Kathedrale und das Meer. Daniel streckte die Beine aus und bewunderte die Aussicht, die sich ihm bot. Mitten in der Woche in der Sonne zu sitzen und es sich gutgehen zu lassen. Eine völlig neue Erfahrung. Normalerweise würde er um diese Zeit in seinem klimatisierten Büro über den Bilanzen der Mandanten brüten.

„Woher kennen Sie Lutz?" Er kostete von dem kühlen Weißwein, den der Kellner ihm eingeschenkt hatte. Maria trank Wasser und wollte nichts essen. Kein Wunder, dass sie so schlank war.

„Vom Golfplatz. Er und ich sind Mitglied in Son Antem. Er hat mir erzählt, dass Sie ebenfalls Golf spielen. Wir könnten uns dort zu einer Runde treffen, wenn Sie Lust haben. Es gibt schönere Plätze auf der Insel, für mich stimmt das, wie sagt man, Preis-Leistungs-Verhältnis. Außerdem brauche ich von meinem Haus nicht so lange dorthin." Sie zwinkerte ihm zu. Daniel genoss ihre Unbekümmertheit.

„Leider hat Lutz maßlos übertrieben. Ich habe die Platzreife geschafft, mehr aber nicht. Mir fehlte die Zeit zum Spielen und so ..., ich fange praktisch wieder von vorne an."

„Das macht doch nichts." Maria strich sich die Haare hinter die Ohren, ihre braunen Augen strahlten. „Sie nehmen ein paar Prostunden, und die Bewegung kommt zurück. Sind Sie in einem Club in Deutschland?"

„Ja." Daniel musste grinsen. „Als passives, will sagen, zahlendes Mitglied."

„Muy bien. Dann können Sie bei uns spielen. In einer Woche, wieder um zehn Uhr? Ich hole Sie ab."

„Nicht nötig. Den Weg finde ich. Kann man sich da Schläger leihen?"

„Claro." Maria zögerte und sah ihn forschend an. „Ich habe einen Männersatz zu Hause, den ich Ihnen gebe, wenn es passt. Ich bringe den mit, und Sie probieren es aus." Sie griff nach Ihrer Handtasche und stand auf. „Ich muss gehen, die ‚nietos', wie sagt man ... Enkelkinder, warten auf mich. Ich habe meiner Tochter versprochen, auf sie aufzupassen. Adiós." Sie gab ihm zwei schnelle Küsse auf die Wangen. „Der Weg zum Appartement ist nicht weit."

Daniel sah zu, wie sie durch eine Touristengruppe schritt. Zielsicher stolzierte sie hindurch, die Menschen wichen ihr aus. Ohne Zweifel eine beeindruckende Frau. Großmutter, dachte er lächelnd und trank den Rest seines Weines.

Warte nur ab, mein Lieber, so lange wird es nicht dauern, bis du selbst das erste Enkelkind hast. Ein Kellner erschien und sah ihn fragend an. Was soll's, ich bin im Urlaub. Er bestellte noch ein Glas Weißwein und eine Auswahl Tapas. Den Nachmittag würde er damit verbringen, herauszufinden, wo er möglichst zügig die erste Golfstunde absolvieren konnte. Schließlich wollte er Maria nicht als kompletter Anfänger gegenübertreten.

Sein Handy klingelte. Er warf einen Blick auf das Display: Ben. Das war ungewöhnlich. Normalerweise war er, wenn überhaupt, nur spät abends zu erreichen. Hoffentlich war nichts passiert.

„Hallo Ben."

„Hi Papa, hab gehört, du bist auf Mallorca. Wollte mal hören, was du so treibst."

„Hast du mit deiner Mutter gesprochen?" Verdammt, das war kein gelungener Einstieg.

„Mit der auch. Sie ist auf Sylt."

Sieh mal an. Das hatte Helen ihm am Telefon verschwiegen. Er beschloss, einen Gang runterzuschalten. „Ich sitze in Palma in der Sonne, trinke einen Weißwein und warte auf meinen Mittagsimbiss. Und bei dir so?"

„Wie immer, ich hab gleich den nächsten Termin. Ist mit Mama und dir alles in Ordnung?" Seine Stimme klang gepresst.

„Alles in Ordnung wäre übertrieben, wir brauchen eine kleine Auszeit. Das kommt in den besten Beziehungen vor. Sie auf Sylt, ich auf Mallorca, passt doch irgendwie."

Ben antwortete nicht. Daniel versuchte es erneut. „Ich habe mein Leben lang rund um die Uhr gearbeitet und muss mir überlegen, wie es weitergehen soll. Dafür benötige ich Zeit für mich. Deine Mutter wird sich ebenfalls darüber klar werden, was sie vom Dasein noch will. Mach dir keine Sorgen. Das wird schon."

„Das klingt so, als sollte ich mir Sorgen machen", kam es postwendend von Ben zurück. „Wollt ihr euch scheiden lassen?"

Daniel hielt das Handy ein paar Zentimeter von sich weg und fixierte das Meer. Scheidung. „Wie kommst du auf diese blöde Idee? Von Scheidung kann überhaupt keine Rede sein. Nur weil wir nach über dreißig Jahren mal einige Zeit nicht miteinander verbringen. Das ist völlig absurd."

„Puh, dann ist ja alles roger. Mann, ich bin total erleichtert. Muss leider auflegen, der Kunde wartet. Tschüss Paps."

Hatte Helen Ben gegenüber das Wort „Scheidung" in den Mund genommen?

Der Kellner erschien mit einem Tablett, auf dem sich Schälchen mit verschiedenen Vorspeisen drängten: knusprig gebackene Kartoffeln mit scharfer Sauce, frittierte Tintenfischringe, Oliven, Sardinen, Kroketten und Manchego-Käse. Er verteilte alles auf dem Tisch und wünschte guten Appetit. Es duftete verführerisch nach Knoblauch, trotzdem war der Heißhunger, den er bei der Bestellung verspürt hatte, vergangen. Dachte Helen ernsthaft daran, sich scheiden zu lassen? Und wieso hatte sich Sophie noch nicht bei ihm gemeldet?

✳✳✳

Daniel erwachte mit einem muffigen Geschmack im Mund. Die Nachwehen des Knoblauchgenusses. Er richtete sich mühsam auf. Die Rückenschmerzen waren nicht verschwunden, kein Wunder, das Sofa war weich gepolstert. Eigentlich hatte er sich nach dem üppigen Mittagsmahl nur kurz hinlegen wollen. Dem Stand der Sonne nach zu urteilen, war es inzwischen Zeit zum Abendessen. Er wankte ins Bad und stellte den

Kaltwasserhahn an. Mit beiden Händen spritzte er das Wasser über sein Gesicht, trank davon. Aus dem Spiegel blickten ihm gerötete Augen entgegen. Sollte er unter die Dusche steigen, sich frisch machen für den Abend? Auf die Piste gehen?

Wenn er ehrlich war, vermisste er sein Zuhause in Hamburg, seinen Fernsehsessel und … Helen. Obwohl sie ihm in den letzten Wochen furchtbar mit ihrer Unzufriedenheit und Weinerlichkeit auf die Nerven gegangen war. Sicher, es war kränkend, von der eigenen Mutter auf den Pflichtteil gesetzt zu werden. Hätte ihm auch nicht gefallen und einige schlaflose Nächte beschert. Anderseits verfügten sie beide über ein mehr als ausreichendes Vermögen. Für die Altersabsicherung war gesorgt. Nicht umsonst hatte er viele Jahre bis zur Erschöpfung gearbeitet. Sie konnten den Rest ihres Daseins sorgenfrei genießen: Fernreisen unternehmen, Golf spielen oder sich ein neues, gemeinsames Hobby zulegen, den Sommer auf Sylt verbringen, New York besuchen. Das Leben in seiner ganzen Vielfältigkeit auskosten. Warum sah sie das nicht?

War das Helens Midlife-Crisis? Die berühmten Wechseljahre? In all der Zeit ihres Zusammenseins hatte er sie nie betrogen, obwohl sich ihm mehr als eine Gelegenheit geboten hatte. Sie ihn seines Wissens auch nicht. Wie sollte es zwischen ihnen weitergehen?

Daniel Jakobi, du bist keine Woche auf der Insel und reagierst hysterisch, weil dein Sohn das Wort „Scheidung" in den Mund genommen hat. Du wolltest Abstand, nun hast du ihn. Genieß die Zeit oder hast du das Alleinsein verlernt? Dann wird es höchste Eisenbahn, das zu verändern. Er trottete zurück ins Wohnzimmer und griff nach dem nicht ausgelesenen Thriller. Heute Abend gehst du nirgendwo mehr hin.

10

Letztlich hatte Irene ihn doch angerufen. Es schadete nicht, sich seine Version der Geschichte anzuhören. Wenn es ihr zu viel wurde, konnte sie jederzeit aufstehen und gehen. Irene wählte für das Treffen ein italienisches Restaurant in der Fußgängerzone. Die Gäste saßen nicht so dicht aufeinander, dass man jedes Gespräch vom Nachbartisch mitbekam. Außerdem war man nicht gezwungen, ein mehrgängiges Menü zu verzehren. Irene aß dort öfters Salat. Die Besitzerin, eine kompakte Süditalienerin, die meistens hinter der Theke den Getränkeausschank übernahm, begrüßte sie jedes Mal überschwänglich, um sie dann in Ruhe zu lassen. Genauso, wie Irene es mochte.

Jasper war auf die Minute pünktlich. Er trug denselben grauen Troyer wie bei der letzten Begegnung, darunter ein weißes Hemd. Sie gaben sich die Hand, und Irene stellte fest, dass sie sich den Ankerohrstecker im rechten Ohr nicht eingebildet hatte. Sie verzog das Gesicht.

„Stimmt etwas nicht?" Jasper setzte sich ihr gegenüber.

„Es stimmt gar nichts", antwortete Irene und strich sich mit der rechten Hand über die linke. „Schon die Tatsache, dass wir hier sitzen, ist, gelinde ausgedrückt, ungewöhnlich. Mir ist nicht klar, was Sie eigentlich von mir wollen."

„Und trotzdem sind Sie hier", konterte Jasper und sah

sich nach der Bedienung um. „Lassen Sie uns erstmal was trinken. Was darf ich Ihnen bestellen?"

„Für mich einen Sprudel bitte."

Einer der Söhne der Inhaberin kam auf sie zu. „Einen, äh … Sprudel für die Dame und für mich … haben Sie ein Pils vom Fass?"

„Wir haben nur Kölsch vom Fass oder Flaschenbier."

„Das habe ich befürchtet. Okay, dann trinke ich dieses Kinderbier. Ein Kölsch bitte."

Der Italiener grinste über das ganze Gesicht und entfernte sich. Irene starrte ihn unverhohlen an. Jasper wirkte vergnügt, als hätte er einen besonders intelligenten Witz gerissen.

„Sie mögen kein Kölsch?"

„Es gibt deutlich besseres Bier. Das hier ist mir nicht herb genug, und dann diese Kindergröße. Aber ich bin nicht krüsch." Jasper grinste sie an. „0,2-Liter-Gläser, da hat man doch in einem Zug ausgetrunken."

„Über Geschmack lässt sich streiten", sagte Irene. Sie wollte nicht fragen, was „krüsch" bedeutete. Das würde sie heute Abend im Duden nachschlagen.

„Das stimmt auch wieder."

„Was wollen Sie von mir?"

Jasper riss die Augen auf. „Ist das nicht klar? Sie haben den Brief meines Vaters gelesen. Sonst wären Sie nicht hier. Ich will Sie kennenlernen. Deshalb bin ich hier."

Irene hob abwehrend die Hände. „Moment mal. Wir beide wissen überhaupt nicht, ob Ihr Vater die Wahrheit schreibt. Das ist reine Spekulation."

Der junge Mann erschien mit den Getränken. „Möchten Sie auch was essen?"

„Momentan nicht, wir melden uns", antwortete Irene

eilig. Jasper zuckte mit den Schultern und die Männer tauschten einen kameradschaftlichen Blick aus, über den sie sich ärgerte.

„Mir ist der Appetit vergangen", sagte sie störrisch.

„Erstmal trinke ich auf unser Wohl", sagte Jasper und erhob sein Kölschglas. Der Mann war offensichtlich völlig unbeeindruckt von ihrer ablehnenden Haltung.

„Wo waren wir stehengeblieben?", fragte Irene, die ihr Getränk nicht anrührte.

„Sie glauben nicht, dass mein Vater was mit Ihrer Mutter hatte." Jasper wischte sich mit der Hand den Schaum vom Mund weg. Nicht mal eine Serviette benutzen konnte er.

Irene beschloss, mit Logik zu reagieren. So, wie sie es tagtäglich in der Schule praktizierte. „Für mich sind Sie ein wildfremder Mann, der aus heiterem Himmel mit einem Brief auftaucht, der angeblich von Ihrem Vater aufgesetzt wurde. Meine Mutter ist tot, die kann ich nicht mehr fragen."

„Die Zeilen sind von meinem Vater, das schwöre ich."

„Warum kommen Sie jetzt damit an? Sie haben mir geschrieben, dass Ihr Vater vor vielen Jahren verstorben ist."

Jasper zuckte erneut mit den Schultern. „Ich hab den ganzen Krempel, den meine Mutter nach seinem Tod in Kisten gepackt hat, erst vor wenigen Wochen auseinanderklamüsert. Direkt nach ihrem Tod hatte ich dazu keinen Kopf. Zu viel Tüdelkram. Mein Vater hat den Brief nie an mich abgeschickt, er hat ihn aber auch nicht vernichtet. Er wollte, dass ich es erfahre."

„Hat Ihre Mutter es gewusst?"

„Was? Dass ihr Mann fremd gegangen ist?" Jasper

rang die Hände. „Ehrlich, keine Ahnung. Ich hätte einen Eid geschworen, dass meine Eltern null Geheimnisse voreinander hatten."

„Ja, ja, das denken alle. Ist bloße Illusion. Unsere Vorfahren sind schließlich keine besseren Menschen. Jeder hat etwas, von dem er nicht will, dass der andere es erfährt."

„Sie sind ziemlich direkt, fast norddeutsch. Ich mag das." Jasper grinste.

„Bilden Sie sich bloß nichts ein. Alles, was Sie haben, ist ein Brief, in dem steht, dass Ihr Vater etwas mit meiner Mutter hatte. Na und? Kommt jeden Tag in den besten Familien vor. Das heißt noch lange nicht, dass Sie und ich verwandt sind." Irene trank einen Schluck Wasser. Ihre Kehle fühlte sich so ausgedörrt an.

„Jetzt seien Sie nicht mucksch. Ich habe weitere Briefe gefunden. Welche von Ihrer Mutter. In denen sie schreibt, dass sie schwanger von ihm ist. Ich habe Kopien für Sie. Wollen Sie die lesen?"

Irene zuckte zusammen und stieß das Glas um. Der Sprudel verteilte sich auf dem Tisch, und sie versuchte hektisch, mit ihrer Serviette die Flüssigkeit aufzusaugen. Jasper hatte sich nicht bewegt, er musterte sie ungerührt.

„Wie wäre es mit einem Schnaps auf den Schrecken?"

Irene zerknüllte das feuchte Papiertuch und zwang sich dazu, nicht aufzustehen und wegzulaufen. „Ich trinke ein Glas Chianti", antwortete sie mit betont gelassener Stimme.

Jasper erhob sich, nahm die nasse Serviette auf und schritt zum Tresen, wo er das Gewünschte für sie orderte. Irene überlegte angestrengt, wie sie aus der Situation herauskommen konnte. Ob der Mann wirklich ihr Bruder war? Höchstens Halbbruder, korrigierte sie sich selbst.

„Bitte schön." Jasper stellte ein Glas mit Rotwein vor sie hin. „Denkst du nicht, wir sollten uns duzen? Ich bin Jasper, sechsundsechzig Jahre alt, wohnhaft auf Sylt, im Ruhestand. Früher ein Seemann. Hab ich dir alles geschrieben." Er hob sein fast geleertes Kölschglas und stieß an das Rotweinglas. „Lass uns nochmal von vorn starten und alles in Ruhe beschnacken." Er blinzelte. Irene nippte am Wein. In ihrem Kopf purzelten die Gedanken.

„Für mich ist das zu rasch", fasste sie ihre Gefühle in Worte. „Ich brauche Zeit, um mich an die Situation heranzutasten. Abgesehen davon gibt es keinen Beweis, dass das, was Sie sagen, den Tatsachen entspricht. Vielleicht sind Sie nur hinter meinem Geld her."

Jasper stöhnte. „Okay, bleiben wir beim Sie. Ich will kein Geld. Umgekehrt wird eher ein Schuh draus. Vielleicht fordern Sie das Erbe unseres Vaters ein." Er schüttelte den Kopf. „Wir könnten einen Gentest in Auftrag geben, dann hätten Sie Gewissheit. Das dauert nicht lange und ist unkompliziert, ich hab mich informiert."

„Ein Gentest, ich weiß nicht." Irene runzelte die Stirn. „Darüber muss ich ebenfalls nachdenken. Sie können mich zu nichts zwingen."

„Sie sind durch den Tüdel, ist klar. Ein Vorschlag zur Güte", sagte Jasper. „Ich gebe Ihnen die Kopien der Briefe. Haben Sie in den Unterlagen Ihrer Mutter nachgesehen? Vielleicht finden sich dort die Briefe meines Vaters."

„Meine Mutter hätte solche Schriftstücke nie aufgehoben."

„Sind Sie sich da so sicher?"

Irene zauderte. Die Kartons im Keller. Sachen, die sich nicht durchgesehen hatte. Theoretisch wäre es möglich. Hatte Papa davon gewusst? Seine Lieblingstochter Helen? Ihr Magen verknotete sich.

Jasper sah sie durchdringend an und schüttelte langsam den Kopf. „Bitte, ich will Sie nicht ärgern. Das hier betrifft uns beide. Lassen Sie alles in Ruhe sacken. Ich bin bis Sonntag hier, danach geht's heimwärts. Vielleicht können wir uns nochmal treffen, zusammen spazieren gehen oder so."

„Wieso bleiben Sie so lange in Leverkusen?"

Jasper lehnte sich in seinem Stuhl zurück. „Stört es Sie, wenn ich den Pullover ausziehe? Es ist warm hier drinnen."

„Nein, stört mich nicht."

„Ist es auch in Ordnung, wenn wir etwas zusammen essen?" Er packte mit beiden Händen den Troyer und zog ihn aus.

Gegen ihren Willen musste Irene lächeln. Was für eine absurde Situation. Das würde ihr niemand glauben. Anderseits, wem sollte sie davon erzählen. Helen? Sie verzog das Gesicht.

„Keine Antwort interpretiere ich mal als Ja." Jasper deutete dem Italiener an, dass er Speisekarten bringen solle. Kurze Zeit später erschien der mit zwei in Kunstleder eingebundenen Exemplaren. Jasper schlug die Karte auf und fischte aus der Seitentasche seiner Jacke eine Lesebrille hervor.

„Ich glaub, ich nehm 'ne Pizza", sagte er nach wenigen Minuten und schloss die Karte wieder. „Pizza Salami. Und ein Kölsch. Sind Sie immer noch sauer auf mich?"

„Wieso?"

„Sie haben sich gar nichts zum Essen ausgesucht?"

„Ich kenne die Karte auswendig und weiß genau, was ich essen werde."

„Ach so. Kann es sein, dass Sie eine äußerst kontrollierte Frau sind?"

„Wie meinen Sie das?"

„Na ja, ist der erste Eindruck. Kann mich auch täuschen." Er verstaute die Brille wieder in der Tasche.

„Ich bin Lehrerin von Beruf und von daher gewöhnt daran, vor pubertierenden Kindern zu stehen und mich durchzusetzen."

„Ich bin mir nicht sicher, ob mir der Vergleich schmeichelt." Jasper grinste sie an. Sein Lächeln war irgendwie sympathisch.

„Was darf's sein?", fragte der Kellner und zückte seinen Block.

„Eine Pizza Salami und ein Kölsch bitte. Und für die Dame …" Jasper sah sie auffordernd an.

„Für mich bitte den Salat alla Casa."

„Prego."

„Ist es …"

„Mögen Sie …"

„Entschuldigung", sagte Jasper. „Sie zuerst."

„Ich möchte Sie bitten, etwas über sich selbst zu erzählen. Wenn Sie mögen", sagte Irene. „Was wollten Sie sagen?"

Jasper grinste erneut. Er hatte zahllose Lachfalten um seine Augen herum. Vorher war ihr das nicht aufgefallen. Er war offenbar jemand, der Heiterkeit erlebt hatte.

„Dasselbe wollte ich Sie auch fragen."

Irene schluckte die Korrektur herunter, die ihr auf den

Lippen lag. Er war nicht ihr Schüler, sondern eventuell …
Sie wagte nicht, den Gedanken zu Ende zu führen. „Sie
fangen an", befahl sie.

„Jo. Wenn Sie mich so lieb bitten." Sein Lächeln war
nicht verschwunden. „Eine Zusammenfassung reicht
wohl. Sonst sitzen wir morgen früh noch hier. Einiges
hatte ich geschrieben." Er bedanke sich bei dem Kellner,
der sein leeres Glas gegen ein volles austauschte.

„Also, bis vor wenigen Wochen dachte ich, dass ich
Einzelkind bin." Er zwinkerte Irene zu. „Meine Mutter
war eine Sylter Deern. Ihre Eltern und Großeltern
stammten von der Insel. Sie hat meinen Vater kennengelernt, der als Koch in einem der vornehmen
Restaurants in Westerland arbeitete. Es war Liebe auf den
ersten Blick." Jasper runzelte die Stirn. „So haben es mir
beide immer wieder versichert."

Irene ermunterte ihn mit einer Handbewegung, fort-
zufahren.

Jaspers Blick verlor sich, während er angestrengt nachdachte. „Ich bin 1953 geboren, meine Eltern haben kurz
vorher geheiratet. Mutter war Anfang zwanzig, als ich
zur Welt kam. Es war der Traum meiner Eltern, ein
eigenes Lokal zu eröffnen, dafür haben sie rund um die
Uhr geschuftet. Trotzdem hatten beide immer ein offenes
Ohr für mich."

Er trank von seinem Bier und wischte sich wieder
über den Mund. Irene unterdrückte den Drang, ihm die
Serviette zu reichen. Sie war gespannt auf die Fortset-
zung. „Haben Sie es geschafft?"

„Jo. Anfang der Sechziger besaßen sie ein kleines
Restaurant in Keitum. Dort haben wir auch gewohnt.
Warst du, äh, ich meine, Sie schon mal auf Sylt?"

„Nein, nie. Ich bin bisher immer an die Ostsee gereist, wenn ich ans Meer gefahren bin."

Jasper sah sie ungläubig an. „Was? Noch nie an der Nordsee? Das glaube ich nicht."

„An der Ostsee ist es landschaftlich sehr schön, besonders in den neuen Bundesländern", antwortete Irene. „Im Übrigen bevorzuge ich die Berge." Sie verschwieg, dass der Grund, die Nordsee zu meiden, bei Helen zu suchen war. Die schwärmte, seitdem sie in Hamburg lebte, von Nordfriesland und den Inseln. Helen hatte sie mehrfach eingeladen, in ihrer Ferienwohnung auf Sylt zu übernachten. Das stand zu keinem Zeitpunkt zur Diskussion.

„Ich wollte Sie nicht kränken", sagte Jasper. Offenbar hatte er Irenes Unbehagen bemerkt. „An der Ostsee kann man es auch aushalten."

Das Essen kam. Die Pizza duftete verführerisch nach Knoblauch. Irene bedauerte, dass sie nicht ausnahmsweise von ihrer strengen Regel, abends nichts Kalorienhaltiges zu sich zu nehmen, abgewichen war. Aus Trotz goss sie Olivenöl auf einen Teller und tunkte eine Scheibe Weißbrot hinein.

„Darf ich fragen, wie alt Sie sind?", stieß Jasper zwischen zwei Bissen hervor.

„Ich bin Jahrgang 59."

„Sechs Jahre jünger als ich. Haben Sie Geschwister?"

„Ja, eine Schwester."

„Jünger oder älter?"

„Jünger."

„Haben Sie ihr von mir erzählt?" Jasper schob sich ein weiteres Stück Pizza in den Mund.

Irene spielte mit den Kirschtomaten. „Nein. Wir reden nicht miteinander."

„Oh, tut mir leid."

„Muss es nicht. Wo soll Ihr Vater denn meine Mutter kennengelernt haben?", lenkte sie ab. „Meine Mutter war nie im Norden."

„Mein Vater aber im Westen. Bevor meine Eltern das Restaurant aufgemacht haben, war er ein paar Monate in Köln, zu einer Weiterbildung. Wie das Leben so spielt."

Irene spülte die Tomate mit dem Rotwein hinunter. „Sind Sie verheiratet?"

„Nein, leider nicht. Bis vor Kurzem habe ich niemand gefunden, mit dem ich es hätte probieren wollen."

„Bis vor Kurzem?"

Jaspers Augen strahlten sie an. „Hätte nie gedacht, dass es mich als alter Zausel mal so erwischen würde. Ich habe mich verliebt, nein … ich liebe eine wunderbare Frau. Sie hat als Lehrerin gearbeitet, wie Sie, inzwischen malt sie."

Irene unterdrückte den Anflug von Neid. „Das freut mich für Sie. Erwidert sie die Liebe?" Warum hatte sie das gefragt? Das ging sie nun wirklich gar nichts an.

„Jetzt fragen Sie mich aber was." Jasper hörte auf zu essen. „Ich hoffe doch. Nein, ich bin mir eigentlich sicher. Neuer Versuch: Ich weiß, dass sie mich liebt." Er blickte sie hilflos an. Jetzt wirkte er das erste Mal so, als hätte er nicht alles im Griff. Wie beruhigend.

„Sind Sie verheiratet?"

„Nein. Das haben wir gemeinsam, ich war es auch nie. Allerdings gibt es niemanden in meinem Leben, der mir nahesteht."

„Jetzt gibt es mich", sagte Jasper und griff erneut nach dem Besteck.

Irene räusperte sich. Gegen ihren Willen war sie von

den einfachen Worten gerührt. „Noch wissen wir nicht, ob wir wirklich denselben Vater haben."

„Ich brauche keinen DNA-Test, ich bin mir inzwischen sicher. Sie und ich haben mehr Gemeinsamkeiten, als Sie sich vorstellen. Tatsächlich ähneln Sie unserem Vater. Aber wir können den Test machen. Kein Problem für mich. Wollen Sie ein Foto von ihm sehen?" Er warf ihr einen fragenden Blick zu.

Irene versuchte, sich zu sammeln. „Später vielleicht. Bleiben Sie deshalb in Leverkusen? Falls ich es mir anders überlege?"

Jasper schüttelte den Kopf. „Hauptsächlich, um Sie näher kennenzulernen. Ich bin in der Welt herumgekommen, im Rheinland war ich noch nie. Von daher verbinde ich beides: Sightseeing und Familienbesuch." Wieder grinste er. Irene stellte fest, dass sie anfing, seinem Charme zu verfallen. Sie wandte den Blick ab und winkte dem Mann zu, der sie bedient hatte.

„Ich hätte gern noch ein Glas von dem Rotwein und für den Herrn …"

„Noch ein Glas Kölsch", vervollständigte Jasper ihren Satz.

Morgen würde sie Kopfschmerzen haben, so viel stand fest. Egal. „Wenn Sie Lust haben, zeige ich Ihnen am Samstag etwas von der Umgebung. Das Bergische Land oder Köln, suchen Sie es sich aus."

„Das machen wir unter einer Bedingung …"

„Und die wäre?"

„Dass wir uns bis dahin duzen."

11

Gab es etwas Schöneres als frische Brötchen vom Insel-
bäcker, einen Pott Kaffee und die Tageszeitung? Helen
verteilte großzügig Krabbensalat auf das Rundstück und
leckte vom Messer die Mayonnaise ab. Charlie, wie
immer unter dem Tisch, hoffte, dass ein paar Krümel den
Weg zum Boden fanden. Er fraß auch Krabben.

"Du hast schon gefrühstückt, Hund", sagte sie zu ihm
und biss genüsslich in das Brötchen. "Hier gibt es nichts
für dich."

Krabbensalat gehörte für Helen zu einem Syltaufenthalt wie Spaziergänge am Meer. Daniel machte sich
darüber jedes Mal lustig und erinnerte sie daran, dass
man auch in Hamburg Meeresfrüchte bekam. Egal. Sie
war ohne ihn hier und würde den Aufenthalt genießen.
Tun und lassen, was sie wollte. Sich amüsieren. Und nachdenken, wie es weiterging. Bis jetzt hatte er sich nicht
mehr gemeldet. Sie würde ihn mit Sicherheit nicht
anrufen. Helen schlug die Zeitung auf und versuchte,
sich auf den Inhalt zu konzentrieren. Ich schaffe das.

Das gestrige Gespräch mit Marlene hatte sie in den
hintersten Winkel ihres Gehirns verbannt. Sie würde sich
den Aufenthalt nicht von ihrer Schwester verderben
lassen. Irene würde in ihren Gedanken und Plänen keine
Rolle mehr spielen. Das war das Ziel. Es reichte, dass sie

sich mit Daniel und der Zukunft ihrer Ehe befassen musste. Aber nicht heute.

Der Himmel war blankgeputzt, kein Wölkchen zu sehen. Sonnenstrahlen tauchten den Balkon in ein gleißendes Licht, die Tür stand auf und ließ die salzige Luft ins Zimmer herein. Nach dem Frühstück würde sie mit Charlie nach Munkmarsch fahren und am Watt entlang in Richtung Keitum laufen. In dem einstmaligen Kapitänsdorf reihten sich historische Reetdachhäuser in verwinkelten Gassen aneinander, gesäumt von altem Baumbestand. Neben den Ateliers der Kunsthandwerker gab es die eine oder andere Luxus-Boutique, der Helen einen Besuch abstatten wollte. Schließlich schadete es nie, die Konkurrenz zu beobachten und sich Anregungen zu holen. Stärken würde sie sich in Nielsens Kaffeegarten. Bei diesem Wetter hatte man draußen einen sensationellen Blick auf das Wattenmeer. Soweit der Plan. Sie fühlte sich besser mit einer Marschroute für den Tag. Vielleicht deshalb, weil sie seit langer Zeit wieder allein unterwegs war.

Helen schluckte den letzten Bissen des Brötchens herunter und spülte mit Kaffee nach. Wie schnell die Zeit verging. Ihre erste Schwangerschaft war nicht geplant. Ursprünglich wollte Helen nach dem Abitur studieren, wie Irene, die zu der Zeit Lehramtsreferendarin war und ihrer Verbeamtung entgegenfieberte. Zwei Semester Politik und Geschichte, und Helen wurde bewusst, dass die Universität nicht der richtige Ort war. Alles zu verkopft. Ihr Vater ermunterte sie, eine Ausbildung als Rechtsanwaltsfachangestellte zu absolvieren. Wenn dir der Job gefällt, kannst du immer noch Jura studieren, hatte er gesagt. Helen erinnerte sich an die freudlosen

Jahre in einer Großkanzlei in Köln. Die Arbeit mit den Menschen bereitete ihr Spaß, das Schreiben nach Diktat nicht. Sie wollte raus, raus aus dem Elternhaus, aus Leverkusen und dem Rheinland. Helen bewarb sich auf eine Stelle in Hamburg, weil ihr die Stadt gefiel. Ihre Eltern ließen sie ungern ziehen, der Vater war nicht begeistert. Der Mutter konnte sie sowieso nichts recht machen. *Was willst du bei den Fischköpfen?*, hatte er gefragt.

In dem Jahr, wo sie nach Hamburg zog, erkundete sie die letzten Wochen vor Arbeitsantritt Norddeutschland. In ihrer himmelblauen Ente zuckelte sie bis hoch nach Dänemark, beeindruckt vom flachen Land, dem tiefhängenden Himmel und dem leuchtenden Gelb der Rapsfelder. Helen übernachtete in kleinen Pensionen und genoss die Freiheit des Augenblicks, ließ sich treiben. Der letzte Urlaub, den sie mit sich selbst verbracht hatte.

Daniel lernte sie auf einer Party im Curio-Haus kennen, zu der sie eine Kollegin mitschleppte. Sie verliebte sich Hals über Kopf in ihn. Kurze Zeit später war sie schwanger mit Ben. Unter Karrieregesichtspunkten ein unglückliches Timing. In ihrem Beruf hatte sie nie mehr gearbeitet, was zugegebenermaßen kein Verlust war. Ehrenamtliche Tätigkeit, solange die Kinder klein waren, und dann die Selbstständigkeit. Sie liebte Mode schon immer. Es waren ausgefüllte Jahre, bis jetzt. War die Luft tatsächlich raus? So etwas wie Torschlusspanik vor dem Rentnerinnendasein? Warum fühlte sie sich so gelähmt?

Sie würde es wieder lernen, das Alleinsein. Schließlich war sie ein eigenständiger Mensch, finanziell nicht abhängig von Daniel. Ihr Vater hatte Gott sei Dank noch erlebt, wie sie die Boutique eröffnet hatte. Er war eigens mit der Mutter zur Einweihung angereist. Sie erinnerte sich an seine strahlenden Augen, den Stolz, den er empfunden hatte. Auf einmal fühlte sie sich getröstet.

* * *

Helen parkte vor dem Fährhaus Hotel am Munkmarscher Hafen und bewunderte die frisch geweißte Fassade des Gebäudes. Es herrschte Flut. Auf dem Meer tummelten sich Surfschüler, zu erkennen an den einheitlich rot-gelben Segeln. Mit Charlie wanderte sie bis dicht an das Wasser heran. Der Hund blieb kurz vor dem Nass stehen und stemmte die Beine in den Boden.

„Du bist so ein Schisser", schalt sie ihn liebevoll. Helen zog Sneakers und Socken aus und beschwerte die fallengelassene Leine mit den Schuhen, damit Charlie sich nicht entfernte. Barfuß, mit umgekrempelten Jeans, tastete sie sich ein paar Schritte ins Meer vor. Das Wasser war kalt und klar, sie versank bis zu den Schienbeinen im Schlick, bewegte die Zehen und beobachtete winzige Fische, die zwischen den Füßen hin- und zurückschwammen. Sanfte, kaum wahrnehmbare Wellenbewegungen. Etwas sauste an ihr vorbei, es spritzte, und sie verlor das Gleichgewicht. Helen ruderte mit den Armen, schwankte von einer zu anderen Seite. Aus dem Augenwinkel sah sie, wie ein großer Hund am Uferrand entlang preschte, verfolgt von einem ebenso riesigen Artgenossen. Die zwei balgten sich wenige Meter weiter im nassen Sand, bevor sie ihr Wettrennen fortsetzten. Helen drehte sich zum Ufer, gerade noch rechtzeitig. Charlie war es irgendwie gelungen, die Schuhe abzuschütteln, und peste, die Leine hinter sich herziehend, den Hunden hinterher.

„Komm sofort zurück!", schrie Helen und rannte ihm nach. In der Hektik übersah sie einen im Wasser liegenden Stein und stieß mit dem großen Zeh dagegen. Schmerz schoss in ihr Gehirn. Humpelnd verfolgte sie Charlie, der durch das Ende der inzwischen eingerollten Leine, das hin- und herschleuderte, am Vorankommen gehindert wurde. Sie erreichte ihn nach einigen Metern und trat auf das Band.

„Du kleiner Mistkerl", schimpfte sie und setzte sich auf den Boden, um ihren Fuß zu untersuchen. Vorsichtig wischte sie den Sand beiseite, es blutete nicht. Glück gehabt. War sie eigentlich gegen Tetanus geimpft? Worüber denkst du nach? Man könnte meinen, du bist zu einer hysterischen alten Frau mutiert. Kein Wunder, dass Daniel Reißaus genommen hat. Sie ignorierte den Hund, der ihr über den Fuß leckte, und erhob sich mühsam. Die Lust am Spaziergang war ihr vergangen. Sie sehnte sich nach ihrem Bett in Hamburg. Kopf unter die Bettdecke, nichts mehr sehen und hören. Charlie hinter sich herziehend, schlich sie zurück zu ihren Schuhen, die umgestülpt neben einem mit Salz verkrusteten Holzstück lagen. Ihr Handy läutete, und sie zog es aus der Jacke. Das Foto von Ben poppte auf, sie nahm das Gespräch an. Normalerweise rief Ben tagsüber nie an. Seitdem Daniel auf Mallorca war, meldete er sich erstaunlich regelmäßig.

„Hallo mein Schatz. Alles in Ordnung bei dir?"

„Hi Mum, das wollte ich dich gerade fragen."

„Bei mir ist alles im grünen Bereich", sagte Helen und bemühte sich um einen optimistischen Tonfall. „Lieb, dass du so oft anrufst, aber nicht nötig. Du hast sicher andere Dinge zu tun."

„Ich hab mit Papa gesprochen."

„So", sagte sie und versuchte, ihr klopfendes Herz zu ignorieren.

„Er klang ganz relaxt, weißt du."

„Das ist doch wunderbar für ihn", antwortete sie und ging in die Hocke, um sich hinzusetzen.

„Ich glaube, er benötigt einfach mal Zeit für sich", sagte Ben, „er kommt sicher bald zurück."

„Na toll. Und du denkst, ich nehme ihn dann wieder auf, und alles ist gut."

„So habe ich es nicht gemeint, reg dich bitte nicht auf."

„Ich will mich aber aufregen!", brüllte Helen in den Hörer. „Was würdest du denn in meiner Situation tun? Stell dir einfach vor, deine Sandra verlässt dich und fliegt nach Malle, weil sie eine Auszeit braucht. Wann und ob sie zurückkommt, sagt sie dir nicht. Na, wie ist das?"

Helen lauschte dem Atem ihres Sohnes und bereute ihren Ausbruch. „Tut mir leid, ich wollte dich nicht anfahren. Ich freue mich doch, deine Stimme zu hören. Charlie hat versucht, abzuhauen, und ich hab mir den Fuß gestoßen bei der Verfolgung." Sie unterdrückte den Lachreiz, der in ihr hochstieg.

„Papa will sich nicht scheiden lassen."

„Was?"

„Von Scheidung kann überhaupt keine Rede sein, hat er gesagt. Ich dachte, dass du dich darüber freust. Ich …"

Die Wutwelle kam zurück. „Vielleicht denke ich ja über eine Scheidung nach!", schrie sie und ignorierte Charlie, der angefangen hatte zu zittern. „Sag das deinem Vater, wenn du nochmal mit ihm sprichst."

„Sophie hatte recht", sagte Ben. „Ich hätte mich nicht einmischen sollen."

„Nein, hättest du nicht. Lass uns bitte von was anderem reden."

„Äh, sorry, habe gleich den nächsten Termin. Ich melde mich wieder. Mach's gut."

Aufgelegt. Ben hatte einfach aufgelegt. Er war genauso ein Feigling wie sein Vater, konnte den Konflikt nicht ertragen. Nein, das stimmte nicht. Helen streichelte Charlie an seiner Lieblingsstelle am unteren Rücken. Sie musste Ben anrufen, um sich zu entschuldigen. Heute Abend, wenn sie sich beruhigt hatte. Das Handy klingelte erneut.

„Ben, es tut mir leid", meldete sie sich, ohne auf das Display zu sehen.

„Ich bin's. Marlene. Störe ich?"

„Entschuldigung, nein. Habe gerade meinen Sohn beschimpft."

„Oh, was hat er angestellt?"

„Mich angerufen und mir erzählt, dass er mit Daniel telefoniert hat. Der wiederum hat ihm gesagt, dass er nicht an Scheidung denkt." Helen stoppte. Das klang selbst für ihre Ohren verworren.

Marlene lachte scheppernd auf, und Helen fing an zu kichern. „Ich habe getobt und Daniel ausrichten lassen, dass ich über eine Scheidung nachdenke. Kannst du dir das vorstellen? Ben war völlig verstört, der Arme." Sie prustete los, und es dauerte eine Weile, bis sie wieder sprechen konnte. „Sorry, ich weiß auch nicht, was mit mir los ist."

„Mach dir keinen Kopf, schrei es raus, wenn es hilft. Dein Sohn ist erwachsen, der wird damit fertig."

Marlenes gelassener Ton wirkte: Ihr Herzschlag verlangsamte sich. Charlie grub vor ihren Füßen eine

Kuhle. Sie drehte sich weg, um den Sand nicht in die Augen zu bekommen.

„Er ist sicher verschreckt, kennt das von mir nicht."

„Eine Mutter ist auch nur ein Mensch."

„Mhm, ja und nein. Egal. Weshalb rufst du an?"

„Ich wollte hören, wie es dir geht. Als ich gestern im Bett lag, habe ich über den Abend nachgedacht. Ich war ganz schön direkt in Bezug auf deine Schwester. Das wollte ich dir sagen. Manchmal schieße ich übers Ziel hinaus."

„Ach, Marlene, du bist süß. Mach dir keinen Stress. Du bist meine Freundin und Freundinnen dürfen einem den Kopf waschen. Wenn ich ehrlich bin, wollte ich noch heute Morgen nie mehr über Irene reden. Wenn das aber dazu führt, dass ich ein Magengeschwür bekomme, ist es der falsche Weg. Inzwischen denke ich, ich sollte eine Schreitherapie machen."

„Dazu brauchst du keine Therapeutin. Du gehst am Wasser lang und schreist in den Wind. Vertrau mir. Ich weiß, wovon ich rede."

„Du praktizierst diese Methode?" Helen war gegen ihren Willen fasziniert.

„Ja. Immer dann, wenn es mir nicht gut geht."

„Okay, ich versuche es."

„Wann sehen wir uns? Heute Abend gehe ich zum Yoga. Wenn du Lust hast, kannst du mitkommen."

„Das ist lieb von dir, lass mal. Ich bin auf dem Weg nach Keitum, und wenn ich heute Nachmittag zurück bin, habe ich mich genug sportlich betätigt." Sie berichtete Marlene von ihrem Missgeschick und Charlies Ungehorsam. „Ich melde mich bei dir, okay? Du bist mir noch die Geschichte mit Jasper schuldig. Hat der sich inzwischen bei dir gemeldet?"

„Ja, heute Morgen. Sonst hätte ich ihm auch die Ohren langgezogen."

„Prima. Ich will unbedingt wissen, was er in Leverkusen macht."

„Erfährst du auf jeden Fall. Mach's gut und pass auf Charlie auf.

„Haha."

Charlie hatte sich inzwischen in seine Kuhle hineingelegt und hechelte. „Auf geht's nach Keitum. Auf diesem Stück bleibst du an der Leine. Keine Jagd nach Kaninchen und Artgenossen. Zurück fahren wir mit dem Bus."

12

Nach dem Yoga-Kurs fühlte sich Marlene gedehnt, erschöpft und zufrieden zugleich. Sie war beileibe keine Sportlerin, obwohl sie die Bewegung schätzte. Den ganzen Tag auf dem Sofa liegen, kam für sie nicht in Betracht. Körperliche Aktivität brachte den Geist zum Schwingen. Eigentlich reichten die Strandwanderungen mit Max, um ihrem Verlangen nach Auslauf Genüge zu tun. Mit den Jahren hatte sie aber erkannt, dass es unerlässlich war, sich Gelenkigkeit zu erhalten. Yoga half dabei, abgesehen von der Entspannung am Schluss der Stunde, auf die sich Marlene jedes Mal aufs Neue freute. Unbeweglich auf der Matte liegen und spüren, wie sich der Körper Muskel für Muskel lockerte. Letztlich war es genau das, was sie immer wieder in das Studio trieb.

Sie summte vor sich hin, während sie das Auto nach Hause lenkte. Jasper hatte sich am Morgen endlich gemeldet. Sie hatten sich zu einem abendlichen Telefonat verabredet. Ihr Liebster hatte sich für die Funkstille entschuldigt und versprochen, regelmäßig ein Lebenszeichen von sich zu geben.

***

Mäxchen begrüßte sie schwanzwedelnd, Marlene ließ ihn

in den Garten und sah zu, wie er sein Bein an der Hecke hob. Gegen Mittag hatten sie eine ausgiebige Strandrunde gedreht, das reichte für heute. Der Hund folgte ihr in die Küche, leerte den mit Wasser gefüllten Hundenapf und beobachtete mit gespitzten Ohren, wie sie sich einen Kräutertee zubereitete.

„Du trinkst nur in Gesellschaft, nicht wahr", sagte sie und kraulte ihn am Kopf. Der Retriever sah sie aus seinen braunen Augen an und wie so häufig hatte sie das Gefühl, dass er jedes ihrer Worte verstand. „Komm, wir legen uns ins Wohnzimmer aufs Sofa, oder besser gesagt, ich strecke mich dort aus und du davor."

Sie gab ihm einen Klaps auf die Flanke. Bewaffnet mit Teekanne und Becher schlurfte sie in Richtung der Couch. Meldete sich der obligatorische Muskelkater schon jetzt? Mit einem leisen Aufseufzen kuschelte sich Marlene in eine Fleecedecke, das Telefon griffbereit. Sie schaltete den Fernseher ein und zappte sich durch die Programme. Es klingelte, als der Nachrichtensprecher das Wetter ankündigte. Marlene schreckte hoch. Sie brauchte einen Moment, bis sie den Hörer ertastete. Max hatte sich am hinteren Ende des ausladenden Möbels eingerollt und rührte sich nicht vom Fleck.

„Habe ich dich geweckt?", flüsterte Jasper. „Es ist schon ziemlich spät. Ich habe nur gedacht …"

„Bin nach dem Yoga eingenickt. Max, verschwinde sofort vom Sofa." Marlene räusperte sich und gab dem Retriever mit dem Fuß einen leichten Schubs. Der warf ihr einen vorwurfsvollen Blick zu und erhob sich widerwillig. Auf dem Boden schüttelte er sich und drehte sich mehrfach um sich selbst, bevor er sich mit einem Seufzer wieder ausstreckte.

„Der Hund ist nicht blöd." Jasper lachte.

„Beileibe nicht, er nutzt jede Gelegenheit." Marlene gähnte und zog die Beine an.

„Wir können auch morgen telefonieren."

„Auf keinen Fall. Ich bin froh, dass wir miteinander sprechen. Erzähl mir von deinem Tag. Wie ist es im Rheinland?"

„Heute schien die Sonne, und die Blätter fangen an, sich zu verfärben. Ich mag den Rhein. Fließt ganz schön schnell und ist breiter als gedacht."

Marlene kicherte. „Hauptsache Wasser."

„Jo."

Sie schwiegen.

„Bist du weitergekommen, ich …"

„Ja", unterbrach Jasper sie. „Ich war mit meiner Schwester, also Halbschwester, vorhin essen."

„Wunderbar, das freut mich so für dich. Wie ist sie denn?"

Es dauerte einen Augenblick, bevor Jasper antwortete. „Sie ist … distanziert, würde ich sagen. Misstrauisch. Sie glaubt mir nicht, dass ich ihr Bruder bin. Einen Gentest will sie nicht, noch nicht."

Marlene wählte ihre Worte sorgfältig. „Na ja, stell dir vor, aus heiterem Himmel steht eine Frau vor der Tür und behauptet, dass sie deine Schwester ist."

Marlene hörte, wie Jasper hustete.

„Sie hat vorher von mir den Brief bekommen."

„Auf den sie nicht reagiert hat. Immerhin habt ihr euch getroffen. Das ist doch ein gutes Zeichen."

„Ich war auch überrascht. Habe vor ihrem Haus auf sie gewartet und ihr nochmal meine Telefonnummer gegeben."

„Und sie hat dich angerufen."

„Ja."

„Trefft ihr euch wieder?"

„Am Samstag will sie mir die Umgebung zeigen. Vielleicht geht's nach Köln. Dom und so. Die Kirche ist wirklich beeindruckend. Warst du mal in Köln?"

„Vor vielen Jahren auf Klassenfahrt. Habe mit meinen Schülern in der Jugendherberge gewohnt und das übliche Besichtigungsprogramm absolviert." Auf einmal verspürte Marlene eine ungeheure Sehnsucht nach ihm. Sie schloss die Augen und versuchte, sich seinen Geruch in Erinnerung zu bringen. Würzig und herb zugleich. Ein Hauch von Zedernholz. „Wann kommst du zurück?"

„Sonntag bin ich wieder auf der Insel."

„Ich freue mich auf dich. Du fehlst mir. Ich koche uns was Leckeres, ja?"

„Du fehlst mir auch", sagte Jasper. „Hätte nie gedacht, dass ich das mal zu 'ner Frau sagen würde."

„Ich fühle mich geschmeichelt." Marlene stellte ihre Füße auf den Rücken von Max, der kurz den Kopf hob.

„Ich bin nicht gut darin, Liebeserklärungen zu machen."

„Hauptsache, du liebst mich."

Stille. Max zuckte zusammen, vermutlich träumte er von der Möwenjagd.

„Wir sind schon ein tolles Paar", sagte Marlene und kicherte. „Zwei alte Zausel, die sich romantische Dinge in den Hörer flüstern."

Jasper lachte ebenfalls. „Wenn hier einer der Zausel ist, dann ich."

Marlene kraulte Mäxchen an seiner Lieblingsstelle am Rücken. Der Hund stieß einen wohligen Seufzer aus und wand sich unter ihrer Hand. „Lade doch deine Schwester nach Sylt ein."

„Habe ich mir auch schon überlegt. Stell dir vor, sie war noch nie an der Nordsee. Immer Berge oder Ostsee."

„Die für einen Seebär wie dich natürlich kein richtiges Meer ist."

„Nö, das würde ich so nicht sagen. Die Ostsee ist nicht ohne Tücken, aber mit der Nordsee nicht zu vergleichen. Ebbe und Flut, das Watt, die Dünen, das Licht."

„Ach, schau mal an, du schwärmst ja, Liebster. Wird Zeit, dass du zurück nach Sylt kommst."

„Ja. Und zu dir."

In Marlene kribbelte es so wie vorhin auf der Yogamatte. „Und du sagst, du kannst keine Liebeserklärung."

✳✳✳

Am nächsten Morgen hingen tiefdunkle Wolken am Himmel, es goss in Strömen und der Wind wirbelte Blätter über den Rasen. Marlene schlüpfte in ihre blauen Gummistiefel und zog den Friesennerz an, die Kapuze unter dem Kopf zugebunden. Max steckte seine Schnauze durch die Tür und blieb abwartend stehen.

„Ich verstehe, dass die Begeisterung gering ist, ich würde auch lieber in der warmen Stube bleiben. Wer rastet, der rostet, oder so ähnlich." Marlene kicherte und trat vor das Haus. Auf dem Weg hatte sich eine Pfütze gebildet, durch die sie hindurch stapfte. „Wir sind ein abgehärtetes Pärchen, wir beide." Sie schloss das Gartentor und leinte den Hund an. „Je eher wir es hinter uns bringen, umso schneller sind wir wieder im Trockenen."

Auf dem Weg zum Bäcker überlegte Marlene, was sie kochen könnte. Oder sollte sie zur Abwechslung eine Pizza von ihrem Lieblingsitaliener bestellen? Zusammen mit Helen und Charlie vor dem Kamin sitzen. Der Sturm riss ihr die Kapuze vom Kopf und ein Wasserschwall traf Haare und Gesicht. Mit der rechten Hand zog sie das Teil zurück und blieb stehen, weil Max ausgiebig an einem Busch schnüffelte. So war der Hund: In dem Moment, wo er sich in der freien Natur bewegte, vergaß er das Wetter um sich herum.

Beim Bäcker angekommen, band sie ihn am Fahrrad-ständer fest. Normalerweise wartete Max gehorsam, bis sie wiederkam. Ab und zu musste er dringend einen Hundefreund begrüßen und entfernte sich vom Laden. Oder begleitete den Artgenossen ein Stück des Weges. Auf beides hatte sie bei dem Regen keine Lust.

Die Tür ließ sich mit dem Wind leicht öffnen, fast wäre sie ihr beim Eintritt aus der Hand geschlagen. „Moin", begrüßte sie die Frau hinter der Theke. „Schönes Schietwetter heute."

„Moin. Jo."

„Zwei Croissants und ein Schwarzbrot bitte. Und die Sylter Rundschau." Marlene liebte Croissants und gönnte sich die Teilchen mindestens viermal in der Woche. Kalorien und Fette bestimmten schließlich nicht ihr Leben.

Die Ladentür schloss sich mit einem Knall, und eine vertraute Stimme hinter ihr sagte: „Moin, tut mir leid."

„Moin." Die Verkäuferin verzog ihr Gesicht zu einer Grimasse. Marlene drehte sich um. „Guten Morgen, meine Liebe."

„Moin Marlene." Helen fuhr sich mit der Hand durch

die feuchten, an den Kopf angeklatschten Haare. „Perfektes Lesewetter heute."

Marlene trat einen Schritt zurück und musterte Helen, die in ihrer roten Outdoorjacke, Jeans und hohen Sneakers sportlich aussah. Ihre braunen Augen funkelten, und sie grinste über das gesamte Gesicht. Die Kapuze hatte sie in einer ordentlichen Schleife unterm Kinn zusammengebunden.

„Du strahlst ja richtig."

„Ich war schon bis zum Strandaufgang und habe das Meer gesehen. Der Wind blies so heftig, dass ich mich kaum auf den Beinen halten konnte. Wunderschön. Charlie wäre weggeweht worden, wenn ich ihn nicht hochgenommen hätte."

„Sitzt er draußen bei Max?"

„Nö, ich habe ihn in die Wohnung gebracht. Bei Nässe geht er nicht gern vor die Tür."

„Wer tut das schon?"

Die Verkäuferin brummte etwas Unverständliches, und Marlene drehte sich zu ihr hin.

„Entschuldigung." Sie zahlte, verstaute die Sachen in einer mitgebrachten Plastiktüte und trat zurück, damit Helen einkaufen konnte. Zusammen verließen sie die Bäckerei und blieben unter dem Dach stehen, das wenig Schutz vor dem nahezu waagerecht ins Gesicht peitschenden Regen bot. Max wedelte und schüttelte sich in einem. Marlene band ihn los und hakte sich bei Helen unter. „Bis zur Kreuzung haben wir den gleichen Weg."

Eine Bö kam von vorn. Sie gingen leicht gebeugt, stemmten sich gegen den Wind.

„Was hältst du von Pizza bei mir?", brüllte Marlene. „Ich lasse mir welche liefern, und du kommst mit Charlie heute Abend vorbei. Den Strandspaziergang verschieben wir lieber."

Helen blieb stehen, kam mit ihrem Gesicht nah an Marlenes heran. „Ich besorge die Pizza, keine Widerrede." Sie gab ihr einen schnellen Kuss auf die Wange und hob die Hand zum Gruß. „Bis heute Abend."

Max zog an der Leine. Der Hund wollte sein Frühstück und sie eine heiße Dusche, dicht gefolgt von einem Milchkaffee und den Croissants. Das Atelier wartete auf sie, es juckte sie auf einmal in den Fingern. Ob das etwas damit zu tun hatte, dass Jasper sich gemeldet hatte? Die letzten Tage war sie zu unruhig zum Malen gewesen.

✳ ✳ ✳

Der Pizzabote traf zur selben Zeit wie Helen ein. Max begrüßte Charlie, der sofort hochsprang und ihm über die Schnauze leckte. Danach ließ er sich fallen und sauste wie der Blitz in Richtung Küche, dicht gefolgt vom Retriever.

„Sorry", sagte Helen, die in ihrer Tasche wühlte. „Ich wollte ihm eigentlich vorher die Pfoten abtrocknen." Sie fischte ein Portemonnaie hervor und gab dem jungen Mann, der die Pizzakartons immer noch in der Hand hielt und den Auftritt der Hunde beobachtete, einen Fünf-Euro-Schein. „Das ist für Sie."

Der Pizzabote bedankte sich und eilte zurück zu seinem Auto, das mit laufendem Motor vor dem Tor stand.

„Ich muss sowieso wischen. Lass mich die Pizzen kurz in den Ofen schieben, der ist schon an."

Marlene nahm Helen die Kartons ab und eilte in die

118

Küche. Für sie musste eine Pizza heiß sein, lauwarm ging gar nicht. Vor Max Hundenäpfen bot sich ihr ein vertrautes Bild. Der Retriever hatte sich davorgesetzt und versperrte dem Yorkshire den Durchgang. Ein leises Knurren warnte den Kleinen. Marlene lächelte. Mäxchen machte dem Gast unmissverständlich klar, wer hier die Oberhoheit über den Haushalt hatte.

Es duftete nach Knoblauch. Kurze Zeit später saßen sie am Küchentisch, die Hunde am Boden eingerollt. Charlies Kopf berührte die Vorderpfoten von Max.

„Der Sturm ist durchgezogen. Morgen steht einem gemeinsamen Strandspaziergang nichts mehr im Wege", sagte Helen, die die Pizza in mundgerechte Stücke schnitt, bevor sie anfing zu essen.

„Was hast du heute getrieben? Gelesen?"

„Ja. Den ganzen Tag, nur unterbrochen von einer kurzen Hunderunde am Mittag. Charlie ist sowas von wasserscheu, unglaublich. Der erledigt alle Geschäfte innerhalb von wenigen Minuten, nur damit er so schnell wie möglich wieder ins Trockene kommt."

Der Yorkshire hob kurz den Kopf, bevor er sich näher an Max kuschelte.

„Ich habe endlich wieder gemalt." Marlene biss in ein Stück Pizza. Spinat mit Lachs. Ihre Lieblingskombination.

„Darf ich es mir ansehen?"

„Erst, wenn es fertig ist."

„Was …"

„Hat …", fingen sie gleichzeitig an zu sprechen.

„Du zuerst", sagte Marlene und trank einen Schluck Wasser.

„Ich wollte fragen, ob Jasper sich gemeldet hat."

„Ja, Gott sei Dank." Marlene lächelte. „Er hat immer

allein gelebt und weiß nicht, wie es ist, wenn man sich Sorgen um den Partner macht."

„Du bist so eine Liebe. Ich wäre nicht so tolerant."

„Warum soll ich ihm das Leben schwer machen? Er hat es nicht absichtlich getan. Außerdem hat er gerade viel mit sich selbst zu tun, beziehungsweise mit seiner Familie."

„Streit mit der Familie ist emotional sehr anstrengend. Der Arme." Helen halbierte mit dem Messer eines der vorgeschnittenen Stücke. Marlene bewunderte die Präzision, mit der sie aß.

„Ich dachte, Jasper ist ein Einzelkind. Seine Eltern leben nicht mehr, oder?"

„Stimmt. Aber er hat eine Schwester bekommen. Halbschwester."

„Was?"

„Ja, er hat in den Unterlagen seiner Mutter Briefe entdeckt und herausgefunden, dass sein Vater vor Jahrzehnten ein Verhältnis mit einer Frau aus dem Rheinland hatte."

Helen hörte auf zu essen und starrte sie an.

„Das klingt ja wie eine Story aus einem kitschigen Roman."

„Nicht wahr? Die besten Geschichten schreibt das Leben."

„Deshalb ist er in Leverkusen?"

„Ja."

„Also wenn ich noch eine unbekannte Schwester hätte, würde ich mir wünschen, dass die in New York lebt. Oder in Sydney. Aber doch nicht in Leverkusen." Helen kicherte und Marlene fiel ein.

„Nur, weil du mit deiner Schwester nicht mehr

sprichst, heißt das doch nicht gleich, dass alles dort schlecht ist."

Helen gestikulierte mit ihrer Gabel. „Du hast recht, du hast recht. Wie immer. Trotzdem, nach Australien würde ich sofort fahren. Erzähl doch mal: Was hat die Schwester gesagt? Oder darfst du darüber nicht reden?"

„Es ist kein Geheimnis. Jasper will sie nach Sylt einladen. Stell dir vor, die war noch nie an der Nordsee." Marlene schüttelte den Kopf. „Kaum zu glauben, oder?"

„Vielleicht liebt sie die Berge. Oder hat kein Geld, um zu verreisen. Pass nur auf, nachher wird Jasper sie nicht wieder los, wenn sie erst einmal hier ist."

„Darüber hab ich noch gar nicht nachgedacht", sagte Marlene. „Bis jetzt sieht es eher nach dem Gegenteil aus. Sie wollte Jasper zuerst nicht sehen und hat auf seinen Brief nicht geantwortet."

„Na, wenn sie eine Betrügerin ist, stimmt die Strategie doch."

„Also, Helen, wirklich. Jasper hat Briefe des Vaters gefunden und sie angeschrieben. Die Gute ist vermutlich aus allen Wolken gefallen."

„Schon gut, schon gut." Helen wedelte weiter mit der Gabel. „Ich höre auf und verspreche, mich anständig zu benehmen, wenn ich sie kennenlerne."

„Das wird sicher noch dauern. Aber ich nehme dich beim Wort."

13

So anstrengend hatte er das Golfspiel gar nicht mehr in Erinnerung. Wieso flogen seine Bälle alle nach links? Er würde sich vor Maria furchtbar blamieren.

„Mensch, Daniel", murmelte er. „Mach dir doch nicht immer so viel Stress. Es geht um ein Golfspiel mit einer Frau, die du danach nie wiedersehen musst."

Über sich selbst genervt, schob er den Driver in das Leihbag und lenkte das Golfcart in Richtung des Clubhauses, wo er sich mit Maria verabredet hatte. Startzeit war in einer halben Stunde. Er war kurz nach sieben aufgestanden, damit er vorher noch Zeit hatte, auf der Driving Range zu üben.

Maria erwartete ihn vor dem Raum des Caddymasters. Sie sah in ihrem kurzen dunkelblauen Golfrock mit weißem Poloshirt fantastisch aus. Die Haare hatte sie auf dem Kopf in einen Pferdeschwanz gefasst, der unter einer roten Golfkappe herausschaute. Neben ihrem Golfwagen stand ein schwarzes Golfbag. Sie winkte ihm zu, als er auf den Parkplatz einbog.

„Hola Daniel."

Er brachte den Cart direkt vor ihr zum Stehen. Wie gut, dass er sich letzte Woche im Golfshop neu eingekleidet hatte, sonst wäre er sich neben seiner Golfpartnerin irgendwie deplatziert vorgekommen. In der dunkelblauen Hose mit dazu passender Kappe und weißem Shirt fühlte er sich ihr zumindest kleidungsmäßig ebenbürtig. Als ob es darauf ankäme. Hoffentlich bekam er in den neuen Schuhen keine Blasen. Trotz der Vormittagsstunde war es bereits angenehm warm, und er schwitze unter der Cap. Viele Männer in seiner Altersklasse waren in kurzen Hosen unterwegs. Das wäre ihm noch vor wenigen Tagen nie in den Sinn gekommen. Kurze Hosen waren etwas für den Strand. Angesichts der zu erwartenden Temperaturen um die Mittagszeit sollte er diese Haltung eventuell noch einmal überdenken.

Daniel schwang sich aus dem Golfwagen und gab Maria zwei Wangenküsse.

„Sie wollen doch nicht etwa fahren, oder?" Maria zwinkerte ihm zu. „Ich besorge Ihnen einen Trolley, und wir schieben gemeinsam. Zu Fuß gehen ist viel sportlicher, ich fahre nie mit dem Cart."

„Natürlich", antwortete Daniel sofort. „Ich war vorher zum Einschlagen noch auf der Driving Range."

Er schnallte das geliehene Bag vom Wagen ab und stellte es vor den Caddyraum. Maria redete in schnellem Spanisch auf einen der Angestellten ein. Wenige Sekunden später kam dieser mit einem Leihtrolley nach draußen.

„Ich habe Ihnen den Männersatz mitgebracht." Sie deutete auf das schwarze Golfbag. Daniel trat zögernd einen Schritt auf sie zu. Jede Menge Schläger schauten heraus, die Hölzer und der Driver waren von Schlägerhauben umhüllt. Eine Haube hatte den Kopf des Krümelmonsters, zwei andere den von Ernie und Bert. Man sah ihnen an, dass sie oft benutzt wurden.

„Meine Tochter war ein Fan der Sesamstraße und hat

sie ihrem Vater vor vielen Jahren geschenkt", sagte Maria und blickte ihn unvermittelt an.

„Und Ihr Mann ist ..." Daniel traute sich nicht, den Satz zu Ende zu sprechen.

„Alejandro ist vor fünf Jahren gestorben."

„Das tut mir leid. Aber ..."

„Er hätte sich gefreut, wenn die Schläger benutzt werden", unterbrach Maria ihn. Ihr Lächeln erreichte die Augen. „Die Ausrüstung ist viel besser als die, die Sie sich hier leihen können."

„Ja. Ich weiß nur nicht, ob ich als Anfänger damit spielen kann."

„Wir versuchen es", sagte Maria und klatschte in die Hände. „Vamos."

✳ ✳ ✳

Am Abschlag standen drei Spanier in Club-T-Shirts, die Maria enthusiastisch begrüßten und Daniel von oben bis unten musterten. Er nickte ihnen zu und hoffte, dass sie vor ihm abschlagen würden. Auf Zuschauer konnte er verzichten.

Das Glück war auf seiner Seite. Die Herren zogen von dannen. Vorsichtig nahm er die Krümelmonsterhaube vom Driver und probierte ein paar Schwünge. Maria sah ihm zu und sagte nichts.

Der erste Abschlag misslang vollkommen, der Ball kullerte nur wenige Meter. Der zweite funktionierte wie durch ein Wunder, und Daniel entspannte sich. Die Zeit auf der Runde verging wie im Flug. Maria spielte fast immer aufs Fairway, im Gegensatz zu ihm. Im Schnitt benötigte sie pro Loch zwei bis drei Schläge weniger, ließ ihn das aber keine Sekunde lang spüren. Im Gegenteil: Sie ermunterte ihn dazu, alle Schläger zu benutzen, erklärte ihm den Platz und gab ihm zu jeder Zeit das Gefühl, dass er ein ebenbürtiger Mitspieler sei.

Ab dem vierzehnten Loch fing seine rechte Ferse an zu brennen. Er bemühte sich, den Schmerz zu ignorieren, was ihm bis zum sechzehnten Loch gelang. Als er sich auf dem Grün bückte, um den Ball aufzuheben, zuckte er zusammen.

„Geht es dir nicht gut?", fragte Maria, die ihn beobachtet hatte. Sie duzten sich seit dem dritten Loch.

„Alles okay", sagte er und versuchte, nicht zu offensichtlich zu humpeln. „Ich habe mir neue Golfschuhe gekauft. Offenbar hab ich die noch nicht ganz eingelaufen." Daniel beugte sich nach vorn, um den Strumpf ein Stück nach oben zu ziehen.

„Warum sagst du nichts? Ich habe Pflaster dabei. Zieh den Schuh aus."

„Wir sind doch gleich fertig."

„Nichts da." Maria holte einen kleinen Beutel aus ihrem Bag und zog ein Heftpflaster heraus. Daniel stütze sich mit einer Hand an Marias Golfwagen ab, während er mit der anderen die Schnürsenkel löste. Es war eine Erleichterung, als er aus dem Schuh glitt. Er rollte den Socken herunter. Die Haut hatte sich gelöst, eine etwa Eineuromünze große Stelle war stark gerötet, es blutete ein wenig.

„Ui, das tat bestimmt sehr weh." Sie reichte ihm ein Pflaster, das er über die Stelle klebte. Die ganze Situation war ihm peinlich. Schnell rollte er den Strumpf wieder hoch und zog den Schuh an. Probeweise machte er ein paar Schritte. Kein Vergleich zu eben, der Schmerz war nahezu weg.

Die restlichen zwei Bahnen waren gehtechnisch nicht das Problem, golftechnisch dagegen eine Katastrophe. Es klappte nichts mehr, seine Bälle flogen kreuz und quer über den Platz. Auf dem siebzehnten Loch versenkte er drei im Teich, bevor er entnervt aufgab. Maria kommentierte das nicht, wofür er dankbar war.

Er stieß einen erleichterten Seufzer aus, als das Clubhaus auftauchte.

„Der Letzte muss ins Loch", sagte Maria und verfolgte mit einem Grinsen, wie er die Fahne entfernte und behutsam einputtete. Sie hatte ihren Ball mit einem sogenannten Chip-in vom Vorgrün bereits in das Loch befördert.

Daniel überreichte ihr den Ball, den sie dankend in Empfang nahm. Maria neigte sich zu ihm hin, ein Hauch ihres blumigen Parfums hing in der Luft. Einen winzigen Moment zögerte er, bevor er sie umarmte und auf die Wange küsste.

„Danke für die schöne Runde", sagte er und trat einen Schritt zurück.

Maria entfernte die Kappe vom Kopf und löste den Pferdeschwanz. „Es war mir, wie sagt man, ein Vergnügen." Ihre braunen Augen funkelten amüsiert. Daniel war sich nicht sicher, ob sie das ernst meinte.

„Mein Golfspiel ist definitiv ausbaufähig. Die ersten Löcher haben Spaß gemacht, aber dann." Er schüttelte den Kopf.

„Ach, ihr Männer. Immer nur auf Sieg aus. Dabei zählt die Freude an der Bewegung, der Augenblick."

„Du hast recht", antwortete Daniel. „Ich stehe zu sehr unter Dampf. Es dauert wohl eine Weile, bis ich mich daran gewöhnt habe, alles etwas entspannter zu sehen."

„Ich helfe dir dabei", sagte Maria. „Was meinst du mit Dampf?"

✳ ✳ ✳

„Das wirkliche Vergnügen ist doch das Bier nach der Runde." Daniel prostete Maria zu, die ein Wasserglas vor sich stehen hatte. Sie saßen auf der Terrasse des Clubhauses unter einem Sonnenschirm. Das Lokal war gefüllt, um sie herum ein lautes Stimmengewirr. Viele sprachen deutsch. Aus den Fetzen, die zu ihm herüber waberten, folgerte Daniel, dass sich alles um das Golfspiel drehte. Wer welches Loch besonders herausragend gemeistert hatte, wessen Schlag misslungen war und wie viele Bälle im Wasser verloren gegangen waren. So beruhigend unwichtig. Freizeitgeplänkel.

Etliche Golfer blieben an ihrem Tisch stehen und begrüßten Maria. Ihm warfen die meisten fragende Blicke zu.

„Was erzählst du den Leuten?", fragte er sie, als zwei ältere Damen vorbeizogen. Sie hatten minutenlang lautstark auf Maria eingeredet, aber er konnte nicht verstehen, worum es ging. Der prüfende Blick, ein wenig abschätzend, von oben bis unten, verwirrte ihn.

„Ich erkläre, dass du mein neuer Liebhaber bist, leider kein Wort Spanisch sprichst und nur mir zuliebe mit dem Golfspiel angefangen hast." Sie kicherte und klimperte provozierend mit den Wimpern.

Daniel fiel in ihr Lachen ein. „Du ruinierst also meinen Ruf, bevor ich überhaupt Fuß gefasst habe."

„Claro."

„Du möchtest, dass niemand mit mir Golf spielt."

„Im Gegenteil. Alle werden mit dir spielen wollen, um dich auszuhorchen."

„Na super." Daniel wusste nicht, ob ihm das gefiel.

„Du bist doch nicht böse, oder? Dein Freund Lutz hat gemeint, dass du Aufmunterung brauchst."

„Na warte, der kann was erleben." Daniel griff nach Marias Hand, um die Wirkung seiner Worte abzumildern. Sie sah ihn fragend an. „Wir halten Händchen, das gehört zum Spiel dazu."

Marias Hand entzog sich seiner. „Das war doch nur Spaß."

Eine Kellnerin erschien mit ihrem Essen und befreite ihn davor zu antworten.

„Wenn du möchtest, lasse ich dir die Schläger von Alejandro, solange du hier bist.

„Das ist lieb von dir, aber …"

„Erzähl mir von deiner Familie."

„Also, ich bin verheiratet und habe zwei Kinder, die nicht mehr zu Hause leben. Meine Tochter Sophie ist Ärztin, mein Sohn Ben Unternehmensberater." Daniel trank den Rest seines Biers aus.

„Du bist bestimmt sehr stolz auf sie."

„Ja. Und deine Tochter?"

„Paula gehört eine Finca bei Sa Ràpita. Mit ihrem Mann vermietet sie Zimmer an Gäste. Sie ist gelernte Hotelfachfrau, in einem Hotel in Hannover ausgebildet. Sie wollte nicht in Deutschland bleiben, obwohl sie mit einem echten Norddeutschen verheiratet ist."

„Ist sie dein einziges Kind?"

Marias Blick verdunkelte sich. „Ja, Alejandro und ich wollten mehr Kinder, es hat leider nicht geklappt."

„Dafür hast du im Gegensatz zu mir schon Enkel-kinder?"

„Drei Mädchen."

„Ach du lieber Himmel, dein armer Schwiegersohn."
Sie lachten.

„Deine Frau. Wieso bist du ohne sie hier?"

„Was hat Lutz dir gesagt?"

„Dass du eine Auszeit brauchst von deinem Job und deiner Frau. Das war alles."

„Hm, ja. Helen und ich, wir benötigen Abstand voneinander."

Maria sagte nichts, blickte ihn nur an.

„Sie ist auf Sylt, wir haben eine Wohnung dort."

„Da war ich einmal mit Alejandro." Sie sah an ihm vorbei. „Wir hatten kein Geld und haben in einer kleinen Pension gewohnt. Die Häuser mit dem Dach, wie sagt man?"

„Reetdach. Du meinst die Friesenhäuser."

„Ja, die haben mir gut gefallen, besonders die Cafés. Alles war so sauber, der Strand so weit. Nur das Wetter …" Sie zog die Schultern hoch.

„Ist halt nicht das Mittelmeer."

„Ich mag nicht mehr woanders leben als hier."

„Das verstehe ich. Mir gefällt die Insel auch." Er suchte die Augen von Maria und fixierte sie. Flirtete er etwa?

„Das glaube ich jetzt nicht", ertönte von links die kreischende Stimme von Emilia. „Schau mal, Dorothea, wer hier sitzt. Der nette Herr aus dem Flugzeug."

Daniel zuckte zusammen und drehte sich um. Emilia hatte wieder die rote Baseballkappe auf, Dorothea trug eine überdimensionale türkisfarbene Sonnenbrille in Schmetterlingsform. Sie waren erneut im Partnerlook unterwegs: Dorothea in hellblauen Caprihosen, Emilia in rosafarbenen.

Daniel nahm den verwunderten Ausdruck in Marias Augen wahr und erhob sich hastig. „Welch angenehme Überraschung. Was führt Sie denn in einen Golfclub?"

„Wir sind hier einmal in der Woche im Spa. Man muss etwas tun, wenn man fit bleiben will." Dorothea wedelte mit ihrer Hand vor seiner Brust, die Fingernägel waren blutrot lackiert, passend zum Lippenstift.

„Das stimmt", sagte Daniel. „Ich habe gerade eine Golfrunde absolviert."

„Sie haben uns nicht besucht, obwohl sie es versprochen haben." Emilia schob die Unterlippe vor.

„Äh, ich bin noch nicht dazu gekommen." Dass er den Zettel weggeworfen hatte, erwähnte er besser nicht.

„Möchtest du uns nicht vorstellen?", fragte Maria, die sie aufmerksam ansah.

„Entschuldigung. Meine Sitznachbarinnen aus dem Flugzeug. Emilia und Dorothea. Die Nachnamen kenne ich gar nicht. Das ist Maria, äh …"

„Maria Ruiz."

„Familiennamen sind in unserem Alter uninteressant", sagte Dorothea und nickte Maria hoheitsvoll zu. Emilia drängte sich vorbei und gab Maria zwei Wangenküsse. „Hören Sie nicht auf sie, meine Liebe. Dorothea benimmt sich manchmal unmöglich. Sie sind doch viel jünger als wir alten Schabracken."

„Papperlapapp. Man ist so alt, wie man sich fühlt."

„Setzen Sie sich doch zu uns", sagte Maria und warf Daniel einen belustigten Blick zu. Offenbar amüsierte sie sich blendend.

Emilia angelte sich den Platz neben ihr und ließ sich

bedächtig auf den Gartenstuhl sinken. Ihre rote Kopfbedeckung schob sie ein Stück nach hinten.

Dorothea wartete, bis Daniel ihr den Stuhl zurechtgerückt hatte. Sie schmiss ihre Handtasche auf den Tisch und setzte sich mit einem triumphierenden Lächeln aufrecht hin. „Lassen Sie sich beim Essen nicht stören, junger Mann. Wird doch alles kalt."

„Das macht nichts", erinnerte sich Daniel an seine gute Erziehung. „Was darf ich Ihnen zu trinken bestellen?"

„Wir nehmen um diese Uhrzeit hier immer einen Café bombón mit einem Stück Kuchen", antwortete Dorothea. „Wieso haben wir uns hier noch nie gesehen?", fragte sie an Maria gewandt. Daniel hielt nach der Kellnerin Ausschau, entdeckte sie aber nicht.

„Normalerweise fahre ich direkt heim. Ich bin selten im Restaurant."

„Woher kennen Sie Daniel?", setzte Emilia die Befragung fort.

„Über einen gemeinsamen Freund."

„Sind Sie auch mit seiner Frau bekannt?"

„Also wirklich, Emilia. Findest du, dass dich das etwas angeht?" Dorothea zog die Augenbrauen hoch.

„Man wird doch mal fragen dürfen", sagte Emilia. Daniel hatte nicht das Gefühl, dass es ihr peinlich war.

„Bedaure, nein", sagte Maria. Sie biss in ein Brot, das sie mit Olivenöl beträufelt hatte.

Daniel schob sich ein Stück seiner lauwarmen Pizza in den Mund und beschloss, sich nicht weiter über die beiden zu wundern. Er würde es mit Humor nehmen. Irgendwie berührten sie ihn auch.

„Wohnen Sie hier in der Nähe?", fragte Emilia. „Wir beide haben ein Haus am Rand von Llucmajor."

„Ich wohne mitten in der Stadt", sagte Maria. „Komisch, dass wir uns nie begegnet sind."

„Darauf müssen wir anstoßen", kreischte Emilia.

„Deine erste gute Idee heute", sagte Dorothea und winkte der Kellnerin, die sich dem Tisch näherte, energisch zu.

„Wie wäre es mit Sonntagnachmittag?", sagte Emilia, nachdem sie sich zugeprostet hatten. Daniel nippte an seinem Getränk, Sekt gefolgt auf Bier ging gar nicht.

„Was heckst du nun schon wieder aus?", fragte Dorothea, die ihr Glas bereits zur Hälfte geleert hatte.

„Ich backe meinen berühmten Mandelkuchen, und Sie kommen uns besuchen." Emilia lächelte Daniel zu. Dann drehte sie sich zu Maria. „Sie sind natürlich auch eingeladen."

„Äh …"

„Wir kommen sehr gern", antwortete Maria. „Wo wir doch praktisch Nachbarn sind. Wo genau wohnen Sie?"

Emilia rasselte eine Adresse herunter, während Daniel Maria fragend ansah. Sie grinste ihn an und trank den letzten Rest des Sekts aus. Sie hatte auf einem halben Glas bestanden.

„Ich muss Sie leider verlassen." Maria stand auf. „Freue mich auf Sonntag. Adiós." Sie küsste Emilia und Dorothea und wandte sich Daniel zu. „Begleitest du mich zum Auto?"

„Selbstverständlich. Bin sofort wieder da."

***

„Du musst dich nicht verpflichtet fühlen, am Sonntag

mitzukommen", sagte Daniel. Er half ihr, die Golfsachen im Kofferraum zu verstauen.

„Wieso? Das wird ein lustiger Nachmittag. Die beiden erinnern mich an meine Großmutter. Die hat auch immer das gesagt, was ihr durch den Kopf ging."

„Solange es dir nicht peinlich ist."

„Nein, warum sollte es das?" Maria schloss den Kofferraum und sah ihn belustigt an.

„Okay." Daniel beugte sich zu ihr hin. Sie duftete leicht nach Vanille. „Danke für die schöne Golfrunde." Er umfasste ihre Schultern und zog sie ein Stück näher, bevor er sie auf beide Wangen küsste. „Ich freue mich auf Sonntag", flüsterte er, ehe er sie wieder losließ.

Sie musterte ihn mit einem kritischen Blick. „Weißt du, wo du hin musst?"

Ertappt. „Ich habe den Zettel mit der Adresse weggeworfen."

„Ruf mich Sonntagmittag an, wir treffen uns vorher bei mir."

✳ ✳ ✳

Ein leises Gefühl des Bedauerns durchfuhr Daniel, als er seine Golfsachen verstaute. Der Caddymaster hatte ihm einen Schrank zugewiesen, den er in der Zeit seines Aufenthalts auf Mallorca nutzen konnte. Vorsichtig schob er das Golfbag von Alejandro hinein, achtete darauf, dass die Sesamstraßenhauben über den Schlägerköpfen saßen. Wie überaus großzügig von Maria, ihm das Set zur Verfügung zu stellen. Woran war ihr Mann gestorben? Offensichtlich lebte sie allein in Llucmajor.

Daniel hatte nie über einen längeren Zeitraum ohne

Helen gelebt. Helen nie ohne ihn. Wie es ihr wohl auf Sylt ging? Daniel schloss den Spind und wischte den Gedanken fort. Auf der Terrasse saßen zwei alte Damen, die auf ihn warteten. Einsam war er jedenfalls nicht.

14

Irene hatte einen Tagesplan ausgearbeitet. Jasper würde um halb zehn da sein, sofern er sich an die verabredete Stunde hielt. Seeleute waren doch pünktlich, oder? Sie schmunzelte, was in letzter Zeit nicht oft vorgekommen war.

Gestern hatte sie das Haus vom Keller bis zum Obergeschoss geputzt. Als ob ihr Halbbruder unter das Bett sehen würde. Halbbruder war zu lang, Bruder reichte auch. Wenn sie ehrlich war, freute sie sich auf Jasper. Eine Gefühlsregung, die sie vor Lichtjahren zuletzt ereilte. Bloß nicht darüber nachdenken, wie furchtbar lange Fröhlichkeit her war.

Sie hatte die Kisten mit den Sachen der Mutter nach Schriftstücken durchwühlt. Außer ein paar uralten Postkarten und Fotos aus der Kinderzeit, die den Weg in die Alben nicht geschafft hatten, fand sie nichts. Ihr Vater war kein Briefeschreiber gewesen. Sie erinnerte sich nicht daran, jemals etwas Geschriebenes von ihm in Händen gehalten zu haben. Wenn ihre Mutter Briefe von Jaspers Vater bekommen hatte, waren die längst vernichtet.

Mit Argwohn hatte Irene die Kopien gelesen, die Jasper ihr vorbeigebracht hatte. Dutzende Briefe, über viele Jahre hinweg. Manche seitenlang formuliert, einige nur dahingeschriebene kurze Lebenszeichen. Ein langjähriger Postverkehr zwischen Sylt und Leverkusen, der Jaspers Mutter nicht verborgen geblieben sein dürfte. Alle wichtigen Ereignisse aus Irenes Leben wurden zu Papier gebracht: Geburt, Taufe, Kommunion, Schulabschluss und Studium. Ihre erste Anstellung.

Wieso hatte die Mutter sich ihr nicht offenbart? Zu spät, sie würde es nie erfahren. Die Briefe begannen stets mit *Lieber Enno* und endeten mit *Deine Anne*. Kein Liebesgesäusel. Offenbar hatten sie sich nie wiedergesehen. Irgendwie auch traurig.

Es läutete an der Tür. Jasper war auf die Minute pünktlich. Unter dem grauen Troyer lugte ein T-Shirt hervor, der Ankerohrstecker nach wie vor im rechten Ohr. Wie konnte sich ein erwachsener Mann so verschandeln? Fehlte nur noch, dass er auch tätowiert war. Auf der anderen Seite hatte sie sich auch an Ringe in der Nase von Schülern gewöhnt. Dagegen war ein Ohrstecker nahezu dezent.

„Moin", sagte Jasper. „Klar zum Auslaufen?"

„Guten Morgen. Möchten Sie, äh, du, möchtest du kurz hereinkommen?"

„Du hast die Briefe gelesen. Und du glaubst mir. Besser wird es heute nicht mehr werden." Er grinste. Ein kleines Pflaster am rechten Nasenflügel zeugte davon, dass er sich beim Rasieren geschnitten hatte.

Irene gab ihm die Hand, die er kräftig drückte. Sie trat zur Seite und ließ ihn durch. „Kann ich dir einen Kaffee anbieten? Er ist frisch aufgebrüht."

„Mit Kaffee kann man mich immer kriegen."

Irene goss ihm einen Becher ein, während er aus dem Fenster sah.

„Hier bist du also aufgewachsen."

„Ja. Meine Eltern haben das Haus gekauft, als ich aufs Gymnasium kam. Mein Vater hat bei Bayer gearbeitet. In der Produktion." Sie stockte.

Jasper kam ihr zu Hilfe. „Er bleibt dein Vater. Daran ändert mein Auftauchen nichts."

„Du hast gut reden."

„Stimmt. Für mich ist es einfacher. Ich habe eine Schwester bekommen. Meine Eltern sind meine Eltern geblieben."

„Ja."

Irene führte Jasper durch das Haus, zeigte ihm den Garten und zum Schluss sogar den Keller mit den Habseligkeiten der Mutter in den Kisten.

„Ich habe alles durchgesehen und keine Briefe gefunden."

„Vielleicht musste sie die sofort vernichten, damit sie niemand liest, oder sie hat die an einem so geheimen Ort versteckt, dass man sie nicht mehr findet.

Irene schüttelte den Kopf. „Darüber habe ich mir schon den Kopf zerbrochen. Die Briefe von meiner Mutter sind sachliche Berichte über mich, weit entfernt von Liebesbriefen. Ich gehe davon aus, dass dein, äh, unser Vater, ihr ebenfalls unromantisch geschrieben hat. Es gab keinen Grund, die Dinger aufzubewahren."

„Klingt logisch."

„Ja."

„Vater hat die Briefe für dich aufgehoben."

„Für mich?"

„Denk doch mal nach. Mir hat er einen geschrieben, in dem er die Situation erklärt hat. Er wollte, dass ich weiter forsche und die Briefe deiner Mutter finde. Damit du weißt, dass er an deinem Leben teilnahm."

„Wie bitte?", sagte Irene. „Ich hab ihn nie kennengelernt, was ich nicht bedauere. Von Teilnahme kann überhaupt keine Rede sein." Sie trat mit voller Wucht gegen den obersten Karton, der bedenklich wackelte, aber nicht umfiel.

„Meine Schuld. Ich hab mich blöd ausgedrückt." Jasper fuhr sich mit der Hand durch sein schneeweißes Haar. „Was ich sagen will, ist, er wusste, dass es dich gibt und was du treibst."

„Lass uns wieder nach oben gehen und losfahren."

✳ ✳ ✳

„Wohin geht's?", fragte Jasper.

Irene steuerte den Golf in Richtung Landstraße durch die Siedlung. „Ich zeige dir den Altenberger Dom und das Bergische Land. Der Dom ist die bekannteste Kirche dort und wurde etwas früher fertig als der in Köln. Den hast du dir doch bereits angesehen, oder?"

„Klar. Prachtvolles Bauwerk. Kein Wunder, dass das so viele Touristen aus aller Welt anzieht. Bist du gläubig?"

Irene warf ihm einen kurzen Blick zu, bevor sie sich wieder auf den Verkehr konzentrierte. Um diese Uhrzeit waren die meisten unterwegs zum Einkaufen.

„Ich wurde katholisch erzogen. Ging in den Religionsunterricht, zur Kommunion und Firmung."

„Das beantwortet meine Frage nicht."

„Du bist ziemlich indiskret."

„Ich will dich kennenlernen."

„So, willst du das." Irene sah weiterhin stur nach vorn. „Deshalb bin ich hier."

Am Dom angekommen, parkte sie den Wagen auf

dem Platz vor dem Altenberger Hof, einem Hotel und Restaurant, direkt gegenüber vom Dom. Hier war sie oft mit ihren Eltern essen gewesen. Zusammen mit Helen.

„Das sieht nach einem gediegenen Lokal aus." Jasper musterte die weiße Fassade mit den grünen Fensterläden. Tische luden zum Verweilen ein, umrahmt von hellroten Geranien in Blumenkästen.

„Bevor wir uns da niederlassen, müssen wir erst den Dom besichtigen und ein paar Kilometer durch den Wald laufen", sagte Irene. Sie verschloss das Auto und verstaute den Schlüssel in ihrer geräumigen Handtasche, in der neben Portemonnaie, Handy und Taschentüchern auch noch Pflaster, Halsbonbons, Papier und Stifte Platz fanden. Diverse Wandertage hatten sie gelehrt, für jeden auch noch so undenkbaren Fall vorbereitet zu sein.

„Du bist sehr diszipliniert", sagte Jasper, der außer seiner Outdoorjacke nichts bei sich hatte. Nebeneinander liefen sie auf dem gepflasterten Weg in Richtung des Eingangsportals. Die Sonne hatte sich durch die Wolken gekämpft, es wurde langsam wärmer.

„Das wärest du auch, wenn du in meinem Beruf arbeiten würdest."

„Denkst du, dass das als Steuermann nicht nötig war?" Jasper war stehengeblieben und fixierte sie aus seinen blauen Augen.

„Entschuldige, so hab ich es nicht gemeint. Ich weiß noch nicht einmal genau, womit du gearbeitet hast."

„Du hast angenommen, ich wäre so eine Art Matrose gewesen, auf einem Frachter oder so."

Irene nickte schuldbewusst.

„Tja, min Deern. Ich bin nach dem Abitur auf die Seefahrtschule in Lübeck gegangen und zum Steuermann der Handelsmarine ausgebildet worden. Habe 'ne Menge von der Welt gesehen. Ohne Disziplin läuft an Bord gar nichts. Bin froh, dass ich auf meine alten Tage etwas locker lassen kann. Marlene hat mir dabei geholfen, das Leben entspannter zu nehmen."

„Marlene? Ist das die Frau, die du liebst?" Sie standen inzwischen vor dem Eingang zum Dom.

Jasper lächelte sie an. „Ja, das ist meine Frau. Ich habe ihr von dir erzählt. Sie würde dich gern kennenlernen. Die Einladung nach Sylt steht nach wie vor. Du hast doch bald Herbstferien. Ich hab ein Gästezimmer, du kannst auch bei Marlene übernachten. Wenn du keine Angst vor Hunden hast."

„Ich denke, ich würde ein Zimmer in einer Pension bevorzugen. Falls ich überhaupt verreise."

„Du hast nicht sofort Nein gesagt. Das ist gut."

„Wollen wir nun den Dom besichtigen?" Irene stützte die Hände in die Hüften und bemühte sich erfolglos darum, ein strenges Gesicht aufzusetzen. Ihr Bruder hatte definitiv Charme.

„Jawohl, Frau Schwester", sagte Jasper und salutierte.

Irene unterdrückte ein Kichern. „Ich kann dir etwas über die Historie des Doms erzählen, wenn du magst. Schließlich bin ich unter anderem Geschichtslehrerin."

„Was unterrichtest du noch?"

„Deutsch."

Jasper räusperte sich und sah sie an. „Meine Schwester unterrichtet die Fächer, die ich in der Schule besonders langweilig fand. Aufsatz schreiben und so." Er schüttelte belustigt den Kopf.

„Ich wette, du warst ein Ass in Mathe und Physik."

„Wette gewonnen. Und weil wir bei Bekenntnissen

sind: Ich bin kein Fan von Kirchenbesichtigungen. Ich sehe mir sie von innen an und lasse sie auf mich wirken. Nicht mehr und nicht weniger. Also bitte keine geschichtlichen Fakten."

„Ich versuche zu schweigen."

Nach einer Viertelstunde trafen sie sich wieder am Ausgang. Irene hatte Jasper allein gelassen und sich auf eine der Kirchenbänke gesetzt. Sie war unzählige Male hier gewesen und kannte den Dom in- und auswendig. Normalerweise musste sie bei Besuchen die Schüler im Zaum halten.

Heute beobachtete sie ihren Bruder, wie er sich mit bedächtigen Schritten durch den Mittelgang dem Altar näherte. Jasper hielt sich gerade, die Jacke ausgezogen über den Arm gelegt. Er hatte sie gefragt, ob sie gläubig sei. Nein, nicht im Sinne des Katholizismus. Die Frauenfeindlichkeit dort empfand sie im einundzwanzigsten Jahrhundert unangemessen und bigott. Sie war ausgetreten, hatte es ihrer Mutter nie gebeichtet. Es hätte ihr das Herz gebrochen. Helen hatte auf die Gefühle der Mutter keine Rücksicht genommen. Kurz vor Ausbildungsbeginn kam sie eines Tages in die Küche, in der Hand ein Papier schwenkend. *Ab heute bin ich nicht weiter in dem Verein,* hatte sie triumphierend geschrien. *Es lebe der Feminismus. Mein Geld bekommen die auf keinen Fall.* Irene war das bleiche Gesicht der Mutter nicht entgangen. Das Thema wurde zu Hause nie mehr erwähnt. Irene besuchte weiterhin jeden Sonntag mit den Eltern die katholische Messe. Erst, als sie ausgezogen war, ersparte sie sich den Kirchgang. Ausgetreten war sie viele Jahre später.

Letztlich hatte Helen in ihrer kompromisslosen, verletzenden Art die Familie gespalten. Der Vater hatte sich herausgehalten, war den Weg des geringsten Widerstands gegangen. Nur nichts auf sein kleines Mädchen kommen lassen. Vielleicht wusste er, dass Irene nicht seine Tochter war?

„Du bist so nachdenklich", sagte Jasper. „Was unternehmen wir jetzt?"

„Wie hat der Dom auf dich gewirkt?"

Ihr Bruder lächelte sie an, und Irene fühlte sich irgendwie ertappt. „Ein imposantes Bauwerk. Ich bewundere, was Menschen vor so vielen Jahrhunderten erschaffen haben. Wenn man überlegt, dass heute in Deutschland kein Großprojekt mehr ohne Theater über die Bühne geht. Stuttgart 21, der Berliner Flughafen. Heutzutage würde so ein Dom nicht gebaut werden können. Wir sind zu unfähig."

Irene nickte. „Leider hast du recht. Ich erlebe in der Schule, dass die Schülergenerationen, gemessen an früher, über weniger Wissen verfügen. Alles hängt am Handy, googelt, die Schreibfähigkeiten nehmen rapide ab." Irene stoppte, weil sie sich in Rage geredet hatte. „Lass uns eine kleine Wanderung unternehmen, dauert ungefähr zweieinhalb Stunden."

„Das nennst du *kleine Wanderung?*" Jasper lachte herzhaft auf. „Ich bin dabei, wenn es danach Waffeln mit heißen Kirschen und Schlagsahne gibt. Habe gelesen, dass das eine bergische Spezialität ist."

„Du hast richtig gelesen. Auf geht's."

Knappe drei Stunden später saßen sie an einem Tisch draußen, mit Blick auf den Dom. „Gut, dass man mir vorher nicht gesagt hat, dass wir auf der Wanderung Berge überwinden müssen." Jasper hatte vor sich ein Kännchen Kaffee stehen, daneben einen Teller mit Waffeln. Kirschen und Sahne in Schälchen daneben.

Irene prustete los. „Berge? Das waren allerhöchstens Hügel, du Flachländer."

Während des Spaziergangs hatten sie sich Geschichten aus dem Leben erzählt und oft gelacht. Irene fühlte sich unbeschwert, ganz leicht ums Herz. Sie würde Jasper vermissen, so viel stand fest.

„Du fährst morgen wieder zurück, nicht wahr?"

„Ja. Ich habe Sehnsucht nach Marlene. Und dem Meer. Ich … hier ist es auch okay, und ich bin froh, dass wir uns zusammengerauft haben."

„Zusammengerauft?"

„Du weißt schon, wie ich es meine." Jasper stützte die Ellenbogen auf den Tisch. „Hast du dir mittlerweile überlegt, wann du nach Sylt kommst?"

„Du bist wirklich hartnäckig!" Irene spielte inzwischen mit dem Gedanken, an die Nordsee zu fahren. Warum nicht einmal etwas anderes ausprobieren, das gebuchte Zimmer auf Usedom ließ sich problemlos stornieren. Sie trank einen Schluck aus ihrer Kaffeetasse. „Ab dem 12. Oktober hätte ich Zeit zu kommen. Wenn du mich wirklich auf der Insel haben willst." Das Risiko, auf Sylt der Schwester zu begegnen, war verschwindend gering, beruhigte sie sich selbst. Während der Schulferien war sie sicher nicht dort.

„Na klar, ich besorge dir eine Unterkunft in Wenningstedt. Du hast zwei Wochen Herbstferien, nicht wahr?"

„Schon, aber denkst du nicht …"

„Keine Widerrede, Schwester. Zwei Wochen und nicht einen Tag weniger. Marlene wird sich freuen. Ich zeige dir die Schönheiten der Insel und ...", er grinste über das ganze Gesicht, „der Nordsee."

15

„Hallo Mami, wie geht's dir? Bist du die Insel schon leid? Du musst doch umkommen vor Langeweile." Sophie war direkt wie immer. Helen schaltete den Fernseher eine Stufe leiser. „Dir auch einen guten Abend, meine Süße."

„Stör ich?"

„Du störst mich nie. Schon gar nicht, wenn ich auf einer langweiligen Insel festsitze."

„Schon was von Papa gehört?"

Helen versteifte sich unwillkürlich. Daniel hatte sich nur einmal gemeldet, das war Tage her. „Nein, sollte ich?"

„Er hat versucht, mich zu erreichen, aber nie auf die Mailbox gesprochen."

„Du weißt, dass er nicht gern auf die Mailbox spricht."

„Mhm ja."

„Gibt es ein Problem?"

„Bei mir nicht. Ihr seid diejenigen, die alles umstoßen wollen."

Helen dachte über eine Antwort nach. Offenbar war es Sophie doch nicht so egal, dass Daniel auf Mallorca saß. Hatte sie angenommen, dass ihr Vater die Auszeit auf wenige Tage beschränken würde?

„Bist du noch dran?"

„Ja, entschuldige." Helen räusperte sich. „Mir geht es hier ausgezeichnet. Charlie und ich laufen am Strand entlang, das entschleunigt. Es tut gut, mal allein zu sein und sich treiben zu lassen."

„Warum kämpfst du nicht?"

„Wie bitte?"

„Du hast mich schon verstanden", sagte Sophie. „Ist doch das Gleiche wie mit Tante Irene."

„Was meinst du?" Helen sah zum Fernseher hin, wo sich das Liebespaar immer noch nicht gefunden hatte.

„Wenn es dir zu anstrengend wird, gehst du aus der Konfrontation raus, anstatt zu kämpfen."

„Ich dachte, du bist Kinderärztin. Nicht Psychologin."

„Wenn du nicht darüber reden möchtest, akzeptiere ich das."

„Danke, aber ich will nicht mit dir über meine Ehe sprechen. Und über meine Schwester auch nicht."

Helen hörte, wie Sophie theatralisch stöhnte. „Okay, ich hab's wenigstens versucht."

„Sag mal, hast du schon mit Ben gesprochen?"

„Klar, wir reden miteinander."

„Nachtigall, ick hör dir trapsen. Sag ihm bitte, dass mir mein Ausbruch von neulich leidtut. Er muss sich keine Sorgen machen. Es geht mir gut." Den letzten Satz brüllte sie nahezu ins Handy.

„Hört sich genauso an. Tschüss Mamilein."

Helen schmiss das Smartphone auf den Couchtisch und weckte dadurch Charlie, der darunter geschlafen hatte. Er verließ den Platz und streckte sich, bevor er mit Anlauf auf das Sofa hüpfte. Sie kraulte ihn gedankenverloren am unteren Rücken, sofort drehte er sich auf die Seite. „Es scheint, als hätte jeder etwas an mir herumzumäkeln", murmelte sie. „Nur du nimmst mich so, wie ich bin." Sie stellte den Ton des Fernsehers wieder lauter und überließ sich dem virtuellen Liebesdrama. Nicht nachdenken, nur fühlen.

✳ ✳ ✳

Das Kribbeln breitete sich in ihrem Körper aus, hob sie in eine andere Sphäre. Schwerelosigkeit und Leidenschaft zugleich. Daniel, der auf ihr lag, langsam in sie eindrang und sie erfüllte. Lass es immer so weitergehen. Nicht aufhören.

✳ ✳ ✳

Am Morgen nieselte es. Im Radio wies eine Sprecherin launig darauf hin, dass es nur noch drei Monate bis zum Weihnachtsfest waren. Seit über zwei Wochen war Daniel weg, seine Rückkehr war ungewiss. Und selbst wenn. Sollte sie nach Hamburg zurückkehren? Um was genau zu tun? Nicole kam ohne sie zurecht. War es in Ordnung, die Zeit mit Strandspaziergängen und Lesen zu verbringen?

Helen füllte den Hundenapf mit Trockenfutter, Charlie schlich um ihre Füße und beobachtete sie aufmerksam. Kaum hatte sie die Schüssel zu Boden gestellt, stürzte er sich darauf. „Als hättest du Tage lang gehungert", sagte sie und strich ihm sacht über den Rücken. Der Terrier knurrte leise. Wenn es ums Fressen ging, war mit ihm nicht zu spaßen.

✳ ✳ ✳

Ein paar Stunden später öffnete Helen die Tür zu

„Paulinas Bücherstube". Eine jugendliche Frau mit raspelkurzen blonden Haaren und Nickelbrille stand hinter einem antiken Weißholzsekretär und lächelte. „Kann ich Ihnen helfen oder wollen Sie sich lieber in Ruhe umsehen?"

Helen fasste die Leine mit Charlie kürzer und trat an die Verkäuferin heran. „Moin. Ist Paulina Hansen da? Ich bin eine Bekannte aus Hamburg."

„Ach so. Warten Sie einen Moment. Ich schaue mal, ob ich sie finde." Sie verschwand in einem schmalen Gang hinter dem Sekretär, der zu den Privaträumen führte.

Helen sah sich in dem überschaubaren Verkaufsraum um. Auf einem langen Tisch in der Mitte stapelten sich Bestseller. An den Wänden waren weiße Regale befestigt, in denen neben weiteren Büchern Bonbons und Teedosen lagerten. In einer Ecke stand ein geblümter Ohrensessel mit einem Fußbänkchen. Der Raum vermittelte eine anheimelnde Atmosphäre. Man bekam sofort Lust, sich mit einem Schmöker bewaffnet in den Sessel zu fläzen. Die Inhaberin Paulina, eine ältere Dame, war mit Marlene befreundet. Helen hatte sie vor Jahren auf einer Weihnachtsfeier bei ihr kennengelernt und besuchte sie seither mindestens ein Mal, wenn sie auf der Insel war.

„Meine liebe Helen", ertönte hinter ihr die kräftige Stimme von Paulina. „Und Charlie ist auch dabei."

Der Hund zog an der Leine in Richtung von Paulina, die behutsam einen Fuß vor den anderen setzte und den Verkaufsraum betrat. Helen wusste von Marlene, dass sie im letzten Jahr von der Leiter gefallen und sich den Fuß gebrochen hatte.

„Du gehst ja wieder ohne Krücken." Sie ging auf die alte Dame zu und gab ihr einen Kuss auf die Wange.

„Unkraut vergeht nicht", antwortete Paulina. „Meine Buchhandlung hält mich fit."

Ihr von Falten durchzogenes Gesicht war gebräunt, über ihre kurzen grauen Haare hatte sie eine pinkfarbene Lesebrille geschoben, die an einer goldenen Kette um den Hals befestigt war. Helen half ihr, sich in den Sessel zu setzen. Paulinas Wollkleid war von mohnroter Farbe, die zu den Blumenblüten im Ohrensessel passte. Ob das mit Absicht so war? Charlie nutzte den Moment der Unaufmerksamkeit und stellte sich auf die Hinterbeine, die Vorderpfoten in Paulinas Strümpfe verhakt. Das Tier witterte eine Chance, sich auf ihrem Schoss breitzumachen. Unzählige Laufmaschen hatte er so bereits verursacht.

„Wirst du das wohl lassen", rief Helen aus und zog ihn vorsichtig vom Sessel weg.

„Der Kleine braucht Streicheleinheiten." Paulina lächelte sie an.

„Der ruiniert dein Kleid mit seinen Krallen."

„Es gibt Schlimmeres. Charlie, komm her."

Helen ließ die Leine fallen, und Charlie stürmte zu Paulina hin, die ihn hochnahm und anfing, am Kopf zu kraulen.

„Wie geht es dir? Marlene hat mir erzählt, dass du hier bist. Wo ist Daniel?"

„Daniel ist derzeit auf Mallorca. Er braucht Zeit für sich." Es fiel ihr von Tag zu Tag leichter, anderen Menschen diese Tatsache zu präsentieren. Sie fühlte sich nicht mehr so schuldbewusst. Wieso auch? Er hatte sie schließlich zurückgelassen.

Zwei Kundinnen betraten den Laden. Die junge Frau bediente sie. Helen rückte näher an den Ohrensessel heran. „Was macht Arno? Alles in Ordnung bei ihm?"

Paulina blinzelte ihr zu. „Arno ist dienstags um diese Zeit meistens in der Sylter Welle. Danach trifft er sich mit einem Freund zum Mittagessen. Ist besser für die Ehe, wenn man nicht den ganzen Tag aufeinanderhängt."

Helen nickte stumm.

„Setz dich doch bitte auf das Bänkchen, du musst nicht stehen. Kim holt dir gleich einen Stuhl aus der Küche, dann klönen wir in Ruhe. Magst du einen Tee mit mir trinken?"

„Danke." Paulina war eine passionierte Teetrinkerin, genau wie Marlene. Helen hoffte, dass es kein Ostfriesentee war. Der war ihr zu stark, Sahne und Kandis verbesserten den Geschmack nicht.

„Erzähl von dir. Wie fühlst du dich als Strohwitwe?" Paulina beugte sich nach vorn, näher zu ihr hin, und die Lesebrille rutschte vom Kopf. „Dieses verflixte Teil. Sei froh, dass du sowas nicht brauchst." Sie tätschelte Helens Hand.

Diese unerwartete Berührung setzte ihr zu. Ihre Augen wurden feucht. „Ich entdecke, dass ich es allein hinkriege. Gut sogar", fügte sie trotzig hinzu.

Paulina zog die Hand weg und widmete sich wieder dem Hund. „Hör auf eine alte Frau: Nur wenn man mit sich selbst klarkommt, bleibt die Partnerschaft stabil."

Helen seufzte. „Ich weiß. Manchmal denke ich sogar, dass es besser ist, wenn ich allein bleibe."

Paulina hörte auf, Charlie zu kraulen, und sah sie überrascht an. „Ist das so, weil du beleidigt bist, oder fühlst du dich glücklicher ohne deinen Mann?"

„Ehrlich, ich weiß es selber nicht."

„Also willst du dich gar nicht trennen. Allein leben ist nicht so leicht, wie es scheint. Vermisst du deinen Mann?"

Helen schwieg. Sie würde Paulina nichts von ihren Träumen erzählen, das war zu intim.

„Verzeih mir, ich bin zu neugierig." Paulina lächelte. „Je älter ich werde, umso schneller komme ich zur Sache. Diplomatisch war ich nie."

„Ist schon okay. Ich vermisse ihn und vermisse ihn auch nicht. Klingt wirr, nicht wahr?"

„Klingt ehrlich. Lass dir Zeit. Für mich ist das kein Widerspruch."

„Ich ..." Helen stockte. Ihr fehlten die richtigen Worte. „Manchmal denke ich, dass ich die Tage hier verschwende. Nichts Nützliches unternehme. Meine Lebenszeit verschleudere."

Paulina sah sie nachdenklich an, bevor sie nach Kim winkte. „Kochst du uns bitte eine Kanne Vanilletee. Und bring die Plätzchendose mit. Für dich natürlich auch." Sie lehnte sich in ihrem Sessel zurück. „Kim ist ein echter Glücksfall. Sie ist genauso büchersüchtig wie ich, kommt mit neuen Ideen, liest andere Genres. So etwas wie Young Adult oder Fantasy. Nicht gerade meine Richtung. Zoey hat Kim ausgesucht."

„Was ist Young Adult?" Helen war erleichtert und enttäuscht zugleich, dass Paulina nicht auf ihren letzten Gedanken eingegangen war.

„Eine neue Bezeichnung für Bücher, die sich um die Probleme von Jugendlichen drehen. Früher hat man das ‚Jugendbuch' genannt. Heute muss halt alles auf Englisch daherkommen, damit es Gehör findet."

„Ach so. Aus dem Alter für Jugendbücher bin ich definitiv raus." Helen kicherte. „Ich lese lieber Krimis."

„Ich auch. Und stürmische Liebesschnulzen. Verrate es bitte niemandem." Paulina zwinkerte ihr zu.

„Warum denn nicht?"

„Mich nimmt doch sonst keiner mehr ernst, wenn ich schöngeistige Literatur empfehle."

„Dann weiß ich jetzt ja, an wen ich mich wende, wenn ich heiße Liebesromane lesen will."

Kim erschien mit einem Tablett und stellte es neben dem Sessel ab.

„Wenn Sie noch einen Stuhl für meine Freundin holen, bitte. Und vergessen Sie nicht, sich auch zu stärken. Es geht doch nichts über eine gute Tasse Tee. Oder einen Becher."

„Ich habe meinen in der Küche stehen, danke", antwortete Kim und kam wenige Sekunden später mit dem Stuhl zurück. „Wenn es in Ordnung ist, fange ich mit der Buchhaltung an. Heute ist es eher ruhig im Laden."

„Sie sind ein Schatz. Der Papierkram liegt mir nicht so."

Helen goss Tee in beide Becher. Sie biss in einen Keks. Charlie hatte sein Köpfchen angehoben und verfolgte mit aufgestellten Ohren ihr Tun. „Dieser Hund ist immer hell-wach, wenn es um Nahrungsaufnahme geht."

„Jeder hat seine Prioritäten." Paulina fuhr mit der rechten Hand unter den Bauch des Yorkshires und setzte ihn auf den Boden. „Nicht, dass ich dich aus Versehen mit Tee begieße." Charlie schüttelte sich und legte sich neben Helen, den Keksteller fixierend.

„Wieso meinen Menschen immer, dass sie ihre Zeit sinnvoll und nützlich verbringen müssen? Was genau ist dieses ‚Sinnvoll'? Seit wann ist es aus der Mode gekommen, sich treiben zu lassen? Sind wir nur wertvoll, wenn wir etwas produzieren?"

Helen hielt den Teebecher in beiden Händen und

spürte der Wärme nach. „Nein, natürlich nicht. Aber es ist schwer, gegen die eigene innere Haltung zu kämpfen. Und die der Außenwelt. Ich muss mich umprogrammieren", sagte sie schließlich und trank einen Schluck. Schwarzer Tee mit einer Spur Vanille. Ungewohnt, bisher kannte sie den Geschmack nur in Süßspeisen.

„Ach was, du musst dich nur nicht selbst unter Druck setzen. Das tun wir Menschen besonders gern, wir arbeiten uns an uns ab. Sind unsere größten Kritiker."

„Weise Worte."

Paulina lachte lauthals auf. „Erzähl das Arne. Den einzigen Vorteil, den ich dir gegenüber habe, ist mein fortgeschrittenes Alter. Manchmal hilft es auch, einfach loszuschreien. Am besten gelingt das am Meer."

„Das sagt Marlene auch.

„Marlene ist eine kluge Frau."

Charlie war unbemerkt an das Tablett herangerobbt, die Schnauze kurz vor dem Teller. Helen stoppte ihn mit der Hand. „Vergiss es. Man bekommt nicht immer das, was man wünscht."

„Oder es bekommt einem schlecht, wenn sich der Wunsch erfüllt."

✳ ✳ ✳

Auf dem Rückweg von Westerland nach Wenningstedt fing es erneut an leicht zu regnen. Da nicht so viele Strandgänger unterwegs waren, ließ Helen Charlie von der Leine. Dicht an der Wasserkante lief es sich am besten. Charlie stürmte freudig los, erschreckte die Möwen, ließ sich weder von der Größe noch der Anzahl der Vögel abhalten. Wie aufgezogen sauste er zwischen Helen und den Möwen hin und her, auf der Hut vor Nordseewellen.

Helen grübelte über das, was Paulina gesagt hatte. Niemand trieb sie an, sie war autark. Zumindest dieses Jahr konnte sie auf Sylt bleiben. Vielleicht sogar länger. Nicole brauchte sie in den nächsten Wochen nicht. Genauso wenig wie Daniel. Trotzdem. Es fühlte sich nicht richtig an. Noch nicht. Sie wich einer Feuerqualle aus. Ob Schreien wirklich half?

Helen öffnete den Mund und schloss ihn wieder. Sie konnte doch hier nicht einfach losbrüllen. Sie warf einen Blick über die Schulter: Die nächsten Spaziergänger waren weit genug weg. Vor ihr war niemand. Was hinderte sie? Neuer Versuch: Das Krächzen, das ihr entwich, war eher zum Lachen. Sie blieb stehen, drehte sich zur Nordsee, hob die Arme und schrie.

16

Marlene drehte sich im Schlafzimmer vor dem Spiegel von einer Seite zur anderen. Im Profil gefiel sie sich am besten. Ihr Lieblingsstrickkleid in verschiedenen Blautönen, kombiniert mit einer hellblauen Strumpfhose, saß tadellos. Es kaschierte die Rundungen, die sich im Laufe der letzten Jahre gebildet hatten. Mit denen arrangierte sie sich gern. Bewegung führte nicht zur Reduzierung der Pfunde, und ihre Essensgewohnheiten würde sie nicht ändern. Dazu liebte sie den Genuss zu sehr.

Ihre lockigen Haare, die sie vor ein paar Tagen nachgetönt hatte, fielen frisch geschnitten bis auf die Schultern. Sie hatte sich von Rieke, ihrer Friseurin, sogar Augenbrauen und Wimpern färben lassen. Das kam nur alle Jubeljahre vor. Marlene tat sich schwer damit, regungslos mit geschlossenen Augen und den Wattepads darauf, im Friseurstuhl zu sitzen.

Du bist doch eitel, meine Liebe. Jasper würde weder Haarschnitt noch dunklere Kolorierung auffallen. Das war auch nicht das Ausschlaggebende: Sie fühlte sich mit neuer Frisur und Farbe in ihrer Haut beschwingter. Wenn das Eitelkeit war, konnte sie damit leben.

***

In der Küche köchelte das Boeuf Bourguignon vor sich hin. Der Duft von Rindfleisch, Rotwein und angeschmortem Gemüse verbreitete sich durch das Haus. Max saß vor dem Ofen und bewachte den Schmortopf. Noch einen Spritzer ihres bevorzugten Lieblingsparfums, und sie war fertig.

Die Türglocke läutete. Max bellte. Als Marlene in den Flur trat, hüpfte er bereits vor der Tür auf und ab, den Besucher erwartend. Sie hielt ihn am Halsband fest und öffnete. Jasper strahlte, in der Hand einen Strauß orangefarbene Ranunkeln. Ihr Herz klopfte, sie ließ Max los, der sofort probierte, an ihm hochzuspringen. Ihr Liebster wehrte ihn mit einer kurzen Armbewegung ab und nahm sie wortlos in die Arme.

„Ich hab dich vermisst", flüsterte sie. Sie atmete den Duft von Zedernholz ein und grub sich mit der Nase in ihre Lieblingsstelle unter seinem Ohr. So vertraut. Beide standen sekundenlang umschlungen, bis Max versuchte, sich mit dem Kopf zwischen sie zu drängen. Jasper löste sich und hielt sie auf Armlänge umfasst. Ihre Augen trafen sich, bevor er sie küsste. Seine Lippen waren weich, zärtlich und fordernd zugleich. Sie drückte sich an ihn, ihre Zungen berührten sich. Marlenes Körper vibrierte vor Freude. Wie hatte sie ihn vermisst. Max jaulte, und sie ließen schwer atmend voneinander ab.

„Genauso hatte ich es ersehnt", sagte Jasper und hielt ihren Blick gefangen. „Kann man das Essen warmhalten?"

✳ ✳ ✳

Später lagen sie nebeneinander im Bett, Marlenes Kopf

auf Jaspers Schulter, zu ihren Füßen die hastig herunter-
gestreifte Kleidung. Max hatte sich hineingeschlichen
und lag ausgestreckt vor dem Schlafzimmerschrank.

Marlene dachte an die Sorgfalt, mit der sie sich
angekleidet hatte und kicherte. „Ich habe extra für dich
mein Lieblingskleid angezogen."

Jasper gab ihr einen Kuss auf den Mund. „Wäre nicht
nötig gewesen."

„Ich weiß." Sie kuschelte sich näher an ihn heran.
„Erzählst du mir beim Essen von deiner Schwester?
Kommt sie dich hier besuchen?"

✳ ✳ ✳

Marlene hatte die Blumen in eine Vase gestellt, das Boeuf
und die Ofenkartoffeln erwärmt und das Dressing für
den Salat zubereitet. Jasper saß auf der Küchenbank und
beobachtete sie, vor sich eine Flasche Pils, den Kopf von
Max auf dem Oberschenkel. Er kraulte ihn zwischen den
Brauen. Hund und Mann verstanden sich ausgezeichnet.

„Meine Schwester ist ein harter Brocken", sagte Jasper.
„Ich hoffe, dass sie im Oktober kommt. Versprochen hat
sie es, aber …"

„Du glaubst nicht so recht dran."

„Na ja, sagen wir mal so. Ich bin skeptisch."

„Lebt sie allein?"

„Ja, sie ist nicht verheiratet und einen Lebensgefährten
scheint es nicht zu geben. Ihr habt übrigens etwas
gemeinsam: Sie ist Lehrerin."

„Tatsächlich, dann gibt es ein erstes verbindendes
Thema. Obwohl ich ja seit Jahren nicht mehr arbeite. Wie
ist sie denn so? Du hast am Telefon gesagt, dass sie

distanziert sei. Hat sich das gegeben? Ich bin gespannt, ob ihr euch ähnelt."

Jasper kratzte sich hinter dem Ohr. „Ist schwierig zu beschreiben. Ich glaube, ihr ist die Einhaltung von Regeln wichtig, sie klammert sich daran. Hat gedacht, dass ich ein einfacher Matrose wäre." Er lachte, und Max hob den Kopf. „Status scheint für sie wesentlich zu sein. Alles Dinge, die in unserm Alter keine Rolle mehr spielen."

„Aber sie glaubt dir inzwischen, dass ihr Geschwister seid?" Marlene stellte das Essen auf den Tisch."

„Ja, ich denke schon. Sie hat die Briefe ihrer Mutter gelesen. Von unserem Vater gibt es leider keine bei ihr."

„Wollt ihr trotzdem einen Test machen?"

„Darüber haben wir nicht mehr gesprochen. Von mir aus sofort, wenn sie das wünscht. Ich bin zu hundert Prozent sicher, dass wir verwandt sind."

„Guten Appetit."

Das Fleisch zerging auf der Zunge. Marlene kostete den Rotwein, den sie für sich ausgesucht hatte. Samtig und beerig zugleich. Jasper aß schweigend, konzentriert. Er zerdrückte die Kartoffeln in der Sauce, bevor er sie aufspießte. Ein tiefes Glücksgefühl überkam sie. Den Augenblick genießen.

„Du wirst meiner Schwester guttun, so wie du mir guttust." Jasper lächelte ihr über den Teller hinweg zu.

„Meinst du?"

„Klar, du bist eine warmherzige Frau mit einer ungeheuren Lebenserfahrung. Ich bin mir sicher, du vermittelst ihr deine lebensbejahende Einstellung. Bei Zoey ist dir das auch gelungen."

„Du übertreibst, Zoey brauchte nur einen Schubs."

„Wir werden sehen. Wenn sie überhaupt kommt.

„Ach", antwortete Marlene leichthin, „sie wird kommen. Sorge dich nicht. Wenn mir in meinem fortgeschrittenen Alter so ein charmanter Bruder wie du praktisch vor die Füße fällt, würde ich jede Mühe auf mich nehmen. Zumal wenn das neue Familienmitglied auf der schönsten Insel Deutschlands lebt."

Jasper holte sich einen Nachschlag. Max begleitete ihn zum Herd und wedelte.

„Du gibst ihm aber nichts ab, oder?"

„Das würde ich niemals tun." Jasper lachte, griff in seine Hosentasche und förderte etwas hervor, das wie ein Hundekeks aussah. Max Schwanz bewegte sich schneller, er schnappte nach dem Brocken, den Jasper ihm hinhielt.

„Du verstehst es, dir Mäxchen gewogen zu machen."

„Na klar, wir Männer müssen doch zusammenhalten."

„Sowieso."

Nach dem Essen zündete Jasper den Kamin an. Die Flammen loderten und verbreiteten die Behaglichkeit, die Marlene schätzte. Sie lag mit dem Kopf in Jaspers Schoß auf der Couch, der Hund schnarchte zu ihren Füßen. Aus den Lautsprechern ertönte Jazzmusik. Eine CD von Norah Jones, die sie vor vielen Jahren gekauft hatte.

„Ich hab dir noch gar nicht erzählt, dass eine alte Freundin hier ist. Sie hat auch einen Hund, Charlie. Max und er verstehen sich ausgezeichnet."

„Mhm."

„Helen, du kennst sie nicht. Sie war letztes Jahr Heiligabend nicht auf meiner Party, davor immer."

Jasper streichelte ihr über die Wange und sagte nichts.

„Du wirst sie die Tage kennenlernen. Ich lade sie zum Essen ein."

„Den Hund auch?"

Marlene kicherte. „Na klar. Mäxchen muss schließlich ebenfalls Gesellschaft haben."

„Früher habe ich meine Zeit mehr mit Männern verbracht, das hat sich verändert."

„Solange du es nicht bereust."

Jasper küsste sie auf den Mund. „Bestimmt nicht."

„Helen ist verheiratet, ihr Mann nimmt gerade eine Auszeit von der Ehe. Er ist auf Mallorca. Ich mag Daniel …"

„Man soll sich nicht in Streitigkeiten von Paaren einmischen, das geht häufig schief."

„Ich mische mich auch nicht ein, unterstütze Helen nur, wenn sie Hilfe braucht. Du wirst sehen, sie ist eine patente liebenswerte Frau."

„Sicher ist sie das." Er küsste sie erneut, fordernder. „Lass uns später weiterreden."

17

Daniel war zu spät. Er hatte sich trotz Navigationsgerät im Auto verfahren. Einmal falsch Abbiegen rächte sich sofort. In dem Einbahnstraßengewirr war er gezwungen, einen kilometerweiten Umweg zu nehmen, bis er endlich vor dem Haus hielt, in dem Maria wohnte. Ein landesübliches terrakottafarbenes Stadthaus mit grünen geschlossenen Fensterläden. Ohne Vorgarten, dafür vermutlich mit einem Hof im Inneren.

Er überlegte, wo er den Wagen abstellen sollte: Die gelben Bordsteinmarkierungen auf der Straße besagten, dass Parkverbot herrschte. So viel hatte Daniel inzwischen gelernt. Die Behörden auf der Insel waren nicht zimperlich und montierten in Sekundenschnelle Parkkrallen. Zu riskant. Er griff nach seinem Handy, um Maria anzurufen. Die Besichtigung ihres Zuhauses würde warten müssen. Wieso nahm er an, dass sie ihn in die Wohnung lassen würde? Er befand sich immerhin in Spanien und nicht im liberalen Hamburg.

Daniel suchte nach Marias Telefonnummer, als sich die Haustür öffnete und sie heraustrat. Durch den Rückspiegel verfolgte er, wie sie sich mit schnellen Schritten auf hohen Schuhen dem Auto näherte. Ihr rot-schwarz gemustertes Kleid leuchtete. Er war froh, dass er heute ein Oberhemd zu seinen dunklen Jeans trug. Hastig stieg er aus dem Wagen aus.

„Buenas tardes, es tut mir leid. Ich bin zu spät." Er ging auf sie zu, umarmte sie und gab ihr zwei Küsse auf die Wangen. Sie duftete nach Blumenblüten und Vanille. Daniel war kein Spezialist, was Parfumsorten anging. Helen benutzte irgendetwas von Joop, sie kaufte es sich selbst. Er hielt Maria eine Sekunde lang fest, bevor er sie mit einem leichten Bedauern wieder freigab.

„Hola Daniel, du bist nicht zu spät. Im Vergleich zu spanischen Männern sogar eher zu früh." Sie lächelte ihm zu, als er ihr die Wagentür aufhielt. Hinter dem Auto war inzwischen ein Mercedes aufgetaucht. Daniel beeilte sich, einzusteigen und das Fahrzeug nach rechts zu lenken, damit der andere vorbeikam.

„Dicke Autos sollte man hier besser nicht benutzen."

„Doch. Man darf sich nur nicht über Beulen aufregen, so wie ihr deutschen Männer."

„Touché."

Maria dirigierte ihn durch den Ort. Es dauerte keine zehn Minuten, bis sie ihr Ziel erreicht hatten. Etwas zurückgesetzt von der Straße lag das zweistöckige rötlichbraune Haus von Emilia und Dorothea, umgeben von einer Steinmauer und Palmen, die den Eingang säumten.

„Wow", entfuhr es Daniel, als er das Auto neben einem dunkelroten Mercedes parkte. „Was für ein prachtvolles Gebäude."

„Ich kenne es vom Vorbeifahren."

Daniel erinnerte sich beim Aussteigen an den Blumenstrauß, der zusammen mit einer Flasche Champagner im Kofferraum wartete. Jetzt war er doch gespannt auf die nächsten Stunden.

Die Flügel der hölzernen Eingangstür waren weit aufgerissen, das dahinterliegende schmiedeeiserne Gitter verschlossen. Maria drückte auf die Klingel, und nur wenige Sekunden später erschien eine Frau in Jeans und T-Shirt, die ihnen öffnete.

„Guten Tag", sagte sie und neigte den Kopf. „Ich bin Ines. Kommen Sie doch herein, die beiden Ladys sind hinten auf der Terrasse."

Daniel und Maria folgten ihr durch einen dunklen Flur und ein Wohnzimmer mit Kamin in den Garten. Da die Fensterläden zum Schutz gegen die Sonne versperrt waren, gelang nur wenig Licht in den Raum. Die Veranda zog sich über die gesamte Länge des Hauses und war überdacht. Efeu und Wein wucherten an Säulen und der Rückwand. Überall auf dem Boden standen Blumen-kübel mit unterschiedlichen Pflanzen, Daniel erkannte Orangen- und Olivenbäume. Inmitten der Töpfe war an einem runden Tisch für vier Personen eingedeckt. Von den Gastgeberinnen war nichts zu sehen.

Ines nahm ihm die Blumen ab. „Ich hole eine Vase. Soll die Flasche kaltgestellt werden?" Sie deutete auf den Champagner.

„Das schadet sicher nicht", antwortete er und reichte sie ihr.

Von einer Seite näherte sich eine getigerte Katze, die sie misstrauisch beäugte, bevor sie im Garten ver-schwand. Hinter ihr erschien Emilia, die wieder ihre rote Kappe trug, gekleidet in ein weites roséfarbenes Leinen-kleid. Sie grinste, die Haut in Lachfalten gelegt.

„Willkommen in unserem Heim", sagte sie und begrüßte ihn und Maria mit einem Kuss. Lavendelduft stieg in seine Nase, der ihn an den Geruch in den

Schränken zu Hause erinnerte. Helen legte zum Schutz gegen Motten überall Lavendelsäckchen zwischen die Kleidungsstücke.

„Herzlichen Dank für die Einladung."

Maria stand neben ihm und nickte Emilia zu. „Wie bezaubernd Sie es hier haben", sagte sie. „So viele Blumen."

„Das ist das Hobby von Dorothea. Sie kann stundenlang im Garten herumpusseln. Wo bleibt sie überhaupt? Eben war sie doch noch da …" Emilia drehte sich um und kreischte los: „Dorothea, unsere Gäste sind da."

Daniel hielt sich unwillkürlich die Ohren zu. Für ihr Alter verfügte Emilia über eine schrille Stimme. Das Geschrei hatte Ines angelockt, die mit einer bunt gemusterten Platte Mandelkuchen erschien. „Trinken Sie Tee oder Kaffee?", fragte sie.

„Kaffee für mich bitte", antwortete Daniel.

„Für mich auch", schloss sich Maria an.

„Wir könnten zur Begrüßung ein Glas Sekt trinken", sagte Emilia. „Wie wär's?"

„Herr Jakobi hat Champagner mitgebracht", antwortete Ines, „Ich habe ihn in den Eisschrank gestellt. Sein Blumenstrauß steht auf dem Wohnzimmertisch." Woher kannte sie seinen Namen?

„Dann verschieben wir das auf nach dem Kaffeetrinken und lassen die Flasche kalt werden." Emilia wies auf die Stühle. „Setzen Sie sich. Ines wird gleich den Kaffee bringen. Auf Dorothea warten wir nicht. Wer zu spät kommt …"

„Hattest du gerufen, meine Liebe?"

Dorothea trat auf die Veranda.

„Wieso bist du drinnen?", fragte Emilia irritiert.

164

„Ich habe mich kurz frischgemacht. Lässt du mich nun unsere Gäste begrüßen?"

Daniel stand hastig auf, um ihr die Hand zu geben. Dorothea ignorierte die und hauchte zwei angedeutete Küsse rechts und links neben sein Gesicht. Maria, die sitzengeblieben war, bekam einen Schmatzer auf die Wange. Der rote Lippenstiftabdruck war deutlich sichtbar. Ohne Zweifel verstand Dorothea etwas von wirkungsvollem Auftreten. Um den Kopf hatte sie ein blaues Seidentuch gewickelt, an den Ohren baumelten Goldkreolen. Zusammen mit einem türkisfarbenen luftigen Gewand war die Kombination äußerst farbenfroh. Helen hätte Freude daran gefunden.

„Eitel wie eh und je", brummte Emilia.

„Eine Frau muss auf sich achten. Egal, in welchem Alter sie ist."

Ines erschien mit dem Kaffee und goss allen ein, bevor sie sich wieder entfernte.

„Ist das Ihre Haushaltshilfe?", fragte Maria.

„Ja", antwortete Emilia. „Ines hilft uns ein paar Mal in der Woche und zu besonderen Gelegenheiten. Sie arbeitet in dem Hotel am Golfplatz, wo wir uns getroffen haben, an der Rezeption."

„Sie kannte sogar meinen Namen." Daniel griff nach der Platte mit dem Mandelkuchen, die Emilia ihm hinhielt.

„Natürlich, junger Mann", sagte Dorothea. „Den habe ich ihr vorhin genannt."

„Der Kuchen ist aber von mir", warf Emilia ein. „Mein Spezialrezept."

„Papperlapapp. Mandeln, Eier und Puderzucker. Ist kinderleicht." Dorothea ließ nicht locker.

„Du vergisst die spezielle Mischung aus Vanille, Zimt, Zitronen- und Orangenschalen, meine Liebe." Emilia beförderte ein Kuchenstück auf den Teller von Maria und schob die Platte Dorothea hin. „Wenn du herummäkelst, mach es zukünftig selbst."

„Du wirst mit jedem Jahr empfindlicher." Dorothea zerteilte mit der Gabel den Kuchen, bevor sie anfing zu essen.

„Und du herrischer."

Daniel probierte. Fluffig, nicht so süß, erinnerte an Marzipan. Er war kein Fan von zuckrigen Torten, bekam Sodbrennen davon. „Sehr lecker", sagte er in Richtung Emilia und wurde mit einem breiten Lächeln belohnt.

„Alle Männer lieben meinen Kuchen. Das war immer schon so."

„Ich hoffe, Sie sind nicht so ein Typ, der jedem nach dem Mund redet", sagte Dorothea.

„Achten Sie nicht auf sie. Dorothea will nur provozieren, sonst langweilt sie sich."

„Ich …"

„Der Kuchen schmeckt wirklich köstlich", wurde Daniel von Maria unterbrochen. „Verraten Sie mir Ihr spezielles Geheimnis?"

„Sehr gern, Kindchen", sagte Emilia und tätschelte über den Tisch deren Hand. „Ich fühle mich geschmeichelt, von einer Spanierin dazu gefragt zu werden."

„Genug mit dem Schmalz", sagte Dorothea. „Du langweilst unsere Gäste und mich auch." Sie deutete mit ihrem Zeigefinger auf Daniel. „Haben Sie sich inzwischen hier eingelebt, junger Mann? Wie ist es so als Single?" Sie warf einen bedeutungsvollen Blick auf Maria.

„Ich komme zurecht", antwortete Daniel bewusst vage in der Hoffnung, sie würde das Thema wechseln.

„Vermissen Sie nicht Ihre Familie?", schaltete sich Emilia ein. Wenn es darauf ankam, arbeiteten die beiden Hand in Hand.

„Ach, es tut gut, auch mal für sich zu sein", sagte er. „Meine Kinder gehen eigene Wege und …", er suchte den Blick von Emilia, „ich habe hier doch angenehme Gesellschaft in Ihnen gefunden."

„Vergessen Sie nicht die reizende Dame neben Ihnen", schaltete sich Dorothea wieder ein.

„Wie könnte ich", sagte Daniel und sah Maria an. „Durch sie habe ich das Golfspiel wiederentdeckt."

„Hmpf", stieß Dorothea aus und beugte sich über den Tisch zu Maria hin. „Leben Sie allein?"

Daniel verschluckte sich an einem Kuchenkrümel und trank hastig einen Schluck Kaffee. Die Frau war wirklich nicht kleinzukriegen.

„Mein Mann lebt nicht mehr", antwortete Maria in bedächtigem Tonfall. Sie verzog das Gesicht zu einem Lächeln. Gut, dass sie nicht beleidigt schien.

„Haben Sie Kinder?"

„Eine Tochter und drei Enkelkinder, alles Mädchen. Möchten Sie noch etwas von mir wissen?" Maria lachte auf.

„Nietas", mischte sich Emilia ein. „Leider war mir das nicht vergönnt. Wie alt sind die?"

„Drei, fünf und acht."

„Ach wie süß!", kreischte Emilia. „Wenn sie klein sind, sind sie besonders niedlich."

„Ohne Kinder hat man naturgemäß keine Enkel", stellte Dorothea fest.

„Haben Sie Kinder?", fühlte sich Daniel bemüßigt zu fragen.

„Einen Sohn in Hamburg. Er lebt allein mit seinem Hund. So wie es aussieht, werde ich nie Oma."

„Manche sind halt Spätentwickler", sagte Daniel.

„Robert ist schon Mitte fünfzig und ziemlich verschroben. Das wird in diesem Leben nichts mehr." Emilia nutzte die Gelegenheit, der Freundin Kontra zu geben. Die beiden schienen Spaß daran zu haben, sich vor Publikum mit Worten zu duellieren.

„Und Ihre Frau?", kam Dorothea wieder auf Daniel zurück. „Vermissen Sie sie nicht?"

„Das geht uns nun wirklich nichts an", sagte Emilia und nahm sich noch ein Stück Kuchen. „Sie brauchen uns das nicht zu erzählen."

„Ach, da gibt es nicht viel mitzuteilen", sagte Daniel, dem der Vanilleduft von Maria in die Nase stieg. Ob sie näher zu ihm herangerückt war? Er wagte es nicht, zu ihr hinzusehen. „Helen ist nach Sylt gefahren. Es geht ihr ausgezeichnet, wir haben telefoniert. Eine Freundin von uns lebt auf der Insel, die beiden verbringen Zeit miteinander. Außerdem ist Charlie bei ihr."

„Charlie?", fragte Maria.

Daniel drehte sich zu ihr hin. „Das ist unser Hund, ein frecher Yorkshire."

„Soso, ein Hund", murmelte Dorothea. „Und die Boutique?"

„Meine Frau betreibt zusammen mit einer Partnerin einen Modeladen in Hamburg", erklärte Daniel in Richtung Maria. „Ich denke, Nicole, die Geschäftspartnerin, führt den Betrieb für einige Zeit allein. Zur Not wird eine Aushilfe eingestellt. Ist nicht anders als bei mir.

Unser Steuerberaterbüro kann meine Abwesenheit auch verkraften."

„Irgendwann muss man sich ja obendrein entscheiden, wie man leben will", sagte Dorothea. „Zumal Sie nicht mehr so taufrisch sind."

„Stimmt", antwortete Daniel. „Deshalb bin ich hier. Ich möchte herausfinden, wie ich den Rest meiner Tage verbringe."

„Das ist nicht einfach", sagte Emilia mit ernster Stimme und nahm die Kappe vom Kopf. „Ich spreche aus Erfahrung. Alles hinter sich lassen und nochmal neu anfangen. Aber es lohnt sich."

„Auf jeden Fall", fiel Dorothea ein. „Wir haben es nicht bereut, nicht wahr?"

„Nein, haben wir nicht."

Daniel räusperte sich. „Sie haben sich hier ein kleines Paradies aufgebaut."

„Wir haben uns", antwortete Emilia. „Das ist die Hauptsache. Der Rest ist unwichtig."

„Das stimmt", ertönte neben ihm die Stimme von Maria. „Wenn man den Menschen gefunden hat, mit dem man zusammen sein möchte, ist alles andere egal."

„Ist das so?", fragte Daniel. „Spielen nicht auch die äußeren Umstände eine Rolle? Ich meine, das Geld wächst nicht auf den Bäumen, und es sagt sich leicht, dass alles egal ist, wenn man finanziell ausgesorgt hat."

„Jetzt spricht wieder der Zahlenschubser aus Ihnen", sagte Dorothea.

„Ich wollte nicht unromantisch sein."

„Genau das wollten Sie", sagte Dorothea. „Und bevor wir anfangen, uns darüber intensiv auszutauschen, schlage ich vor, dass wir den Champagner öffnen." Sie klatschte in die Hände und rief nach Ines.

18

Nach mehr als sechs Wochen auf Sylt war der tägliche Gang zum Bäcker Routine für Helen. Morgens einen Abstecher zum Dorfteich, damit Charlie in Ruhe sein Geschäft erledigen konnte, danach ging es zu Jessen, um Zeitung, Brötchen oder Brot zu holen. Ausgiebige Spaziergänge auf der Meer- oder Wattseite, ab und zu Stippvisiten nach Westerland. Einmal am Tag, meistens vor dem Schlafengehen, versuchte sie sich neuerdings beim Yin Yoga. Mit Hilfe von Marlene hatte sie bei YouTube Videos gefunden, die ihr die nötige Anleitung verschafften. Zu einem Präsenzkurs hatte sie keine Lust, auf dem Boden vor dem Bett funktionierte es für sie. Lesen, nachdenken, ab und zu ein Treffen mit Marlene und Mäxchen. Sie war inzwischen sogar Mitglied der Sylt-Bibliothek in Westerland, um jederzeit Nachschub an Büchern zu haben. Abgesehen davon besuchte sie Paulina regelmäßig und verließ den Laden nie, ohne etwas zu kaufen.

Helen hatte sich an ihren Tagesablauf gewöhnt. Das erste Mal im Leben, dass sie für einen längeren Zeitraum allein mit sich war. Wenn man den Hund nicht mitzählte. Charlie war fit wie ein Turnschuh. Trotz der umfang-reichen Wanderungen freute er sich jedes Mal wieder aufs Neue, sobald sie seine Hundeleine in die Hand nahm. Ohne ihn wäre sie nicht so regelmäßig draußen. Manchmal kostete sie es regelrecht Überwindung, sich vom Sofa loszureißen.

Auf der Habenseite verbuchte sie einen tiefen ungestörten Schlaf, eine gesunde Gesichtsfarbe und allmählich auftretende Lust, unbekannte Wege einzuschlagen. Ob es Daniel genauso ging?

Bis auf den einen Anruf vor Wochen hatte sie nicht mehr mit ihm gesprochen. Von Telefonaten mit den Kindern erfuhr sie, dass er nach wie vor auf Mallorca weilte. Sophie berichtete, dass er mit dem Golfspiel angefangen hatte. Etwas, was er schon lange wieder auf dem Zettel hatte. Helen hatte ihn dazu nicht ermuntert. Warum eigentlich? Weil du eifersüchtig warst auf die Zeit, die er nicht mit dir verbracht hat.

Wenn sie ehrlich war, vermisste sie ihn. Seine Nähe abends im Bett, seine Berührungen. Der Sex mit ihm war vertraut und vom Ablauf vorhersehbar. Trotzdem kribbelte ihr Unterleib, wenn sie daran dachte. Ob Abstand das Verlangen entfachte? Ob es bei ihm auch so war? Oder hatte sich längst eine Frau gefunden, mit der er das Bett teilte? Daniel hatte sich nicht darüber beklagt, dass sie in den Wochen vor seiner Abreise keine Lust auf Sex hatte. Dafür hatte er das Weite gesucht.

Bei Ben hatte sie sich für ihren Ausbruch entschuldigt. Jetzt erwähnte er seinen Vater beiläufig in jedem Gespräch auf irgendeine Art und Weise. So, als habe er Angst, sie würde ihn sonst vergessen. Ben war ein sensibler Junge, keine Frage. Sie kommentierte nicht, wenn er über Daniel sprach, aber sie gierte nach Information. Dieses Kapitel ihres Lebens war längst nicht abgeschlossen. Ganz im Gegensatz zu dem Teil, der

Irene betraf. Die hatte sie zusammen mit den Eltern in eine Schublade gestopft, die sie nicht mehr öffnen würde. Auch nicht bei einer Psychologin. Mit dem Thema war sie ein für alle Mal durch. Mit Daniel noch nicht.

Das Telefon läutete, Marlene war am Apparat.

„Ich hab dir doch erzählt, dass die Schwester von Jasper auf die Insel kommt. Er wollte uns ins ‚Meeresblick‘ einladen. Ich finde ein erstes Essen zu Hause gemütlicher. Am Montagabend bei mir. Hast du Lust zu kommen?"

„Denkst du nicht, dass ich störe?"

„Nö. Sie kennt hier außer Jasper niemanden. Vielleicht seid ihr euch sympathisch."

„Du suchst nach einer Begleitung für die Dame. Willst du den Job nicht übernehmen?"

Marlene lachte herzhaft auf, Helen hielt das Handy vom Ohr weg. „So direkt wollte ich es nicht sagen. Aber du hast recht. Wäre doch klasse, wenn ihr euch versteht und du ihr etwas von der Insel zeigst. Natürlich wird sich hauptsächlich Jasper kümmern. Auch mit mir zusammen. Trotzdem. Manchmal möchte man ja mit einer Unbeteiligten reden, Abstand von der Familie haben. Ist so ein Gefühl, ich kenne sie ja nicht."

„Mit deinen Ahnungen triffst du meistens den Punkt. Abstand von der Familie ist außerdem genau mein Thema. Ich bin da sozusagen Spezialistin." Helen kicherte. „Ich nehme die Einladung an und freue mich. Auf dein Essen übrigens auch, du bist eine begnadete Köchin. Wir treffen uns aber vorher nochmal mit den Hunden am Strand, oder?"

„Auf jeden Fall. Wunderbar, dass du es inzwischen

mit Humor nimmst. Das Familienthema meine ich. Gibt es Neuigkeiten von Daniel?"

„Nein."

„Okay, ich melde mich bei dir."

Sie drückte Marlene weg, es klingelte sofort wieder. Dieses Mal war Nicole am Apparat. Helens Magen ballte sich zu einem Knoten zusammen. Hoffentlich war in Hamburg alles in Ordnung. Nicole hatte sie noch nicht angerufen, Helen war diejenige, die sich ab und zu mit einem schlechten Gewissen bei ihr meldete.

„Moin", sagte sie mit bewusst munterer Stimme.

„Hallo Süße, hoffe, ich störe dich nicht."

„Du störst mich nie. Wie geht's dir? Alles im grünen Bereich?"

„Alles okay bei mir, Süße", antwortete Nicole und Helens Bauch entkrampfte sich. Wozu machte sie eigentlich jeden Tag Entspannungsyoga, wenn sie bei der geringsten Abweichung vom Normalen direkt in Panik ausbrach? Da war noch deutlich Luft nach oben.

„Was kann ich für dich tun? Brauchst du Hilfe?"

„Keine Angst, du musst nicht zurückkommen. Mir geht's prima, und ich komme super allein zurecht. Was nicht heißt, dass ich dich nicht vermisse, meine Süße. Niemand da, der mit mir die Schokoladenvorräte plündert. Ich nehme täglich ein paar Gramm zu." Nicole prustete in das Smartphone. „Was macht dein Göttergatte? Immer noch auf Malle?"

„Ja", antwortete Helen. „Ist aber nicht schlimm, komme hervorragend ohne ihn zurecht."

„Mhm. Warum glaub ich das nicht?"

„Weshalb rufst du an?"

„Ich soll dich von Mona Lehmann grüßen."

„Ja …" Helen wusste nicht, von wem Nicole sprach.

„Na, die Frau, die mit der Tochter da war. Die mit dir Kaffee trinken wollte."

„Ach, Gott, die hab ich total vergessen."

„Ich hab ihr gesagt, dass du auf Sylt bist und erstmal nicht nach Hamburg kommst. War doch in Ordnung, oder?"

„Ja klar. Ich ruf sie mal an, Marlene, also meine Freundin hier, hat sicher die Nummer."

„Gut, ich … äh …" Nicole druckste herum. Das war überhaupt nicht ihre Art. irgendetwas stimmte nicht.

„Was ist los?"

„Ich, äh … habe jemanden kennengelernt."

„Ja?"

„Es ist diesmal anders. Ich glaub, ich habe mich in den Typen richtig verliebt."

„Was?"

„Ich kann es selbst kaum glauben. Es ist einfach so passiert."

„Glückwunsch. Was sagt Sven dazu?" Sven war der Fitnessclubbesitzer. „Gehst du noch ins Studio?"

„Mach keine Witze. Es ist mir ernst." Nicole klang nahezu flehentlich durchs Handy. Helen unterdrückte ihren Lachreiz.

„Das ist doch wunderbar, ich freue mich für dich. Wo ist das Problem? Ist er nicht in dich verliebt?"

„Doch, sagt er jedenfalls. Nein", korrigierte sie sich hastig. „Er liebt mich auch. Vor allem will er mich nicht verändern. Er mag mich so, wie ich bin." Das klang ein wenig zweifelnd.

„Jetzt hör mir mal zu", rief Helen in den Hörer.

„Du bist eine liebenswerte Frau und hast es absolut verdient, einen Mann zu finden, der dich liebt. Alles klar?"

„Alles klar, Süße", sagte Nicole. Na endlich, die alte Flapsigkeit drang wieder bei ihr durch.

„Ich sollte schnellstmöglich zurückkommen, damit ich den Kerl unter die Lupe nehme."

„Bloß nicht."

Sie schwiegen für einen Augenblick. Helen beobachtete Charlie, der vor dem Sofa auf dem Teppich lag und im Schlaf zuckte. Vielleicht jagte er im Traum Kaninchen hinterher.

„Also", sagte Nicole. „Der eigentliche Grund, warum ich anrufe ... Ich möchte im Januar verreisen."

„Im Januar?"

„Ja. Sören hat mich gefragt, ob ich mit ihm nach Stockholm fliege. Er hat dort für ein paar Wochen geschäftlich zu tun."

„Du willst nach Schweden? Im Winter? Das muss wirklich Liebe sein. Oder, halt, Sören? Ist er etwa Schwede?"

„Däne, wenn du es genau wissen willst."

„Du hast jetzt aber nicht vor, Hals über Kopf mit ihm nach Skandinavien zu ziehen?"

„Nein, Mami Helen, hab ich nicht. Sören lebt in Hamburg, keine Sorge. Ich bitte nur um ein paar Wochen Urlaub, das ist alles."

Helen dachte fieberhaft nach. Bis Januar waren es noch über zwei Monate. Bis dahin sollte sie eine Entscheidung getroffen haben.

„Du brauchst mich doch nicht zu bitten. Ich bin ab Januar wieder in Hamburg und kümmere mich um den

Laden, völlig klar. Ich kann auch eher kommen, wenn du …"

„Nein", unterbrach Nicole sie. „Du bleibst schön da, wo du bist. Keine Widerrede, Süße. Sören wirst du früh genug kennenlernen. Ich will ihn erstmal nur für mich allein haben."

„Das klingt wirklich so, als wäre es ernst."

„Ja."

„Ich drücke alle Daumen und freue mich unendlich für dich."

„Danke, Süße. Bis später mal, muss mich sputen. Unsere Boutique öffnet gleich."

Helen räumte den Frühstückstisch ab. Nicole hatte sich entgegen ihrer Überzeugung verliebt. Ob sie das Singleleben aufgeben würde? Noch nie hatte sie so unsicher und zugleich voller Erwartung über einem Mann gesprochen. Hörte sich wirklich nach etwas an, was von Dauer sein konnte.

Helen wünschte ihr einen liebevollen Partner, gleichzeitig rätselte sie, was das für ihre Geschäftsbeziehung bedeuten würde. Konnte es sein, dass sich alles Vertraute zur selben Zeit veränderte?

„Jetzt hör aber auf, Helen", sagte sie laut in den Raum. Charlie erwachte und schüttelte sich, bevor er zu ihr hin trottete.

„Wir zwei laufen heute von Hörnum nach Rantum. Mit einem Stopp im Samoa. Was hältst du davon?"

Charlie wedelte.

„Milchreis mit Zimt und Zucker für mich, Wasser für dich."

Charlie stützte sich auf seine Vorderpfoten und dehnte sich.

„In zehn Minuten geht's los. Mach dich fertig."

Helen zog sich die Lippen vor dem Schlafzimmer-spiegel nach. Das Praktische an einem Hund war, dass er einem nicht widersprach.

19

Daniel holte bedächtig mit dem Putter aus und fixierte dabei den Ball, bevor er nach ihm schlug. Wundersamerweise rollte die Kugel schnurgerade in das achtzehnte Loch. Er ließ den Schläger fallen und riss die Arme in die Höhe. „Das erste Mal, dass ich an einer Bahn gleichauf mit dir liege."

Maria schob ihre Sonnenbrille über die Haare und zwinkerte ihm zu. „Glückwunsch. Du wirst von Tag zu Tag besser."

Sie verließen das Grün, Daniel hatte den Arm locker um ihre Schultern gelegt.

„Danke für die schöne Runde", sagte er, als sie bei den Trolleys ankamen und nahm Maria in den Arm. Er küsste sie auf die Wangen und hielt sie einen Augenblick lang an sich gedrückt. Sonnenstrahlen blendeten ihn. Daniel schloss die Augen. Es fühlte sich richtig an.

„Trinken wir noch was?", fragte er und löste ein wenig widerwillig die Umarmung.

„Gern."

Auf der Terrasse des Golfclubs kannte man ihn inzwischen. In den letzten Wochen war er fast jeden Tag auf der Anlage gewesen. Entweder er trainierte auf der Range, oder er spielte 18 Loch auf einer der beiden Bahnen. Nicht immer mit Maria, mittlerweile hatte er

Bekanntschaft mit einigen Landsleuten geschlossen. Lutz hatte recht behalten: Beim Golfspiel lernte man schnell Gleichgesinnte kennen.

„Wasser für dich, oder trinkst du zur Feier des Tages ein Glas Wein mit mir?" Daniel winkte nach der Kellnerin.

„Du willst feiern, dass du an einem Loch so viele Schläge wie ich benötigt hast?" Maria zog die Augenbrauen hoch. „Ihr Männer seid merkwürdige Wesen. Ich trinke Wasser."

„Wie du meinst." Daniel ärgerte sich über ihre Reaktion, obwohl ihm klar war, dass es dazu keinen Grund gab.

„Bist du beleidigt?"

„Nein." Die Servicekraft erschien, und er orderte Wasser und Wein.

„Ich trinke nie, wenn ich Auto fahre."

„Schon gut. Du hast recht, und ich bin nicht eingeschnappt." Daniel grüßte zwei Herren, die sich an den Nebentisch gesetzt hatten. Beide kamen aus München und absolvierten einen einwöchigen Golfkurs auf der Anlage, Daniel hatte sie auf der Driving-Range kennengelernt.

„Weißt du inzwischen, wie lange du auf Mallorca bleibst?"

„Nein. Sicher noch einige Wochen. Vielleicht bis ins neue Jahr."

„Wovon hängt das ab?"

Daniel versteifte sich. Warum fragte sie ihn? In den letzten Wochen hatte er sich treiben lassen, überwiegend angenehme Sachen unternommen. Er dachte zwar ab und zu an Helen, das Gefühl, sie im Stich gelassen zu haben, verblasste jeden Tag mehr. Bis auf das eine kurze

Telefonat hatten sie nicht mehr miteinander gesprochen. Die Kinder hielten ihn auf dem Laufenden, sie funktionierten als eine Art stille Post. Insbesondere mit Sophie telefonierte er inzwischen regelmäßig. Sie hatte ihn für seinen Ausbruch nicht kritisiert, stattdessen ermuntert, zu sich selbst zu finden. Sie schilderte ihm ihren Tag, er ihr den seinen. Wobei sie diejenige mit den deutlich aufregenderen Erlebnissen war. Richtigerweise: Sie stand im Berufsleben, er verabschiedete sich peu à peu davon. Seltsamerweise waren sie sich lange nicht mehr so nah gekommen wie im Augenblick.

„Erde an Daniel."

„Ups, sorry. Ich hab nachgedacht."

„Das merke ich. Ist die Antwort auf meine Frage so schwer?"

„Ja, nein. Ich meine …" Er sortierte seine Gedanken. „Ich kann es dir ehrlicherweise nicht sagen. Es gefällt mir hier alles ausgezeichnet." Daniel führte eine ausladende Armbewegung aus. „Die Wärme, die Landschaft, das Golfspiel, das Nichtstun …" Er stoppte und sah Maria an, die sich zu ihm hin gebeugt hatte. „Und du, du gefällst mir auch. Ganz besonders sogar."

Maria fixierte ihn schweigend.

„Aber ich bin verheiratet, seit dreißig Jahren. Wir sind nicht getrennt, obwohl es gerade nicht so gut läuft. Ich lebe und arbeite in Hamburg, habe meine Freunde dort. Ich …"

„Ich verstehe."

Die Kellnerin erschien mit den Getränken und goss ihnen ein.

„Hast du Lust, heute Abend zum Essen zu mir zu kommen?"

Daniel bekam den Wein in die falsche Kehle und rang nach Luft.

„Bist du sicher?"

„Um sieben Uhr? Ich erklär dir auch, wo du parken kannst."

✱✱✱

Daniel hatte ausgiebig geduscht. Sobald die Sonne weg war, wurde es kühl, und er entschied sich, neben dem dunkelgrauen Kaschmirpullover auch einen Baumwollschal mitzunehmen. Schließlich wusste er nicht, ob sie draußen oder drinnen sitzen würden.

Maria und er waren einige Male auswärts zum Essen gegangen, sie hatte ihm ihre Lieblingsrestaurants in Palma gezeigt. Ihr Zuhause kannte er nicht. An einem Abend hatte Daniel sie ins „Abaco" ausgeführt, die für seine opulenten Früchte- und Blumendekorationen bekannte Bar. Inmitten der üppigen Barock-Dekoration hatte er einen der sündhaft teuren Cocktails getrunken, Maria einen antialkoholischen. Sie amüsierten sich über deutsche Touristen, die in Scharen in das Lokal einfielen und Fotos schossen. Maria brachte ihn zum Lachen. Eine für ihn ungewohnte Leichtigkeit eroberte ihn Stück für Stück.

Daniel lenkte den Wagen auf die Autobahn in Richtung Llucmajor und überlegte, was Maria von dem heutigen Abend erwartete. Er und sie schlichen umeinander herum, wo würde das enden? Er hatte seit Helen nicht mit anderen Frauen geschlafen. Wusste er noch, wie das Spiel funktionierte?

Das ist wie Fahrrad fahren, sprach er sich Mut zu, das

verlernt man nicht. Auf keinen Fall falsche Hoffnungen erwecken, schwor er sich selbst. Hamburg oder Palma, die Frage war längst nicht entschieden.

✻ ✻ ✻

Vom Parkplatz war es nicht weit bis zum Haus von Maria. Es war noch nicht sieben, und Daniel entschloss sich, einen Umweg über die Plaza España, den Marktplatz des Ortes, zu nehmen. Dort befand sich das Café Colón, von dem Emilia und Dorothea ihm vorgeschwärmt hatten. Er hatte ihnen versprochen, sich in dem Lokal mit ihnen an einem der Markttage auf ein paar Tapas und ein Glas Wein zu treffen. Das durfte er auf keinen Fall vergessen. Obwohl, Emilia würde ihn bestimmt daran erinnern, schmunzelte er und sah sich in dem hell erleuchteten Gastraum um. Immerhin kannte sie inzwischen seine Handynummer.

Daniel entfernte das Einwickelpapier von dem Strauß Blumen, den er am Stand bei ihm um die Ecke erworben hatte. Die Verkäuferin, eine ältere Dame, der zwei Katzen um die Füße strichen, wollte ihm rote Rosen verkaufen. Die hatte er dankend zurückgewiesen. Für einen kurzen Moment war er schuldbewusst: Wann hatte er Helen zuletzt Blumen mitgebracht?

Maria öffnete beim ersten Klingeln. Sie begrüßte ihn mit den üblichen Wangenküssen. Ihre Augen leuchteten auf, als er ihr den Strauß überreichte.

„Komm rein", sagte sie und ließ ihm den Vortritt.

Ein mit Schuhen und Jacken vollgestopfter Vorraum führte direkt in ein geräumiges Wohnzimmer, wo ein gefülltes Bücherregal eine ganze Wand für sich beanspruchte, davor ein breites Ledersofa, das zum Lesen und Entspannen einlud. Gegenüber ein langer Holztisch, an dem für zwei gedeckt war. Auf dem Boden waren diverse Kerzenständer platziert, flackerndes Kerzenlicht überall.

„Würdest du uns bitte ein Glas Wein einschenken? Ich stelle nur die Blumen ins Wasser."

Daniel trat an den Tisch heran, auf dem eine geöffnete Flasche Rotwein stand. Ein ÁN 2 des berühmten mallorquinischen Weinguts Anima Negra. Sorgsam goss er das rubinrote Getränk in zwei bauchige Gläser.

Marias Absätze klapperten über den Steinboden. In der Hand eine rot-gepunktete Vase mit den Blumen, die sie neben dem Wein abstellte. In dem figurbetonten hellen Kleid wirkte sie auf ihn äußerst sexy. Ihre schwarzen Haare flossen ungebändigt den Rücken hinunter, um den Hals trug sie ein breites Goldband.

„Du siehst bezaubernd aus."

„Danke." Maria erhob das Glas und stieß mit ihm an. „Auf einen schönen Abend."

„Auf einen schönen Abend", wiederholte er.

Daniel schnupperte am Wein, bevor er probierte. Beerig und würzig zugleich, genau sein Geschmack.

„Heute muss ich mich mit dem Alkohol zurück-halten", sagte er und lächelte Maria zu. „Schließlich bin ich derjenige, der mit dem Wagen da ist."

„Ist das so?"

Maria kam langsam auf ihn zu. Er roch ihr vertrautes Parfum und ließ sich widerstandslos das Glas aus der Hand nehmen. Sie sah ihn fragend und gleichzeitig einladend an, kam ihm ganz nahe. Ihr Mund näherte sich seinem, und er küsste sie. Zunächst sanft, dann fordernd.

Sie schmeckte nach Kirsche und Kräutern. Daniel drängte sich an sie, mit den Händen ihren Kopf umfassend. Die Zungen spielten miteinander, und er merkte, wie ihm die Sache entglitt. Er musste sofort damit aufhören. Schwer atmend löste er sich und fing ihren Blick ein.

„Bist du sicher, dass du das willst?", flüsterte er. „Ich kann dir nichts versprechen."

„Ich weiß", wisperte sie und zog ihn wieder an sich, „Ich hab lange genug gewartet, und ja." Sie küsste ihn erneut und drückte ihren Unterleib gegen seinen. Daniel stöhnte auf und erwiderte den Kuss. Mit den Fingern öffnete sie die Knöpfe des Hemds, ihre Hand streichelte seine Haut.

„Lass uns nach oben gehen", sagte Maria. In ihren Augen sah er ihr Verlangen – und er kapitulierte.

✳ ✳ ✳

Später saßen sie dicht nebeneinander auf dem Sofa und tranken Rotwein. Das Essen, eine Paella mit Meeresfrüchten, hatte Maria aufgewärmt. Beide machten sich heißhungrig über die Garnelen und Muscheln her, schoben sich abwechselnd Löffel mit Reis in den Mund.

„Das schmeckt so köstlich." Daniel küsste Maria. „Genauso köstlich wie du."

„Du bist ein Charmeur. Das habe ich gleich gemerkt." Sie lächelte ihn an. Das Kerzenlicht spiegelte sich in ihren Augen, und Daniels Verlangen kehrte zurück. Gepaart mit Schuldbewusstsein.

„Ich bedaure nicht, dass ich hier bin, und es war …"

„Pst", unterbrach sie ihn und hielt ihm die Hand vor den Mund. „Mach es nicht kaputt. Du bist der erste

Mann, mit dem ich seit dem Tod von Alejandro geschlafen habe. Du hast mir nichts versprochen, für mich ist das okay. Lass es uns genießen."

Er küsste ihre Finger und schwieg.

Sie goss ihm den Rest des Rotweins ein und kicherte wie ein junges Mädchen. „Auto fahren kannst du nicht mehr. Sofa oder Bett?"

„Ich bin ein alter Mann und bevorzuge eine bequeme Liegestatt."

„Dann lass uns nach oben gehen."

20

Die Zugfahrt zog sich unendlich. Als hielte der Intercity in jeder größeren Stadt Nordrhein-Westfalens. Kein Wunder, dass man nahezu acht Stunden bis Westerland benötigte. Ursprünglich wollte sie mit dem Auto auf die Insel reisen, aber Jasper hatte sie überredet, die Bahn zu wählen. Er holte sie am Bahnhof ab und würde sie zu ihrem gebuchten Hotel nach Wenningstedt fahren. *Der Ort liegt zentral, du bist sofort am Strand, die Busse verkehren regelmäßig. Wenn du Fahrrad fährst, leihe ich dir eins von mir. Ansonsten kannst du über meine Zeit verfügen. Ja, ich weiß, dass du unabhängig sein willst.*

Irene sah aus dem Fenster auf die vorbeiziehenden Wiesen und Felder. Der Himmel war wolkenverhangen, es nieselte. Hoffentlich war es die richtige Entscheidung, Jasper auf Sylt zu besuchen. Andererseits: Wenn es ihr nicht gefiel, konnte sie jederzeit abreisen. Es war kindisch von ihr, dass sie bis jetzt nie an der Nordsee Urlaub verbracht hatte. Nur, um Helen nicht die Genugtuung zu verschaffen. Damit ist Schluss, schwor sie sich. Helen geht ihren Weg und ich den meinen. Außer der Mutter, die tot ist, verbindet uns nichts. Inzwischen ist mir klar, warum Papa Helen bevorzugt hat. Sie war sein einziges Kind. Er muss das gewusst haben. Egal, es spielte keine Rolle mehr. Ein neues Kapitel begann.

Der Platz neben ihr war nicht besetzt. Nach einigem Hin und Her hatte sie ein Erste-Klasse-Ticket gebucht. Solche Extravaganzen wären früher für sie nicht in Frage gekommen. Früher. Vor dem Tod ihrer Mutter. Heute war sie einen Schritt weiter: Geld war zum Ausgeben da. Sie konnte es nicht mitnehmen.

Irene wühlte in ihrem Rucksack nach der Tupperdose mit den belegten Broten. Die Thermoskanne mit Kaffee stand vor ihr auf dem Klapptischchen. Hätte sie gewusst, dass Servicekräfte das Heißgetränk am Platz servierten, hätte sie heute Morgen auf das Aufbrühen verzichtet. Jetzt war es zu spät. Wegschütten würde sie den Kaffee nicht. Ein Besuch des Speisewagens kam nicht in Betracht: Sie musste ihren Koffer im Auge behalten, der am Eingang des Wagens in einem Gepäckständer lag. Nicht auszudenken, wenn der gestohlen werden würde.

Sie riss sich vom Ausblick los und vertiefte sich wieder in den Roman von Kristin Hannah. „Nachtigall" erzählte die Geschichte zweier Schwestern während des Zweiten Weltkriegs. Die Ironie war ihr durchaus bewusst. Das Buch entpuppte sich als echter Schmöker, spannend geschrieben und gut recherchiert. Genau das Richtige für eine lange Zugfahrt.

Gegen Mittag erreichte der Intercity Hamburg. Nach einem Stopp im Hauptbahnhof ging es Richtung Dammtor. Irene stand am Fenster und bewunderte die Alster. Wann war sie zuletzt hier gewesen? Nur um Helen nicht besuchen zu müssen, hatte sie vor Jahren sogar auf einen Städtetrip verzichtet. Eine Schulkollegin wollte mit ihr in das Musical „König der Löwen", sie hatte mit einer fadenscheinigen Ausrede abgewunken. Dabei war es komplett unrealistisch, davon auszugehen, dass man in einer Millionenstadt ausgerechnet auf die Schwester treffen würde. Dennoch. Der Zug fuhr wieder an. Noch über drei Stunden bis Westerland. Irene hatte sich informiert: In Itzehoe gab es einen längeren Aufenthalt. Die Lok wurde gewechselt, in den Norden kam man nur mit einer Diesellok. Sie seufzte.

„Alles in Ordnung, junge Frau?"

Irene zuckte zusammen und drehte sich um. Im Gang wartete ein Zugbegleiter, der sie unverhohlen musterte.

„Entschuldigung, ich habe Sie gar nicht bemerkt."

„Moin. Fahrkartenkontrolle. Wir hatten in Hamburg einen Personalwechsel."

„Klar. Moment." Irene wühlte erfolglos im Rucksack nach dem Onlineausdruck, bis ihr einfiel, dass sie das Papier als Lesezeichen im Buch nutzte. „Hier", sagte sie und reichte dem geduldig wartenden Schaffner die Fahrkarte.

„Kein Problem", antwortete dieser und grinste sie an. „Wir sind ja nicht auf der Flucht. Sie fahren nach Westerland?"

„Ja."

„Da wünsch ich einen angenehmen Aufenthalt auf unserer schönen Insel."

„Sie kennen Sylt?"

„Jo. Bin dort aufgewachsen."

„Ich war noch nie da."

„Dann wird's aber höchste Eisenbahn." Er tippte mit den Fingern an seine Mütze. „Muss weitermachen. Kleiner Tipp von mir. Besuchen Sie das Morsum Kliff. Für mich der tollste Fleck auf der Insel."

„Mal sehen."

Die Landschaft veränderte sich. Itzehoe, Husum und schließlich Niebüll. Je mehr sich der Zug dem Hindenburgdamm näherte, umso flacher wurde das Land. Rechts und links endlose Wiesen, auf denen Schafe grasten. Irene hatte das Buch längst zur Seite gelegt, das Gesicht klebte am Fenster. Unendliche Weite. Die dichte Bewölkung war hinter Hamburg aufgerissen, Fetzen blauen Himmels wetteiferten mit grauen Wolken. Deiche kamen in Sicht, schwarze und weiße Schafe durcheinander gemischt. Dahinter Windräder. Als der Zug auf den Damm fuhr, Wasser zu beiden Seiten, wurde Irene kribbelig. Gleich würde sie Jasper wiedersehen. Ob es mit ihnen funktionieren würde? Zwei Wochen waren lang. Normalerweise verbrachte Irene ihre Ferien allein. Was, wenn sie sich nicht verstanden?

Du hast extra ein Zimmer in einem Hotel angemietet, beruhigte sie sich zum wiederholten Male. Du bist unabhängig und kannst tun und lassen, was du willst. Es ist ein Versuch. Du bist vorher allein zurechtgekommen und wirst es auch wieder schaffen.

Die Mitreisenden holten ihre Koffer herunter, als der Intercity die Insel erreichte. Morsum war der erste Ort, den sie passierten. Irene erinnerte sich an die Worte des Zugbegleiters über das Kliff. Sie hatte es auf einmal nicht mehr eilig, zusammenzupacken und den Zug zu verlassen. Die Fahrt endete hier. Keitum, Tinnum und schließlich Westerland.

Ihren Rucksack auf den Schultern, wuchtete sie den Koffer als Letzte aus dem Abteil in den Gang und zog ihn bis zur Tür. Dort wartete der Schaffner, der die Fahrkarten kontrolliert hatte, auf sie.

„Warten Sie, ich helfe Ihnen", sagte er und hob das

Gepäck auf den Bahnsteig hinunter. „Nochmals einen schönen Urlaub."

✳ ✳ ✳

Ein Sackbahnhof. Der Strom der Mitreisenden bewegte sich in Richtung Bahnhofshalle. „Auf geht's", murmelte Irene und tastete nach dem Koffergriff.

„Moin, da bist du ja endlich!"

Sie wandte sich um, Jasper trat an sie heran und umarmte sie flüchtig. Seine Haare unter einer dunkelblauen Pudelmütze versteckt, der Ankerohrstecker blitzte auf. Irene erkannte seine Outdoorjacke wieder. Einen winzigen Moment zögerte sie. „Hallo. Ganz schön lange Fahrt hier hoch."

Ihr Bruder lachte schallend auf und gab ihr einen Kuss auf die Wange. „Jo, du bist nun auch am nördlichsten Punkt Deutschlands, min Deern." Er fasste nach dem Rollkoffer. „Ich bring dich erstmal ins Strandhörn. Wenn du Lust hast, treffen wir uns abends zum Essen." Ohne auf ihre Antwort zu warten, marschierte er los, den Koffer ziehend. Irene blieb nichts übrig, als ihm zu folgen.

Auf dem Bahnhofsvorplatz wimmelte es von Menschen. Einige warteten mit ihrem Gepäck auf Busse, andere standen in einer Warteschlange vor den Taxen. Die frische Luft war belebend, es wehte ein laues Lüftchen. Würzig und salzig zugleich. Irene blieb stehen und betrachtete mehrere knallgrüne Figuren, die durch ihre ungleichmäßigen Proportionen und verdrehten Köpfe merkwürdig aussahen.

„Das sind unsere reisenden Riesen im Wind", sagte

Jasper. „Die einen mögen sie, andere finden sie ganz furchtbar und fordern die Entfernung."

Irene empfand das grelle Grün als Beleidigung für das Auge und öffnete den Mund, um ihre Meinung kundzutun. Du bist hier, um dich zu entspannen, schoss es ihr durch den Kopf. Nicht, um gleich in der ersten Minute etwas Negatives zu sagen.

„„Sie sind zumindest ungewöhnlich", sagte sie und atmete tief ein.

„Jo", antwortete Jasper und grinste. Irene hatte den Verdacht, dass er sie durchschaute.

Auf dem Weg zum Hotel drehte Jasper eine Runde mit seinem in die Jahre gekommenen Jeep durch Westerland und zeigte ihr das Casino, die Sylter Welle, den Aufgang zur Kurpromenade und die Fußgängerzone. Bis auf wenige Hochhäuser, die den Ort verschandelten, entdeckte Irene nichts, was ihr missfiel. Im Gegenteil. Reetgedeckte Häuser wechselten sich mit Backsteingebäuden an der Landstraße nach Wenningstedt ab. Dünenlandschaft, durch die sich Rad- und Fußwege zogen. Sie sollte wieder einmal Fahrrad fahren.

„Von Wenningstedt nach Westerland kann man am Strand laufen. Zurück entweder dieselbe Strecke oder durch den Ort. Du bist ja gut zu Fuß. Wenn du willst, zeige ich dir nachher den Aufgang zum Meer." Jasper trommelte mit den Händen auf das Lenkrad, während sie hinter einem Bus herfuhren. „Magst du Hunde?"

„Wieso? Hast du einen?"

„Ich nicht, aber Marlene. Einen Retriever namens Max. Ganz feiner Kerl. Er liebt Strandwanderungen. Wenn du willst, nimmst du ihn einfach mit."

„Ich soll mit einem fremden Hund spazieren gehen?"

„Du sollst gar nichts, bist doch im Urlaub."

Sie hielten vor einem weiß gestrichenen Haus mit dunklen Dachziegeln, umrahmt von einer Hagebuttenhecke. Das Strandhörn. Zuerst hatte Irene eine Pension buchen wollen, sich dann aber doch für ein Hotel entschieden. Warum sich zur Abwechslung nicht einfach mal verwöhnen lassen? Als Lehrerin verdiente sie ausreichend, Luxus hatte sie sich trotzdem nie gegönnt. Nach dem Tod der Mutter war genug Geld vorhanden. Selbst wenn Helen den Pflichtteil fordern würde, bliebe ein komfortables Polster. Die Eltern hatten sparsam gewirtschaftet. In ihrer hochpreisigen Unterkunft wartete auf Irene ein geräumiges Doppelzimmer mit Badewanne unterm Dach, sie hatte den Hausprospekt sorgfältig studiert.

Jasper lud ihr Gepäck aus.

„Wohnst du hier in der Nähe?"

„Ja, nicht weit weg. Habe ein Appartement gemietet, brauche nicht so viel Platz. Zeig ich dir morgen. Marlenes Haus ist um die Ecke. Du kannst von hier alles prima zu Fuß erledigen."

„Ja." Irene schulterte ihren Rucksack.

Jasper begleitete sie in die Lobby, wo sie von einem jungen Mann in Empfang genommen wurde.

„Wäre dir sieben Uhr recht?"

„Klar, bis dann."

✳ ✳ ✳

Das Zimmer war genauso, wie im Internet beschrieben. Vier Fenster mit Ausblick auf die Dünen, ein bequem aussehender Ohrensessel mit Fußbänkchen und ein breites Doppelbett, von dem aus man fernsehen konnte. Im Bad eine geräumige Dusche. Irene mochte keine Wannenbäder, das Wasser musste von oben auf sie herabprasseln.

Alles perfekt, hier würde sie es zwei Wochen lang aushalten. Sie räumte den Inhalt des Koffers in den Schrank und legte den angefangenen Roman auf den Nachttisch. Wenn sie damit durch war, würde sie sich in einer der Buchhandlungen neuen Lesestoff besorgen.

Irene streckte sich und sah auf die Uhr. Kurz vor fünf. Ausreichend Zeit, um sich nach der endlosen Zugfahrt die Beine zu vertreten und zu duschen, bevor Jasper sie abholte. Auf einmal lockte der nahe Strand. Und das Meer.

Der Wind hatte aufgefrischt. Irene band ihren Baumwollschal unter dem Kopf zusammen. Die Hände in die Taschen der abgetragenen Regenjacke versenkt, marschierte sie an einer Imbissbude vorbei in Richtung Nordsee. Nach wenigen Minuten erreichte sie den Treppenaufgang, an dessen Ende eine Bretterbude stand. Kurkartenkontrolle. So ein Mist, die hatte sie im Zimmer gelassen. Ein älterer Herr mit Schiebermütze war dabei, einen Stuhl in das Innere zu transportieren.

„Guten Tag", sagte sie und blieb zögernd stehen.

„Moin."

„Ich bin heute erst angereist und habe meine Kurkarte vergessen. Lassen Sie mich trotzdem durch?"

„Ich mach sowieso grad Feierabend." Er winkte Irene durch.

Sie lief auf dem Holzsteg geradeaus bis zum Ende und stützte sich mit den Händen auf die Brüstung. Vor ihr dehnte sich zu beiden Seiten ein breiter kilometerlanger

Sandstrand aus. Sonnenstrahlen spiegelten sich auf dem kabbeligen Meer, es dämmerte. Um diese Zeit waren nur wenige Menschen unterwegs. In der Ferne bemerkte sie zwei Frauen, die mit zwei Hunden herumtollten. Der eine rannte immer wieder ins Wasser, einem Stock hinterherjagend.

Irene hatte nie ein Haustier besessen. Ihre Eltern waren nicht tierlieb. Als Kind hätte sie sich gern um einen Vierbeiner gekümmert. Als Berufstätige kam die Haltung nicht in Betracht, sie war zu oft außer Haus. Großen Hunden wich Irene aus, die waren ihr allesamt unheimlich. Mit einem Retriever am Strand laufen, traute sie sich nicht zu. Sie hätte viel zu viel Angst vor dem Tier. Abgesehen davon, dass er ihr weglaufen würde. Oder schlimmer noch, Artgenossen anlockte. Helen besaß einen kleinen Terrier. Den hatte sie mit zur Beerdigung gebracht. Immerhin war sie taktvoll genug, ihn nicht mit zum Friedhof zu schleppen. Warum hatte Helen sich in ihrem Kopf eingenistet? Sie wollte, nicht an Helen denken. Die war hoffentlich weit weg. Irene war hier, um ihren Bruder besser kennenzulernen. Ob sie vorhin zu grob zu Jasper gewesen war? Er gab sich doch Mühe, wollte ihr die Fremdheit nehmen.

Eine weiß-graue Möwe flog vorbei und landete dicht neben ihr auf dem Geländer. Kreischend riss sie den gelben klobigen Schnabel auf. Auf Irene wirkte der Vogel grimmig, sie rückte ein Stück ab. Warum fiel ihr Hitchcocks Film „Die Vögel" ein? Den hatte sie nur mit einem Kissen über dem Gesicht verfolgt. Zur Belustigung von Helen, die jünger, aber auch mutiger war. Immer schon.

Die Möwe trippelte ihr auf der Brüstung hinterher,

vielleicht auf der Suche nach etwas Essbarem. Irene hatte in einem Reiseführer gelesen, dass man sich vor Möwen in Acht nehmen sollte. Die klauten einem sonst den Fisch vom Brötchen.

„Verschwinde", rief sie und klatschte in die Hände. Der Vogel bewegte sich nicht, glotzte sie nur aus starren Augen an. Irene verließ die Aussichtsplattform. Diese Runde hatte sie verloren.

Zurück auf ihrem Zimmer duschte sie, probierte das Duschgel des Hotels aus. Das heiße, von oben herabprasselnde Wasser war eine Wohltat für ihre verspannten Glieder. Der Raum füllte sich mit Dampf. Sie hörte erst auf, als die Haut anfing, rot und schrumpelig zu werden.

Kurz vor sieben fand sie sich in der Lobby ein. Ihr Magen knurrte. Es war Stunden her, dass sie etwas zu sich genommen hatte. Von Jasper war nichts zu sehen, sie spähte um die Ecke in die Hotelbar. Als allein reisende Frau mied sie solche Orte normalerweise. Vielleicht würde sie in diesem Urlaub eine Ausnahme machen? Ein Glas Rotwein vor dem Schlafengehen.

„Moin. Wollen wir ein Pils vor dem Essen trinken?"

Sie drehte sich zu Jasper hin. „Guten Abend. Bier ist nicht so mein Getränk. Wenn, dann Kölsch. Und ich hab Hunger."

„Das Kinderbier wird es hier, wenn überhaupt, nur in Flaschen geben. Lust auf frischen Fisch?"

„Na klar, deshalb bin ich doch an die Nordsee gefahren." Irene musterte ihren Bruder, der wieder dieselbe Jacke trug. Plus Pudelmütze. Gut, dass sie sich für Jeans und Pullover entschieden hatte.

„Dann los. Wir gehen zu Fuß."

Es hatte abgekühlt. Irene war froh, dass sie ihren

Wollschal mitgenommen hatte und unter der Regenjacke eine Daunenweste trug. Jasper führte sie nach links, parallel zu den Dünen, vorbei an einer Minigolfanlage. Wenige Minuten später bog er in eine Straße zum Strand ein.

„Das ist die Kurverwaltung." Er zeigte auf einen Gebäudekomplex, in dem angestrahlte Schaufenster für Kleidung warben. „Nennt sich ‚Haus am Kliff'. Hier finden regelmäßig Veranstaltungen statt. Marlene hatte in dem Saal schon Ausstellungen."

„Deine Freundin ist Künstlerin?"

„Ja, sie malt. Wenn du sie fragst, zeigt sie dir bestimmt ihr Atelier."

Das unverwechselbare Geräusch des Meeresrauschens nahm zu, je näher sie der Nordsee kamen. Ans Ufer klatschende Wellen. Auf der Rückseite des Kursaals standen Strandkörbe neben einer Lichtinstallation, weitere in einer Reihe dicht an der Brüstung.

„Von hier kommst du runter an die See", sagte Jasper und lief bis zu einer Holztreppe, die zum Meer führte.

„Ich war vorhin schon mal schauen", sagte Irene. „Ein Stück weiter in die andere Richtung. Der Strand ist wirklich beeindruckend."

„Jo, ist er. Da vorne ist ‚Gosch'. Ich mag den Laden nicht, weil er so fabrikmäßig ist. Aber Fisch zubereiten können sie."

Vor Irenes Augen tauchte ein modernes Gebäude auf, das Dach wellenförmig geformt. Wie eine grüne Sprungschanze. Davor saßen jede Menge Leute unter roten Schirmen, neben sich Heizpilze. Außerdem gab es eine verglaste Veranda. Auf Irene wirkte der Laden proppenvoll.

Jasper öffnete die Tür und schob sich an den Wartenden vorbei durch das Lokal. Irene erhaschte im Vorbeigehen einen Blick auf die ausgestellten Speisen: verschiedene Fische, appetitlich angerichtet mit Gemüse, Krabbenfleisch, Lachs, diverse Salate, Bratkartoffeln und Nudeln mit Garnelen. Eine riesige Auswahl. Es roch köstlich nach Knoblauch, ihr lief das Wasser im Munde zusammen. Keine Sekunde länger würde sie es, ohne etwas zu essen, aushalten. Jasper wartete am Ende des Gangs auf sie. „Ich hab für uns da hinten an der Bar einen Zweiertisch reserviert", schrie er ihr ins Ohr. „Der Vorteil, wenn man hier lebt."

Er schlängelte sich zwischen den herumlaufenden Kellnern und wartenden Gästen vorbei an der Bar bis in die hinterste Ecke, wo tatsächlich ein hoher Tisch mit Barhockern auf sie wartete. Das Stimmengewirr war hier nicht so durchdringend.

Jasper nahm ihr die Jacke ab und hängte sie über die Lehne. „Puh, das ist wirklich eine Goldgrube. Du kannst hier immer lecker essen, auch Kleinigkeiten auf die Hand. Ich organisiere eine Karte und bring dir was zu trinken mit. Ein Glas Wein?"

„Ja bitte, einen Rosé. Und einen Sprudel."

„Kommt sofort."

Irene beobachtete, wie Jasper zu einem Mann hinter der Bar etwas sagte. Der reichte ihm eine Speisekarte.

„Ich hoffe, du findest was. Bin gleich wieder da. Ein gut gezapftes Pils dauert eben seine Zeit." Jasper zwinkerte ihr zu und verschwand erneut in der Menge.

Irene vertiefte sich in die Karte. Lachsfilet oder Schollenfilet mit Bratkartoffeln zum Beispiel. Fisch war etwas, was sie in Leverkusen normalerweise nicht aß.

Hier würde sie nun täglich aufs Neue die Gelegenheit haben.

„Ich hab uns schon mal einen Happen vorweg mitgebracht." Jasper trug ein Tablett, auf dem neben den Getränken eine Schüssel mit Scampi stand, die appetitanregend nach Knoblauch dufteten. Oder kam der Geruch vom Knoblauchbrot?

„Du bist mein Held", sagte Irene.

Er setzte sich bedächtig auf den Barhocker und prostete ihr mit dem Pils zu.

„Ich bin froh, dass du gekommen bist, Schwester. Auf uns beide."

„Ich bin auch froh", sagte Irene und probierte den Rosé. „Lecker."

„Ja, Speisen und Getränke sind hier ausgezeichnet. Du findest Gosch überall auf der Insel. Und nun zier dich nicht, greif zu."

Irene riss ein Stück vom Knoblauchbrot ab und schob es sich in den Mund. Knusprig und auf der Zunge zergehend zugleich. Heißhungrig bediente sie sich von den Scampi. Jasper wischte sich mit der Hand den Bierschaum von den Lippen. Sie nahm es beiläufig zur Kenntnis, es störte sie nicht mehr. Gewöhnung. Ein paar Minuten vergingen, ohne dass jemand etwas sagte.

„Das war wirklich köstlich", versicherte Irene, als die Schüssel leer war. „Kann es sein, dass ich die allein aufgegessen habe?"

„Jo. Es war eine Freude, dir dabei zuzusehen."

Irene trank einen weiteren Schluck Wein.

„Jetzt kümmern wir uns in aller Ruhe um den Hauptgang", sagte Jasper und schob ihr die Speisekarte zu.

Nach Lachs mit Spinat und Bratkartoffeln war Irene pappsatt. Eine wohlige Wärme durchströmte sie, und ihr fielen kurz die Augen zu. Vielleicht würde sie heute durchschlafen?

„Da sieht aber jemand müde aus."

„Pardon, das liegt am vielen Essen. Bin ich nicht gewöhnt. War sehr lecker."

„Du musst dich nicht entschuldigen. Du bist im Urlaub und darfst tun und lassen, was du willst. Schon vergessen?"

„Du erinnerst mich ja immer wieder. Brauche ein paar Tage, um mich an das Gefühl zu gewöhnen. Auch daran, dass ich einen großen Bruder habe."

„Mich wirst du nicht mehr los", sagte Jasper und lachte. Er trank den letzten Rest seines Bieres. „Wollen wir noch nen Absacker, oder soll ich dich zum Hotel bringen? Nicht, dass du vom Barhocker fällst."

„Das wäre blöd, nachher musst du mich im Rollstuhl über die Insel schieben." Irene kicherte. Der Alkohol hatte ihre Zunge gelöst, ein weiteres Glas Wein und sie würde anfangen zu lallen. Egal. Sie fühlte sich so wunderbar leicht und glücklich.

„Ein Glas noch, muss ja morgen nicht früh aufstehen. Rosé ist außerdem leichter als Rotwein. Den bevorzuge ich normalerweise."

„Ich mag entscheidungsfreudige Frauen." Er gab dem Mann hinter der Bar ein Handzeichen. Das Lokal hatte sich geleert, es waren nicht mehr alle Tische besetzt.

„Ist deine Marlene das auch …? Entscheidungsfreudig?"

Jaspers Gesicht verzog sich zu einem breiten Grinsen. „Marlene ist Marlene. Du wirst sie bald sehen. Sie hat uns für übermorgen zum Essen zu sich eingeladen. Hast du Lust?"

„Na klar. Ich muss doch die Frau meines Bruders kennenlernen."

„Ihr werdet euch bestimmt gut verstehen. Es kommt noch eine Freundin von ihr aus Hamburg, die derzeit auf der Insel ist. Hoffe, das stört nicht."

„Nein, warum sollte es? Ist sie auch allein hier?"

„Ja, hat Stress mit dem Mann. Aber nicht verraten, dass ich dir das gesagt habe." Jasper stand auf und ging zum Tresen, um die Getränke zu holen.

„Das nächste Mal lade ich dich ein", sagte Irene.

„Sicher."

„Morgen früh werde ich einen entsetzlichen Kater haben."

„Den pustet die Nordseeluft wieder weg."

„Dein Wort in Gottes Ohr."

21

„War es schön gestern Abend?" Marlene hielt ihren Becher unter die Maschine und gönnte sich den zweiten Milchkaffee. Schließlich war heute Sonntag. Jasper, der mit Brötchen, Croissants und der Zeitung vorbeigekommen war, lümmelte sich auf der Küchenbank und beobachtete sie. Max lag zusammengerollt vor dem Kachelofen, gesättigt vom Hundefrühstück.

„Jo. Wir waren bei Gosch. Irene brauchte ein wenig, um aufzutauen. Der Rosé hat geholfen. Es lief gut zwischen uns. Sehr gut sogar."

„Das freut mich für dich. Ich bin schon so gespannt auf sie. Ob ich Ähnlichkeiten entdecke? Du hast sie doch eingeladen?"

„Hab ich. Morgen Abend. Hab ihr auch gesagt, dass noch eine Freundin von dir kommt, die Stress mit dem Mann hat."

„Das hast du nicht wirklich, oder?" Marlene setzte sich ihm gegenüber und sah ihn strafend an. Männer waren doch die größten Klatschbasen des Universums.

„Na ja …" Jasper kratzte sich am Kopf. „Ist mir so rausgerutscht. Sie wird es aber nicht verraten. Ist ja ordentlich erzogen. Du weißt schon, Lehrerin."

Marlene knüllte ihre Papierserviette zusammen

und warf sie in seine Richtung. Die Serviette landete in seinem Kaffee.

„Ich nehme das mit der Erziehung zurück."

„Pass bloß auf!" Marlene drohte ihm mit dem Zeigefinger.

Jasper langte über den Tisch und hielt ihre Hand fest. „Auf dich immer", sagte er und küsste ihren Handrücken.

„Triffst du sie heute?"

„Wir haben verabredet, dass wir uns erst morgen wiedersehen. Ich lasse sie erstmal in Ruhe ankommen. Morgen zeige ich ihr meine Behausung und fahre mit ihr über die Insel. So eine Art Inselführung. Abends bei dir, und alles Weitere ergibt sich." Er fischte die Serviette aus dem Kaffeebecher und ging zur Spüle, wo er den Rest in den Ausguss schüttete.

„Du genießt es, dass sie hier ist."

„Jo. Ich habe eine Schwester bekommen. Klingt unglaublich, nicht wahr? In meinem hohen Alter."

„Das ist es wirklich. Und ich meine nicht dein Alter. Das beweist wieder mal, dass es nichts gibt, was es nicht gibt. Alles ist möglich." Marlene blätterte die Sonntagszeitung durch. „Was fangen wir denn mit dem familienfreien Sonntag an?"

„Ach, da würde mir schon was einfallen." Jasper baute sich vor ihr auf, die Arme in die Seiten gestützt.

„Du bist sexsüchtig."

„Ich dachte an einen stundenlangen Spaziergang mit Max am Ellenbogen. Er beugte sich hinunter und küsste sie auf den Kopf. „Sollten wir ein ungestörtes Fleckchen finden, dann ..."

„Lieber eine nicht so ausgiebige Wanderung und dafür ein Stelldichein im Bett."

„Da geht sie hin, die Romantik."

„Als ob du den Sand vorziehen würdest."

„Ertappt."

* * *

Sie fuhren mit Jaspers Jeep Richtung Weststrand. Max lag auf der Ladefläche. Der Wind hatte zugelegt und schob die Wolken über die Dünen. Marlene, die auf Sylt geboren war, konnte sich auch heute am Farbenspiel zwischen Sand, Gräsern und Himmel nicht sattsehen. Ihr war bewusst, welch gewaltiges Glück sie hatte, in diesem Paradies zu leben.

„Wollen wir von der Weststrandhalle aus laufen oder erst ab dem Ellenbogen?"

„Da du mit mir heute Nachmittag ein Rendezvous hast, kürzen wir den Weg ab." Marlene legte ihre Hand auf den Unterarm von Jasper und drückte sanft zu.

„Alles klar."

Jasper bog in die Straße zum Ellenbogen ab. Die Halbinsel, ein Vogel- und Naturschutzgebiet, befand sich im Privatbesitz. Auf dem Weg zum Parkplatz begegneten ihnen einige freilaufende Schafe. Max hatte sich aufgerichtet und verfolgte mit gespitzten Ohren die Szenerie.

Bis hinunter zum Strand leinte Marlene den Hund an. Der rot-weiße Leuchtturm ragte aus den Dünen hervor. Zoey hatte ihr letztes Jahr zu Weihnachten eine Fotocollage von Ute Hillenbrand geschenkt, auf der neben Strandkörben und einem Landkartenausschnitt der Insel auch ein Leuchtturm abgebildet war. Sie liebte dieses Bild in orange, obwohl es nicht ihre Farbe war. Ihre eigenen Werke waren blaulastig. Was Zoey wohl gerade tat?

„Du wirkst so nachdenklich", sagte Jasper und legte den Arm um sie.

„Ich musste beim Anblick des Leuchtturms an Zoey denken."

„Okay?"

„Ach, du weißt schon, sie hat mir doch zu Weihnachten das Leuchtturmbild geschenkt."

„Interessanter Gedankengang."

Marlene stupste Jasper in die Seite und zog Max zurück, der sich einen Kaninchenbau näher ansehen wollte.

„Ist sie immer noch in Argentinien?"

„Nee, wieder in Hamburg gelandet. Wir haben letzte Woche ausgiebig miteinander telefoniert. Übernächstes Wochenende kommen sie und Moritz hoch. Deine Schwester ist dann nicht mehr da, sonst könnten wir etwas zusammen unternehmen. Vielleicht mit Helen."

Am Wasser befreite Marlene Max von der Leine. Der stürzte sich sofort auf die am Uferrand sitzenden Möwen und scheuchte sie auf. An dem Spiel verlor er nie die Lust. Sie suchte den Horizont nach auf dem Strand liegenden Seehunden ab. Nichts zu sehen. An diesem Strandabschnitt achtete sie streng darauf, dass Max sich nicht weit von ihr entfernte und nur am Ufer lief. In der Ferne durchschnitt die Fähre auf dem Weg nach Rømø die Wellen. Es herrschten Ebbe und Rückenwind, der sandige Untergrund war hart. Ideal zum Laufen. Jasper hatte einen Stock gefunden, den er zum Vergnügen des Hundes immer wieder ins Meer warf.

Von Weitem näherte sich ein kleiner Vierbeiner,

dahinter eine Gestalt in Gummistiefeln, die Ähnlichkeit mit Helen hatte. Marlene blieb stehen und kniff die Augen zusammen.

„Alles in Ordnung?"

„Ich glaube, da vorn sind Helen und Charlie. Was für ein Zufall."

Max hatte den Artgenossen entdeckt und blieb mit steil aufgerichtetem Schwanz am Uferrand stehen. Wenige Sekunden später peste er los. Die Tiere trafen sich in der Mitte und fingen an, sich gegenseitig zu jagen.

„Gleich lernst du meine Freundin Helen kennen", sagte Marlene und winkte.

Helen hob den Arm und beschleunigte ihren Schritt. Sie wich den Hunden aus, die in affenartiger Geschwindigkeit auf sie zurasten, einen weiten Bogen schlugen und zurückliefen, auf Marlene zu. Charlie dicht hinter Max. Sand wirbelte auf, als sie nahe an ihr vorbeischossen.

„Mäxchen hat heute jedenfalls genug Auslauf", sagte sie und lachte scheppernd los.

„Wir bleiben stehen und warten ab, wie viele Male sie hin- und herrennen." Jasper stoppte.

Helen trug gelbe Gummistiefel und einen Friesennerz, der ihr bis zu den Knien reichte. Auf dem Kopf eine gestrickte Mütze.

„Moin. Das ist ja eine Überraschung." Sie umarmte Marlene und drückte sie einen Moment an sich.

„Ja. Ist das nicht ein fantastisches Wetter heute? Genau richtig zum Laufen." Marlene legte den Arm um ihren Mann. „Ihr kennt euch noch nicht. Helen, das ist Jasper."

„Moin", sagten sie gleichzeitig und schüttelten sich die Hände. Max buddelte ein Loch im Sand, Charlie hüpfte an Marlene hoch, die ihn streichelte.

„Und nicht zu vergessen Charlie." Sie suchte in der Jackentasche nach einem Hundeleckerli, wurde aber nicht fündig. „Sorry, Hund, ich hab nichts für dich." Max stoppte die Buddelarbeiten und stupste sie mit der Schnauze an. „Falscher Alarm. Für dich auch nicht, Max."

„Aber ich." Helen fischte aus ihrer Tasche einen Plastikbeutel hervor, der mit dunklen Brocken gefüllt war. Sie hielt Max einen hin, der begeistert danach schnappte. Charlie bekam ebenfalls einen. Mit seiner Beute im Maul zwängte er sich dicht an die Beine seines Frauchens. „Entensnackwürfel", sagte Helen und verdrehte die Augen. „Das darf man niemandem außer Hundebesitzern erzählen. Charlie ist ganz verrückt danach. Für den Preis bekommt man ein Schälchen Krabbensalat."

„Hauptsache, der Hund ist zufrieden." Jasper schleuderte den Stock ins Wasser. Max stürzte sich in die Wellen. Charlie blieb am Wasserrand stehen und bellte seinem Hundefreund nach.

„Das Tier ist so wasserscheu. Am Strand rennen, ist das Größte für ihn. Nur nicht mit den Pfoten ins Nass. Selbst im Hochsommer nicht." Helen schüttelte den Kopf. „Das ist ihm nicht mehr abzugewöhnen."

„Ist wie beim Menschen, oder?" Jasper zog das Holzstück sachte aus der Schnauze von Max und warf es erneut in die Fluten. „Entweder man geht gern schwimmen oder eben nicht."

„Ist wohl so. Wollt ihr um die Spitze wandern?"

„Ja", sagte Marlene. „Hast du die Runde schon hinter dir?"

„Bin zur Abwechslung mal andersrum gegangen und freue mich zu Hause auf eine Kanne Tee und ein Stück

Kuchen. Weil heute Samstag ist, habe ich mir Butter-kuchen geholt.

„Den isst du nur am Wochenende?" Jasper zuckte mit den Schultern. „Ihr Frauen seid merkwürdige Wesen."

„Das hast du jetzt erst rausgefunden?" Marlene fing Helens Blick ein und grinste. „Morgen Abend? So gegen sieben?"

„Wenn du kochst, kann ich sowieso nicht widerstehen. Soll ich was mitbringen?"

„Dich selbst und Charlie. Wir machen uns zu viert einen netten Abend. Es gibt Krabbensuppe, Kabeljau mit Pellkartoffeln in Senfsauce und zum Nachtisch Rote Grütze. Alles norddeutsch für unseren Gast aus dem Rheinland."

„Rede nur weiter, mir läuft jetzt schon das Wasser im Mund zusammen."

„Dann ab mit dir, bis Morgen." Marlene warf ihr eine Kusshand zu.

„Tschüss." Jasper nickte Helen zu. Die hob Charlie an ihre Brust. „Geht einfach los, ich halte den hier fest. Terrier sind nicht so folgsam wie Retriever. Hab keine Lust, ihm hinterherzulaufen."

„Alles klar." Marlene pfiff nach Max und fasste ihn am Halsband. „Ab mit dir, mein Freund, in die andere Richtung. Ihr seht euch morgen wieder."

22

„Jetzt halt doch mal still." Helen fuhr mit einer Bürste durch das Fell des Yorkshires. Die Kletten im Hundehaar waren mühsam zu entwirren, und Charlie zappelte unter ihrem Griff. „Wenn ich das nicht kämme, bist du irgendwann so verzottelt, dass du rasiert wirst. Das möchtest weder du noch ich." Sie bürstete so lange, bis das schwarzbraune Fell einen seidigen Glanz hatte. „Du hast schon jede Menge graue Haare, Hund. Genau wie ich." Sie ließ das Halsband los, und Charlie suchte das Weite, bevor er sich ausgiebig schüttelte.

Auf dem Couchtisch lag das eingepackte Buchgeschenk. Eine Aufmerksamkeit für die Essenseinladung. Paulina hatte ihr den Roman empfohlen. Da Marlene die meisten Bücher in ihrem Laden kaufte, kannte sie deren Buchgeschmack. Helen hatte von Kristin Hannah bis jetzt nichts gelesen. Der Klappentext machte Lust auf den Inhalt, wenn man davon absah, dass es um zwei Schwestern ging. „Du bist eine blöde Kuh", sagte sie lauthals. Geschichten über Geschwister sind so alt wie die Welt.

In der Dusche brauste sie sich mit dem Duschkopf in der Hand ab. Wasser, das von oben auf sie niederprasselte, mochte sie nicht. Zu wenig Kontrolle. Sie freute sich auf den Abend, auf das Essen und die Gesellschaft der Freundin. Jasper machte einen netten Eindruck. Er und Marlene wirkten vertraut zusammen. So, wie es zwischen ihr und Daniel vor langer Zeit der Fall war.

Helen stieg aus der Duschwanne und rubbelte sich energisch mit dem Handtuch ab. Eine weitere Baustelle, über die sie besser nicht nachdachte. Noch mehr als zwei Monate, bis sie wieder in Hamburg sein musste. Bis dahin konnte so einiges passieren. Die Hausverwaltung hatte angerufen, ihr Appartement nebenan stand ab Anfang November zur Verfügung. Sie sehnte sich nach einer Badewanne. Duschen war okay, es ging aber nichts über ein heißes Bad und einen Krimi. Insbesondere, wenn es draußen kälter wurde.

Helen entschied sich für ein grau-weiß gemustertes Strickkleid und hohe schwarze Stiefel. Es tat gut, sich aufzubrezeln. Letzte Woche hatte sie sich die Haare beim Friseur in Westerland schneiden lassen, kürzer als üblich. Außerdem wurden Augenbrauen, Wimpern und der Ansatz gefärbt. Sie brachte ihre Frisur mit einem Klecks Gel in Form und musterte sich im Spiegel. Ihre Haut war dezent gebräunt, keine Augenringe zu sehen. Zurückhaltendes Make-up und knallroter Lippenstift.

Hoffentlich war ihr die Schwester von Jasper sympathisch. Was für eine Geschichte. Über sechzig Jahre denkt man, man sei Einzelkind. Und auf einmal taucht ein Geschwisterteil auf. Wäre sie zufriedener ohne Irene?

Helen verteilte grünen Lidschatten mit einem Pinsel auf den Augenlidern. Als Kind hatte es Vorteile, die Jüngere zu sein. Die ältere Schwester musste die Kämpfe mit Vater und Mutter ausfechten, sich durchsetzen. Bei ihr lief es bereits unkomplizierter. Sie nahm sich mehr heraus, bestimmte schon in jungen Jahren selbst, wie ihr Leben auszusehen hatte. Moment. Irene war nicht

Gefangene der Eltern gewesen. Ihre Entscheidung, dass sie in Leverkusen geblieben war. Resolut trug Helen den Lippenstift auf und tupfte die überschüssige Farbe mit einem Stück Toilettenpapier ab. Fertig.

✳ ✳ ✳

Draußen fuhr ihr der Wind durch die Haare und brachte die frisch gegelte Frisur durcheinander. Die Luft war feucht, und Nebelschwaden waberten am Boden. Helen band den Wollschal dichter um den Hals. Sollte sie ihre Mütze holen? Charlie drängte in Richtung Hecke. Es lockte der Geruch diverser Artgenossen. Sie ließ ihn schnuppern. Für das kurze Stück zu Marlene reichte die Kapuze der Jacke.

„Komm, Charlie, es ist kalt." Helen zog an der Leine und beschleunigte ihre Schritte. Das nächste Mal würde sie wieder Hose und Pullover anziehen.

Auf der Berthin-Bleeg-Straße war kaum Betrieb. Zu ungemütlich, um im Freien herumzulaufen. Das „Jojo" war hell erleuchtet. Vom Bürgersteig aus wirkte es, als seien die Tische besetzt. Heute Nachmittag hatte sie dort mit einem Buch Espresso und Kuchen genossen. Ein Tropfen Wasser traf Helens Nase. Mit klammen Fingern verknotete sie die Bänder der Kapuze unter dem Kinn und bog nach links in die Dünenstraße ein, am Strandhörn vorbei. Die Lässig-Bar weckte Erinnerungen an feucht-fröhliche Stunden mit Daniel. Warum nicht mit Marlene und Jasper an der Theke ein Getränk nehmen? Zusammen mit der unbekannten Schwester. Sie würde alle an einem der nächsten Abende dorthin einladen. Charlie blieb stehen, um sein Bein zu heben. Helen trat fröstelnd von einem Fuß auf den anderen. Hauptsache, der Hund markierte sein Terrain.

Vor Marlenes Haustür flackerte als Willkommensgruß eine Kerze in einem messingfarbenen Windlicht. Helen öffnete die Gartenpforte in dem Moment, als der Regen vollends einsetzte. Sie lief die wenigen Meter bis zum Vordach.

„Puh, Glück gehabt", sagte sie zu Charlie, der sich neben ihr schüttelte. Kaum hatte sie den Klingelknopf gedrückt, erscholl von drinnen das tiefe Bellen von Max.

Jasper riss die Tür auf. „Moin. Immer rein in die gute Stube. Da kommt jetzt richtig was runter."

Helen befreite Charlie von der Leine, hielt ihn aber noch am Halsband fest. „Hast du ein Handtuch für die Pfoten?"

„Ach was, lass ihn los."

Die beiden Hunde begrüßten sich. Der Yorkshire fegte los in Richtung Küche, Max hinterher.

„Er kennt sich aus", sagte Jasper und nahm ihr die Jacke ab.

Helen sah an sich herunter. Die Stiefel waren mit Schlamm bespritzt. „Ist deine Schwester schon da?"

„Jo, sitzt in der Küche. Komm, ich stell euch vor."

„Kannst du mir bitte erst einen Lappen bringen, damit ich nicht den ganzen Dreck durchs Haus schleppe."

„Okay, kommt sofort."

Helen fischte aus der Tasche das Buchgeschenk. Das Papier fühlte sich klamm an.

„Da bist du ja. Dein Hund liegt bereits vor dem Ofen." Marlene eilte auf sie zu, in der Hand einen Feudel. Sie umarmten sich, und Helen überreichte das Päckchen.

„Danke, du Liebe. Neuer Lesestoff?"

„Von Paulina empfohlen."

Helen rieb mit dem Lappen die Stiefel trocken. „Alles okay?", flüsterte sie und zeigte zur Küchentür.

Marlene lächelte. „Alles gut, du wirst sie mögen."

Helen folgte ihr durch den Flur in die Küche. Marlene hatte Kerzen in unterschiedlichen Haltern auf den Fensterbänken deponiert und angezündet. Der Tisch war für vier Personen gedeckt, mitten drauf stand eine blaue Vase mit orangefarbenen Rosen. Ein dezenter Fischgeruch hing im Raum. Die Hunde lagen bereits nebeneinander vor dem Kachelofen. Helens Augen bewegten sich zu der Frau, die bei ihrem Eintritt aufgestanden war.

„Das ist meine Freundin Helen Jakobi", hörte sie Marlene wie durch eine Nebelwand sagen. Das war nicht wahr, konnte nicht sein. In ihrem Kopf drehte sich alles. Sie hielt sich am Türrahmen fest, um nicht hinzufallen.

„Helen, das ist Irene Müller, Jaspers Schwester aus Leverkusen."

„Ich ...", stotterte sie. Ihr war schlecht, und sie fürchtete, sich übergeben zu müssen.

Irene blieb stumm. Ihre Augen bohrten sich in ihr Gesicht. Was zum Teufel machte sie in der Küche von Marlene? Sie musste gehen, sofort.

„Wir kennen uns bereits", sagte Irene schließlich in diesem oberlehrerhaften Tonfall, den sie schon immer gehasst hatte. „Das ist meine Schwester Helen."

„Was?" Marlenes Gesicht verfärbte sich rötlich. Sie trat neben Helen. Legte den Arm auf ihren. Es bestand kein Zweifel, dass sie nicht gewusst hatte, um wen es sich handelte. Hatte Irene das Wiedersehen eingefädelt?

Helen riss sich zusammen und machte einen Schritt auf die Schwester zu. Ihr Magen brannte, die Säure hatte den Weg in den Mund gefunden. Nur ein paar Sekunden noch, dann war sie weg.

„Was zum Teufel willst du hier? Kannst du mich nicht mal hier in Ruhe lassen? Das ist meine Insel."

„Du darfst mir ausnahmsweise glauben, dass du die allerletzte Person bist, die ich an diesem Ort erwartet habe. Ich darf weiter hinzufügen, dass ich dich nur zu gern von meiner Gegenwart befreie. Auch, wenn es nicht deine Insel ist, der Vollständigkeit halber angemerkt."

Touché. So war Irene schon immer gewesen. Während sie, Helen, die Nerven verlor, blieb die Schwester ruhig und konterte gezielt mit Worten. Das würde sie keine Sekunde länger mehr mitmachen.

„Bleib du nur hier bei deiner neuen Familie", schoss es aus ihr raus. „Ich bin weg." Sie stieß den Arm von Marlene zurück und lief in Richtung Haustür. Tasche, Jacke und Schal greifend, drückte sie die Tür auf. Es goss in Strömen. Egal.

„Helen, bitte, renn nicht weg", hörte sie Marlene im Hintergrund rufen. Ihr Herz schlug bis zum Hals, als sie sich im Laufen die Jacke anzog. Den Schal hinter sich her schleifend, stürmte sie durch die Gartenpforte und eilte den Bürgersteig entlang. Ihr Haar klebte am Kopf, und das Wasser rann ihr Gesicht hinunter. Sie merkte, dass sie heulte. Nach Hause, unter die Bettdecke. Niemanden sehen und hören. Auf der Hälfte des Weges fiel ihr ein, dass sie Charlie vergessen hatte. Für einen Moment stockte sie, kam ins Schwanken, bevor sie weiterlief. Dem Hund würde nichts passieren. Im Gegensatz zu ihr. Tränenblind hastete sie am Hotel vorbei und lachte bitter auf. Aus dem Ausflug an die Bar würde nichts werden. Sie würde abreisen, gleich morgen früh.

Ohne hinzusehen, überquerte sie die Hauptstraße. Scheinwerfer, gerade noch vom Nebel verschluckt, leuchteten auf. Ein Hupsignal. Danach Schwärze.

23

Marlene stoppte mit dem Fuß den Yorkshire, der seinem Frauchen folgen wollte, und schloss gleichzeitig die Haustür. Wo waren ihre Gummistiefel? Hektisch blickte sie sich um.

„Was hast du vor?" Jasper kam aus der Küche und hielt sie am Arm fest.

„Ich muss ihr hinterher. Sie darf in dem Zustand nicht allein sein."

„Auf gar keinen Fall rennst du bei diesem Wetter draußen rum. Helen wird zurück nach Hause sein, du rufst sie gleich an. Wenn sie dort nicht ist, findest du sie in der Dunkelheit nicht."

„Aber ich kann …"

„Doch, du hörst jetzt auf mich. Komm bitte in die Küche und beruhige dich. Das ist für uns alle ein Schreck."

Marlene nahm Charlie auf den Arm und strich ihm über das Fell. Der Hund zitterte. Max reckte sich neben ihr und versuchte, mit der Schnauze seinen Hundefreund zu berühren.

„Du hast recht", sagte sie nach einer Weile. „Es hilft nichts, ihr hinterherzulaufen. Ich versuche nachher, sie anzurufen."

Jasper legte seine Arme um sie, und sie ließ sich gegen ihn fallen. Der Hund quiekte.

„Sorry, Charlie", flüsterte Marlene und setzte ihn wieder zu Boden.

„So ein verdammter Mist", sagte Jasper. „Wer hätte das geahnt."

„Du am allerwenigsten. Sie hat mir gegenüber erwähnt, dass ihre Schwester in Leverkusen lebt. Ich …"

„Zufall."

„Oder auch nicht."

„Was willst du damit sagen?"

„So was wie göttliche Fügung vielleicht." Marlene zwang sich zu einem Lächeln. „Trotzdem. Ich muss versuchen, sie zu erreichen. Sie sollte jetzt nicht allein sein."

„Ja." Jasper gab ihr einen Kuss auf die Stirn.

„Ich geh wohl besser zurück in mein Hotel."

Beide drehten sich um. Irene stand im Türrahmen. Max näherte sich ihr, und sie zuckte zusammen.

„Aus. Max, komm her." Marlene hatte bemerkt, dass die Schwester von Jasper Angst vor Hunden hatte. War ihr Liebster nun auch der Bruder von Helen? Gedankenfetzen flogen durch ihr Gehirn. Später. Zuerst musste sie die Freundin finden.

„Bitte bleib", sagte Jasper. „Lass uns reden."

Marlene zwang sich dazu, in Richtung Küche zu gehen. Sie griff dem Retriever in den Nacken und führte ihn an Irene vorbei zu seinem Hundekorb vor dem Ofen. „Leg dich hin, Max." Der gehorchte sofort, und Charlie, der ihr auf dem Fuße gefolgt war, kuschelte sich an ihn. Die Hundeherren spürten, dass etwas nicht in Ordnung war.

„Ach du lieber Himmel, die Suppe." Marlen stürzte zum Herd.

„Ich hab alle Platten ausgeschaltet."

„Danke."

„Lass uns auf den Schreck was trinken. Irene, bitte setz dich wieder hin." Jasper steuerte auf die Rotweinflasche zu, die auf dem Tisch stand. Sie hatten vorhin mit Sekt angestoßen. Den Wein sollte es zum Essen geben. „Oder lieber einen Klaren."

„Bloß kein Schnaps", wehrte Irene ab, die sich wieder hingesetzt hatte.

„Für mich auch nicht", sagte Marlene. „Einen Schluck Rotwein für die Nerven. Mir ist der Appetit vergangen. Das soll euch aber nicht abhalten. Möchtet ihr Suppe?"

„Vielleicht später", antwortete Jasper, der Wein in drei Gläser goss.

Sie tranken zusammen, ohne anzustoßen. Es schmeckte nach nichts. Eigentlich war das einer ihrer Lieblingsweine. In ihrem Magen breitete sich Wärme aus. Marlene führte das Glas erneut zum Mund. Niemand sprach.

„Magst du uns was über euren Streit erzählen?", fragte Jasper. „Du musst nicht, wenn du nicht willst."

„Entschuldigt mich einen Augenblick. Ich versuche mal, Helen auf dem Handy zu erreichen." Marlene eilte in den Flur. Beide Hunde sprangen auf und folgten ihr. Im Schlafzimmer ließ sie sich auf das Bett fallen. Sekundenlang starrte sie an die Decke, ohne etwas zu sehen. Max stützte sich mit den Vorderpfoten auf der Matratze ab und leckte ihr über das Gesicht.

„Lass das", wehrte sie ihn ab. Charlie hüpfte neben sie. „Runter hier, alle beide", sagte sie. „Ich weiß euren Trost zu schätzen." Marlene wählte Helens Nummer und lauschte dem Freizeichen. Ihr Herz klopfte ihr bis zum

Hals. Die Mailbox sprang an. „Helen, bitte melde dich. Ich mach mir Sorgen." Sie versuchte es noch einmal, wieder die Mailbox. Entmutigt warf sie das Smartphone auf das Kopfkissen, griff gehetzt erneut danach. „Helen, bitte, ruf mich an. Lass uns reden", tippte sie hektisch in das Teil. Vielleicht las die Freundin die WhatsApp. Ob sie zu ihr in die Wohnung fahren sollte?

✳ ✳ ✳

In der Küche saßen sich Jasper und Irene am Tisch gegenüber. Schweigen. Irene sah blass aus. Ihr Liebster hatte die Stirn in Falten gelegt und spielte mit seinem Weinglas.

„Sie geht nicht an ihr Handy."

„Gib ihr Zeit", sagte er.

„Ja. Du hast recht. Ich mach mal die Suppe wieder heiß."

„Wir waren stets total verschieden", sagte Irene in die Stille hinein. „Wie Feuer und Wasser. So etwas kommt vor, habe ich geglaubt. Inzwischen denke ich, dass es mit den unterschiedlichen Vätern zu tun hat." Sie räusperte sich. „Sie war schon immer emotionaler als ich. Das gibt sich schnell. Macht euch keine Sorgen. Ich reise morgen früh ab, und wir vergessen den heutigen Abend."

„Kommt überhaupt nicht in Frage", polterte Jasper los. „Vergiss das direkt. Du bist hier, um mich und die Nordsee kennenzulernen. Wenn du und Helen Probleme habt, okay. Du musst uns nicht erzählen, warum ihr euch gestritten habt. Das bedeutet aber nicht, dass wir uns nicht mehr sehen. Ich will nicht, dass du die Insel verlässt."

Irene blieb stumm, sie wurde rot im Gesicht.

„Morgen ist ein neuer Tag", sagte Marlene. „Du bleibst auf jeden Fall hier." Sie klatschte in die Hände. „Wir probieren die Suppe. Danach versuche ich nochmal, Helen zu erreichen."

✻ ✻ ✻

Der Appetit kommt beim Essen. Ein Spruch ihrer Mutter aus der Kindheit. Marlene kostete die Brühe mit einem Löffel. Noch ein Spritzer Zitrone und gehackte Petersilie, fertig. Sie stellte den Topf auf den Tisch, zusammen mit der Kelle. „Bedient euch selbst, Brot bringe ich sofort."

Sie sprachen über Belanglosigkeiten. Das Wetter, Ausflugsmöglichkeiten, Restaurants, Small Talk eben. Marlene aß ihren Teller leer und trank ein weiteres Glas Wein. Die erste Aufregung machte einer leisen Unruhe Platz. Sie zwang sich dazu, nicht alle paar Minuten auf ihr Handy zu starren. Der Regen knallte nicht mehr so gegen die Fenster wie vor einer Stunde. Es schien, als habe der Wind nachgelassen.

Fisch und Pellkartoffeln fielen heute aus. Den Nachtisch hatte sie am Nachmittag vorbereitet. Marlene holte die rote Grütze aus dem Kühlschrank. Zusammen mit der Vanillesauce, die sie angerührt hatte, war die als perfekter Abschluss des Menüs geplant gewesen.

„Bedient euch bitte", sagte sie in Richtung des Tisches. „Ich versuche nochmal, Helen telefonisch zu erreichen."

Zurück im Schlafzimmer, tippte sie in der Anrufliste auf Helens Namen und wurde erneut auf die Mailbox geleitet. Sie schmiss das Handy auf das Bett. So ein Mist. Es war kurz vor neun, nicht zu spät, um sich selbst davon zu überzeugen, dass mit Helen alles in Ordnung war. Die

Hunde mussten sowieso raus. Sicher vermisste Helen Charlie bereits. Der Yorkshire würde ihr Trost spenden.

Sie ging in den Flur und wühlte in der Ablage nach den Gummistiefeln. Beide Hunde sprangen auf, als sie die Küche betrat. „Helen meldet sich nicht. Ich gehe vorbei und bringe ihr Charlie. Lasst euch nicht stören."

Jasper musterte sie besorgt, sagte aber nichts. Irene fing hektisch an, Teller zusammenzustellen.

„Lass bitte das Geschirr stehen. Setzt euch doch ins Wohnzimmer, wenn ihr mögt."

Charlies Leine lag in der Ecke neben der Tür am Boden. Der Hund hüpfte elektrisiert an ihr hoch, als sie sich die Regenjacke anzog. „Du kommst mit, ich begleite dich zu deinem Frauchen." Sie leinte den Yorkshire an. Max beobachte die Szene mit schräg gestelltem Kopf. Er wedelte zaghaft. „Du natürlich auch."

Draußen nieselte es. Zahlreiche Pfützen auf dem Gehweg zeugten von den heftigen Niederschlägen. Die Hunde überboten sich darin, an jeder denkbaren Möglichkeit das Bein zu heben. Marlene ließ sie gewähren, war dankbar für den Aufschub. Würde Helen ihre Ahnungslosigkeit glauben? Hoffentlich dachte sie nicht, dass alles ein abgekartetes Spiel sei. Sie versuchte, sich in die Freundin hineinzuversetzen, es gelang ihr nicht.

Als sie in den Weg zum Appartementhaus einbog, zog Charlie an der Leine. „Wir sind gleich da", beruhigte sie ihn. Auf den Klingelschildern waren nur Ziffern angebracht. Marlene brauchte einen Augenblick, um zu überlegen, welches die richtige war. Sie schellte. Es regte sich nichts. Vielleicht hatte sie die falsche Wohnung erwischt. Sie ging um das Haus herum, nirgendwo brannte Licht. Sie probierte es erneut, lies den Finger lange auf dem Knopf. Mit zittrigen Händen fischte sie das Handy aus der Tasche. Kein Anruf in Abwesenheit. Keine Nachricht. Marlene verlor die Geduld und drückte gleichzeitig auf alle sechs Klingeln. Sie stemmte sich gegen die Tür. Niemand öffnete. Wer weiß, wo Helen sich herumtrieb. Oder sie war im Appartement und hatte sich verkrochen. Heute würde sie hier nichts mehr erreichen.

✻ ✻ ✻

Jasper hatte seine Schwester ins Hotel begleitet. Auf dem Küchentisch lag ein Zettel. „Bin mit Irene im Strandhörn und trinke einen Absacker an der Bar. Melde mich nochmal."

Marlene räumte das Geschirr in die Spülmaschine und gab Max und Charlie je ein Hundeleckerli. Mit einem Glas und dem restlichen Rotwein bewaffnet, legte sie sich ins Wohnzimmer auf die Couch. Charlie versuchte, hochzuspringen. Sie ließ ihn gewähren. Das Ende vom Lied war, dass Max sich zu ihren Füßen einrollte und der Yorkshire an ihrer Seite schlief. Was für ein verkorkster Abend.

✻ ✻ ✻

Das Klingeln des Handys weckte sie aus einem unruhigen Schlaf. Irgendetwas schien sie zu zermalmen. Charlie quietschte, als sie nach dem Telefon langte. Er hatte es sich auf ihrem Bauch bequem gemacht. Kein Wunder, dass sie vom Erdrücken träumte.

„Hast du Helen getroffen?", fragte Jasper.

„Nein, es hat niemand aufgemacht. Ich versuche es morgen früh nochmal. Wo bist du?"

„In der Bar. Irene ist ins Bett gegangen. Wir haben bis eben geredet. Sie hat mir erzählt, warum die beiden zerstritten sind. Schlimme Sache. Soll ich kommen, oder willst du lieber allein sein?"

Es war fürsorglich von Jasper, dass er sie fragte. „Bitte komm."

„Bin gleich da."

✳ ✳ ✳

Am anderen Morgen hatte es aufgeklart. Die Sonne warf ihre Strahlen durch die Fensterscheibe. Marlene erwachte vom Gezwitscher der Vögel. Jasper lag neben ihr, auf den Rücken gedreht. Sie strich ihm sacht über die Wange. Er lächelte mit geschlossenen Augen.

„Ich lass die Hunde raus und mach Frühstück."

Im Flur wurde sie von den Tieren mit wedelnden Schwänzen begrüßt. Sie öffnete die Haustür, beide stoben davon. Ihr Handy lag auf dem Couchtisch. Keine Nachricht von Helen. Es war kurz nach acht, sie würde bis neun Uhr warten, bevor sie es erneut versuchte. Marlene schlüpfte in ihre Klamotten. Da die Hunde Auslauf brauchten, würde sie sich Croissants und die Zeitung beim Bäcker holen.

Mit Charlie an der Leine und Max vorneweg, dauerte der Gang zum Geschäft länger als üblich. Marlene atmete mehrfach bewusst ein und aus. Die gewohnte Entspannung stellte sich nicht ein. Es kribbelte in ihrem Bauch. Irgendetwas stimmte nicht. Normalerweise hätte sich Helen längst gemeldet. Schon wegen Charlie.

Die Bäckerin grüßte sie und schob ihr die Zeitung hin. „Zwei Croissants?"

„Ja bitte. Und ein Schwarzbrot."

„Haben Sie von dem Unfall gestern Abend gehört?"

„Nein, was für ein Unfall?" Marlenes Magen verknotete sich.

„Eine Frau ist von einem Auto angefahren worden. Mitten im Ort. Der Fahrer konnte nicht ausweichen. Vielleicht war die betrunken. Liegt im Krankenhaus."

„Ich muss gehen." Marlene kramte in ihrem Portemonnaie und fischte einen Zehneuroschein heraus. „Stimmt so." Sie griff nach Zeitung und Brötchentüte. „Moin."

„Kennen Sie die Frau?"

Mit zittrigen Händen löste sie die Leine vom Geländer. Das durfte nicht wahr sein. Sie musste telefonieren, aber nicht vor der Bäckerei. Im Laufschritt, Charlie hinter sich herziehend, ging es zurück. „Keine Zeit", zerrte sie den Yorkshire vorwärts, der an einer Hecke stehenblieb. Max folgte widerspruchslos. In einer Seitenstraße blieb sie stehen und suchte ihr Handy. Sie förderte neben der Geldbörse lediglich den Schlüsselbund zu Tage. Kein Telefon. Das lag im Wohnzimmer. „So ein Mist", schimpfte sie. „Los, ihr zwei, lauft zu." Sie rannte das restliche Stück bis zur Gartenpforte und kam völlig außer Atem dort an. Drinnen war es ruhig, Jasper war sicher wieder eingenickt.

Im Handy war die Nummer der Nordseeklinik eingespeichert. Es klingelte einige Male, bevor sich eine weibliche Stimme meldete.

„Guten Morgen. Mein Name ist Marlene Hurst. Ist bei Ihnen gestern Abend eine Frau eingeliefert worden, Helen Jakobi?"

„Moment."

Die Hunde strichen um ihre Beine, während sie auf Antwort wartete. Beide vermissten ihr Frühstück.

„Ja, die ist hier eingeliefert worden. Wer sind Sie?"

„Eine Freundin. Wie geht es ihr?"

„Das darf ich Ihnen nicht sagen. Informieren Sie doch bitte die nächsten Angehörigen."

„Was heißt das?", schrie Marlene in den Apparat. „Ist sie schwer verletzt?"

„Ich darf Ihnen keine Auskunft geben."

„Wann kann ich sie besuchen?"

„Sie liegt auf der Intensivstation. Fragen Sie da nach."
„Danke."

In ihrem Kopf rauschte alles durcheinander. Mit zittrigen Beinen schlich sie in die Küche, die Hunde dicht bei ihr. Sie schaltete die Kaffeemaschine an und suchte in der Abstellkammer nach einer Schüssel für Charlie. Heute gab es Trockenfutter.

Sie stellte die gefüllten Näpfe mit Abstand voneinander auf den Boden. Kaffeeduft verbreitete sich im Raum. Daniel. Sie musste Daniel verständigen.

Mit einem Kaffeebecher in der Hand ging sie ins Schlafzimmer. Jasper schlug die Augen auf. „Was für ein Service. Genau das, was ich jetzt brauche."

Er richtete sich auf und sah sie an. „Was ist passiert?"

„Helen ist im Krankenhaus. Sie liegt auf der Intensiv. Gestern ist sie von einem Auto angefahren worden. Ich muss Daniel anrufen."

„Ach du lieber Himmel. Ist es sehr schlimm?"

„Weiß nicht, die dürfen mir nichts sagen. Ich hab Angst."

„Setzt dich bitte. Lass uns kurz nachdenken. Daniel ist ihr Mann?"

„Ja, er ist auf Mallorca."

„Was ist mit den Kindern?"

„Ich habe die Nummern nicht. Erst Daniel."

„Okay, ruf ihn an."

„Ich muss ins Krankenhaus."

„Selbstverständlich, ich fahr dich hin. Gib mir zwei Minuten." Er sprang aus dem Bett und eilte ins Badezimmer."

Marlene ließ den Kaffee stehen und ging zurück ins Wohnzimmer. Sie scrollte durch die Kontakte, bis sie die Daten von Daniel gefunden hatte. Hoffentlich stimmten die noch. Niemand nahm ab. Hektisch googelte sie auf dem Handy die Steuerberaterkanzlei in Hamburg. Nächster Versuch.

„Guten Tag, mein Name ist Marlene Hurst, ich bin eine Freundin von Daniel Jakobi. Ich muss ihn dringend erreichen. Haben Sie seine Telefonnummer? Ich weiß, dass er derzeit auf Mallorca ist."

„Es tut mir leid, ich darf Ihnen nichts sagen", ertönte eine freundliche Frauenstimme am anderen Ende der Leitung.

Marlene überlegte fieberhaft. „Wenn ich Ihnen die Nummer gebe, die ich kenne, können Sie mir dann wenigstens bestätigen, dass es die Richtige ist?"

„Einen Augenblick bitte." Stimmen im Hintergrund. „Ich verbinde Sie mal mit Herrn Baumgart.

„Guten Morgen, Frau Hurst. Lutz Baumgart hier. Meine Mitarbeiterin hat gesagt, dass sie Daniel sprechen wollen. Ich bin sein Kanzleipartner."

„Ja, es geht um seine Frau. Helen hatte einen Unfall und ist im Krankenhaus. Auf Sylt."

„Ach du lieber Himmel. Hoffentlich nichts Schlimmes?"

„Man gibt mir keine Auskunft, ich fahre gleich in die Klinik. Sie liegt angeblich auf der Intensivstation."

„Oh Gott. Welche Nummer haben sie von Daniel?"
Marlene gab sie ihm durch. Es war die aktuelle.

„Er ist bestimmt auf dem Golfplatz und hat sein Handy ausgeschaltet. Versuchen Sie es bitte weiter, ich probiere es auch. Weiß er, wie er Sie erreichen kann?"

Helen gab ihm ihre Kontaktdaten. Herr Baumgart versprach, Sophie und Ben zu informieren.

„Wollen wir los?" Jasper stand angezogen vor ihr, hielt ihr den Kaffeebecher hin. „Hast du überhaupt schon was getrunken?"

Sie nahm das Getränk entgegen und nippte. „Daniel meldet sich nicht, ich hab mit seinem Partner gesprochen. Er kümmert sich um die Kinder. Was ist mit Irene?"

„Ich gebe ihr nachher Bescheid. Was für ein Mist."

„Das kannst du laut sagen." Marlene stellte den Becher zur Seite und trat dicht an ihn heran. Atmete den vertrauten Duft von Zedernholz ein. „Nimm mich bitte in den Arm und halt mich fest."

Sie blieben für ein paar Augenblicke umschlungen stehen, Marlenes Kopf an seiner Brust. Sie lauschte seinem Herzschlag und fühlte sich ein wenig getröstet.

24

Das Frühstücksbuffet war das erste Highlight des Tages. Irene saß im Wintergarten des Hotels und genoss den frisch aufgebrühten Kaffee. Dazu Brötchen und Rührei. Danach Obst. Vor sich die Zeitung. Besser konnte der Tag nicht anfangen. Niemand, der sie hetzte. Die Schule war weit weg.

Was hielt sie davon ab, sich frühzeitig pensionieren zu lassen? Das Pflichtbewusstsein? Marlene hatte ihr erzählt, dass sie aus gesundheitlichen Gründen vorzeitig in den Ruhestand gegangen war. Sie malte und kostete ihr Leben aus. Es war Zeit, dass auch sie ein Stück vom Kuchen bekam. So wie Helen. Warum führten sie die Gedanken immer wieder zu der Schwester?

Die Szene gestern Abend war so typisch. Großer Auftritt und hysterischer Abgang. Das hatte Helen schon als Kind so praktiziert. Der Vater war jedes Mal darauf hereingefallen.

In der Bar hatte sie sich Jasper anvertraut und vom Testament der Mutter berichtet. Davon, wie Helen sie im Stich gelassen hatte. Von der Einsamkeit. Ihr Bruder war ein guter Zuhörer, hatte sie nicht unterbrochen. Sie freute sich, mit ihm Zeit zu verbringen. Und mit Marlene. Helen konnte ihr den Buckel runter rutschen.

Irene stand auf und besorgte sich vom Buffet einen

frisch gepressten Orangensaft. In einer Stunde holte Jasper sie ab. Sie wollten zusammen um das Morsum-Kliff wandern. *Der tollste Fleck auf der Insel.* Die Worte des Schaffners.

✳ ✳ ✳

Ihr Bruder stieg aus seinem Jeep aus, auf die Minute pünktlich. Ganz nach Irenes Geschmack. Zuspätkommen empfand sie als Missachtung des Gegenübers, man verschleuderte die Lebenszeit des anderen. Etwas, was sie ihren Schülern immer wieder predigte.

„Moin, gut geschlafen?"

„Danke. Ich schlafe wie ein Stein, seitdem ich hier bin. Muss an der Nordseeluft liegen."

„Jo." Er kratzte sich am Hinterkopf. Sein Lächeln erreichte die Augen nicht.

„Ist alles in Ordnung?"

„Leider nein. Deine Schwester hatte einen Unfall. Sie liegt auf der Intensivstation. Komme vom Krankenhaus. Wir durften sie nicht sehen. Marlene ist dortgeblieben."

Irenes Beine gaben nach, sie hielt sich am Wagendach fest. „Was ist passiert?"

„Sie wurde vom Auto angefahren. Gestern Abend, nachdem sie weggerannt ist."

„Oh."

„Sie sagen uns nicht, was sie für Verletzungen hat. Marlene versucht, ihren Mann anzurufen. Der ist auf Mallorca."

„Daniel ist auf Mallorca? Wieso das denn? Ohne Helen?"

„Keine Ahnung, es gab wohl Streit."

Irene räusperte sich. „Habt ihr die Kinder informiert?"

„Der Partner von Helens Mann wollte sich kümmern. Marlene hat die Telefonnummern nicht. Du?"

„Leider nicht auf meinem neuen Handy gespeichert." Irene hatte seit der Beerdigung ihre Nichte und den Neffen nicht mehr gesprochen. „Sollen wir ins Krankenhaus fahren?"

„Willst du das?"

Irene sah Jasper an und zuckte mit den Schultern. „Ehrlich, eher nein. Ich kann ihr nicht helfen, und sie wird mich nicht sehen wollen."

„Verstehe."

Sie bemerkte erleichtert, dass ihr Bruder ihre Entscheidung akzeptierte. Ohne sie zu kritisieren.

„Marlene ruft mich auf dem Handy an, wenn es Neuigkeiten gibt. Wir sollten uns die Füße vertreten. Die Hunde müssen wir noch abholen."

„Ach so, die Hunde."

„Jo. Die brauchen auch Auslauf."

✳✳✳

Jasper hielt vor Marlenes Haus und kam Minuten später mit Charlie und Max zurück. Er öffnete die Kofferraumklappe und hob den Yorkshire hinein. Der Retriever schaffte es allein.

Sie fuhren am Watt entlang Richtung Munkmarsch, von dort nach Keitum. Bei der gestrigen Inselrundfahrt hatte Jasper denselben Weg genommen. War das wirklich erst gestern gewesen?

Hinter dem Ort hielten sie an der Bahnschranke an. Ein Autozug ratterte über das Gleis.

„Von Weitem sieht der Zug aus wie eine Raupe", sagte Jasper. „Du wirst wissen, was ich meine, wenn wir am Kliff sind. Von da hat man einen Rundblick über den Damm."

Irene schwieg und versuchte, die Landschaft auf sich wirken zu lassen. In ihrem Innersten arbeitete es. War es in Ordnung, wenn sie sich mit Jasper amüsierte?

„Mach dir keine Sorgen", sagte der und legte ihr kurz seine Hand auf die Schulter. „Du kannst nichts tun."

„Ich hab ein schlechtes Gewissen und weiß nicht, warum", stieß sie hervor. Irgendetwas hatte ihr Bruder an sich, was sie zum Reden trieb.

„Wenn der Unfall hilft, dass ihr wieder miteinander sprecht, war es für etwas gut. Das ist Zufall und nicht etwa göttliche Strafe." Er lächelte ihr zu.

„Du verstehst es, mich zu trösten. Danke."

Die Schranke öffnete sich. Die Straße verlief zwischen grünen Wiesen. Auf einer Weide standen Pferde, auf einer anderen Rinder mit einem zotteligen Fell.

„Das sind Galloways", beantwortete Jasper die unausgesprochene Frage. „Sie mögen die Salzwiesen, die nährstofffrei und mineralhaltig sind. Vielleicht schmeckt das Fleisch deshalb besonders lecker."

„Die armen Tiere."

„Ach komm, du bist doch keine Vegetarierin. Die Galloways werden artgerecht gehalten, in der freien Natur in einer Herde. Ein besseres Leben kann es für die gar nicht geben."

„Mhm."

In Morsum drosselte Jasper die Geschwindigkeit und hielt vor einem Gebäude auf der rechten Seite an. „Hier werden wir uns nach dem Spaziergang mit Kaffee und

Kuchen stärken. Bei Ingwersen gibt es den besten Butterkuchen auf der Insel. Oder Friesentorte, wenn du magst."

„Ich hab in meinem Reiseführer über das Café gelesen. Das existiert schon lange, oder?"

„Jo." Er fuhr wieder an, und wenige Minuten später erreichten sie am Ende der Straße einen Parkplatz. „Wir sind da."

Irene entging nicht, dass er auf sein Handy blickte, bevor er die Tür öffnete. Sie stieg aus und reckte sich. Vor ihr erstreckte sich Dünengras, durchsetzt mit Heideflecken. In der Ferne der Hindenburgdamm. Und die Nordsee. Stimmige Farben. Verschiedene Blau- und Grüntöne, dazwischen der blaugraue Strandhafer. Es roch nach Meer, salzig und würzig zugleich.

Jasper ließ die Hunde aus dem Auto, beide hinterließen nacheinander ihre Markierungen am Informationsschild über das Schutzgebiet. Irene zuckte zusammen, als Max an ihr vorbeistürmte.

„Die dürfen im Naturschutzgebiet nicht frei laufen", sagte Jasper und pfiff. „Du nimmst Charlie, ich Mäxchen."

Er drückte ihr eine Leine in die Hand. Neuland für Irene. Noch nie war sie mit einem Hund spazieren gegangen. Erst im dritten Versuch gelang es ihr, den Karabinerhaken am Halsband zu befestigen. Charlie barst vor Energie und hielt nicht still, er stürmte sofort auf Max zu. Prompt verhedderten sich die Schnüre ineinander, und sie ließ vor Schreck los. Jasper lachte herzhaft auf. „Immer langsam mit den jungen Pferden".

Irene traute sich nicht näher an den Retriever heran. Sie hatte ihn bislang erst einmal gestreichelt, an dem

Abend bei Marlene. Die hatte ihn am Nacken fest-gehalten. Jasper bemerkte ihr Unbehagen und bückte sich, um das Gewirr zu lösen. Er gab Charlie einen Klaps auf das Hinterteil. „Halt ihn erstmal kurz, bis du dich daran gewöhnt hast. Das wird schon."

Sie nahmen den abschüssigen Weg in Richtung Watt. Zur Linken lag zurückgesetzt ein reetgedecktes Gebäude, Strandkörbe und Tische vor dem Eingang.

„Das ist ein beliebtes Restaurant, in dem man ausgezeichnet isst. Nicht billig. Ein paar Zimmer zum Übernachten gibt es auch." Jasper schritt mit Max neben ihr. Charlie wechselte stetig von der einen auf die andere Seite und schnüffelte immer da, wo vorher sein Artgenosse mit der Schnauze am Boden war. Irene bemühte sich, die Leine so zu halten, dass sie nicht mit der von Max kollidierte. Das war anstrengend. Kaum zu glauben, dass ein kleiner Hund so ziehen konnte.

„Du machst dir das zu schwer", sagte Jasper, der sie beobachtet hatte. „Gib ihm ein wenig Luft und stell klar, dass du die Chefin bist."

„Das ist einfacher gesagt als getan", antwortete Irene. „Nur Mut."

Von rechts sprang ein Kaninchen über den Weg. Beide Hunde wollten hinterher, und Jasper hatte Mühe, Max zu bremsen. Fast wäre er hingefallen.

Irene prustete los. Tränen stiegen in ihre Augen, und sie merkte, dass sie nicht aufhören konnte zu lachen. Totaler Kontrollverlust. Sie kicherte hemmungslos und verfluchte sich innerlich dafür. Was würde Jasper denken?

Der sagte gar nichts und blieb stehen, bis sie wieder einigermaßen normal atmete.

„Tut mir leid."

„Kein Grund zur Entschuldigung. Nicht einfach für dich gerade."

„Ja."

Beide gingen schweigend weiter, und Irene war dankbar, dass Jasper sie in Ruhe ließ. Ihr Herzschlag hatte sich beruhigt, trotzdem fühlte sie sich wackelig. Vorsichtig setzte sie einen Fuß hinter dem anderen auf den weichen Untergrund. Ihre Gedanken wirbelten durcheinander.

Sie nahmen den Weg direkt am Watt, das Kliff zu ihrer linken Seite. Irene bewunderte den Farbenmix. In ihrem Reiseführer hatte sie gelesen, dass die verschiedenen Erdschichten mehrere Millionen Jahre alt waren. Allerlei Rottöne wechselten sich mit dunklen und hellen Streifen ab. Standläufer bevölkerten das Ufer, auf der Suche nach Muscheln und Schnecken. Verglichen mit der Westseite der Insel, ging es hier ruhig zu. Nur vereinzelt waren Spaziergänger zu sehen.

„So farbenfroh hatte ich es mir nicht vorgestellt", sagte Irene und versuchte, sich zu entspannen. An diesen Ort würde sie in ihrem Urlaub noch einmal zurückkehren.

„War doch 'ne gute Idee, dich an die Nordsee zu locken."

„Definitiv."

Ein Handyklingeln ließ sie erstarren. Jasper griff in seine Tasche und hielt das Smartphone an sein Ohr. „Marlene. Ja … ich verstehe. Irene ist bei mir. Wir sind am Morsum-Kliff. Okay … Bis später."

Irene blieb stehen und bemühte sich, ihre Aufregung nicht zu zeigen.

„Leichte Entwarnung. Helen ist aufgewacht, Marlene

durfte mit ihr sprechen. Sie hat eine schwere Gehirnerschütterung, und die Milz musste entfernt werden. Es besteht jedenfalls keine Lebensgefahr."

„Das ist gut", sagte Irene und meinte es auch so. Sie wollte mit der Schwester nichts mehr zu tun haben, den Tod wünschte sie ihr nicht.

Ein Moment der Unaufmerksamkeit, den Charlie nutzte. Eine Möwe hatte sich in ein paar Metern Entfernung niedergelassen. Der Hund machte einen Satz auf den Vogel zu, Irene rutschte die Leine aus der Hand. Charlie und Leine verschwanden in Richtung Möwe. Sie fluchte und nahm die Verfolgung auf.

Jasper rief ihr hinterher. „Der kleine Halunke bekommt nicht weit. Lass ihn rennen."

„Charlie", schrie sie. „Halt an." Der Hund reagierte nicht und jagte mit angelegten Ohren dem Vogel nach, der sich kreischend in die Lüfte erhob. Das Tier flog in niedriger Höhe. Es sah so aus, als würde es sich auf den Hund stürzen. Irene klatschte in die Hände. „Verschwinde", kreischte sie los.

„Die Möwe tut dem Hund nichts."

Endlich gelang es ihr, auf die Schnur zu treten. Charlie stoppte, und der Vogel nahm Reißaus. Irene hob ihn an die Brust und entwirrte das Band. Der Hund zappelte. „Kommt nicht infrage. Du bleibst hier. Nicht, dass dir jetzt auch noch was passiert."

Max wartete an kurzer Leine gehalten, schwanzwedelnd neben Jasper.

„Mir scheint, dass du inzwischen besser mit dem Tier zurechtkommst", scherzte der.

„Das bildest du dir ein", sagte Irene und grinste.

25

„Prost. Auf die schöne Runde. Und auf dich." Daniel stieß mit seinem Glas Weißwein an das Wasserglas von Maria. Heute hatten sie bereits um neun Uhr abgeschlagen, weil sie sich mit Dorothea und Emilia zum Mittagessen auf der Clubterrasse verabredet hatten. Die Sonne brannte nicht mehr so heiß wie vor wenigen Wochen. Trotzdem reichte ein Poloshirt mittags zum Draußensitzen, als Windschutz hatte er eine Weste mit. In Deutschland benötigte man längst Pullover und Jacke.

„Gib zu, dass sich mein Golfspielen enorm verbessert hat."

„Habe ich etwas anderes behauptet?" Maria hatte ihre Sonnenbrille über die Haare geschoben und blinzelte ihm zu.

„Ich wollte nur, dass es mal deutlich ausgesprochen wird", sagte Daniel. „Die regelmäßige sportliche Betätigung tut mir wirklich gut. Das werde ich auf jeden Fall beibehalten."

„Was meinst du mit ‚beibehalten'?"

„Na ja, irgendwann werde ich zurückmüssen."

„Warum? Du kannst doch hierbleiben. Oder hat sich deine Frau gemeldet?"

Daniel legte seine Hand über ihre. „Theoretisch könnte ich das. Vielleicht mache ich es auch. Auf jeden

Fall bleibe ich bis zum Ende des Jahres. Lass uns von was anderem sprechen."

„Über deine Golfkünste?"

„Kann es sein, dass du mich nicht ernst nimmst?"

„Das würde ich nie wagen."

Daniel lehnte sich zurück und beobachtete das Treiben an den Nachbartischen. Überall entspannte und fröhliche Gesichter um ihn herum. Beileibe nicht alles Touristen. Hier im Süden ging es gemächlicher zu, nicht so busy. Er fühlte sich so wohl wie lange nicht mehr. Tage ohne Verpflichtungen. Er verbrachte sie entweder auf dem Golfplatz, mal mit Maria, mal mit einigen Herren, die er hier kennengelernt hatte. Wenn er nicht spielte, traf er sich mit Maria zum Essen oder am Strand. Ab und zu übernachtete er bei ihr.

Sein anfänglich schlechtes Gewissen war verflogen. Er wollte, nein, musste das neue Lebensgefühl so intensiv wie möglich ausnutzen. Gelegentlich überfielen ihn Zweifel, wenn er an Helen dachte. Die drückte er zurück. Helen würde einen Weg gefunden haben, sich zu amüsieren. Er hatte seit dem Telefonat in der ersten Woche nicht mit ihr gesprochen. Wenn es etwas Wichtiges gab, würde er es über die Kinder erfahren.

„So nachdenklich?"

Daniel zuckte zusammen. Marias braune Augen sahen ihn fragend an. „Ich hab darüber nachgedacht, wie gut es mir hier geht. Ich weiß, dass es so nicht bleiben wird. Nicht bleiben kann. Aber ich genieße es."

„Warum kann es nicht bleiben? Es liegt doch an dir."

„Im Prinzip hast du recht. Aber ich bin schon ein älterer Herr, und ich hab Familie."

„Vor allem eine Ehefrau."

„Ja."

„Vermisst du sie?"

„Das habe ich mich gerade gefragt."

„Und?"

„Ehrlich? Ich kann es dir nicht sagen."

„Das ist auch eine Antwort."

„Was meinst du?"

„Juhu, da sind wir schon." Emilias schrille Stimme tönte über die Terrasse. Daniel drehte sich um, sie stand am Eingang und winkte ihm fröhlich zu. Dorothea neben ihr.

„Unsere beiden Freundinnen sind da", sagte Daniel erleichtert.

„Nicht zu überhören."

Emilia schritt zwischen den Tischreihen durch und grüßte dabei von rechts nach links. Diese Frau hatte keine Probleme, Bekanntschaften zu schließen. Auf einer einsamen Insel würde sie vermutlich mit den Kokosnüssen plaudern. Ihr Markenzeichen, die rote Kappe, trug sie diesmal verkehrt herum. Wie viele von diesen Kopfbedeckungen sie wohl zu Hause hatte?

„Hallo Emilia. Schön, dich zu sehen." Daniel war aufgestanden und küsste sie auf beide Wangen.

Dorothea hatte ihrer Freundin den ersten Auftritt gelassen und trat hinter ihr an den Tisch. „Guten Tag, ihr zwei. Ihr habt euch schon bewegt, dann können wir essen."

„Immer auf das Wesentliche konzentriert", sagte Emilia. „Was trinken wir denn?"

Daniel lachte und winkte nach der Bedienung. Mit den Damen wurde es nie langweilig.

„Erzähl doch mal", sagte Dorothea, nachdem die

Getränke serviert waren. „Du bist nun seit einigen Wochen hier. Bleibst du uns erhalten, oder fliegst du wieder zurück nach Hamburg?"

Warum verbissen sich die Frauen in seiner Gesellschaft darin, herauszufinden, wie lange er auf der Insel verweilen würde? „Keine Ahnung. Momentan gefällt es mir so ausgezeichnet, dass ihr mich nicht loswerdet. Liegt an euch. Oder wollt ihr mich loswerden?"

„Nein, nein", beteuerte Emilia.

„Wir sind nur interessiert", antwortete Dorothea.

„Jetzt, wo wir Freunde geworden sind, möchten wir an deinem Leben teilhaben." Emilia ließ nicht locker.

„Ich lebe im Hier und Jetzt."

„Prinzipiell richtig. Wenn man die Familie nicht aus den Augen verliert." Dorothea strahlte ihn an.

„Wir werden uns jedenfalls nicht aus den Augen verlieren. Wenn du zurück in Hamburg bist, besuchen wir dich, wenn wir da sind. Vor Weihnachten fliegen wir für ein paar Tage in die Stadt. Ich geh so gern über den Weihnachtsmarkt. Und natürlich shoppen."

„Du vergisst den Glühwein. In Wahrheit liebst du es, dieses Gesöff in dich hineinzuschütten."

„Glühwein auf Mallorca schmeckt nicht."

Daniel schüttelte den Kopf. Die beiden waren unglaublich. „Von Glühwein bekomme ich Sodbrennen. Das Gedudel der Weihnachtsmusik den ganzen Tag ist furchtbar. Die Geschäfte sind überfüllt und die Leute völlig durchgedreht. Ich bin jedes Mal froh, wenn ich vor Weihnachten nach Sylt abhauen kann."

„Sylt ist ein traumhaftes Fleckchen Erde. Leider ist das Wetter zu unbeständig für unsere alten Knochen", sagte Dorothea. „Mein Hubert ist mit mir einige Male dorthin gefahren. Gewohnt haben wir direkt am Strand, in Wenningstedt. Abends waren wir zusammen aus, haben in Kampen das Tanzbein geschwungen."

„Wenningstedt", sagte Daniel. „Was für ein Zufall. Dort ist unser Appartement."

„Du warst mit Hubert tanzen?"

„Regelmäßig. Hubert war ein hervorragender Tänzer."

„Das hat er wohl im Café Keese gelernt."

Daniel beugte sich zu Maria hin, die die ganze Zeit geschwiegen hatte. „Das Café Keese war ein Tanzlokal auf der Reeperbahn. Da gab es den ‚Ball Paradox'. Mithilfe von Tischtelefonen kontaktierte die Frau den Mann."

„Du bist ja nur neidisch, weil dein Ulrich ein Tanzmuffel war."

„Er hatte andere Qualitäten."

Die Kellnerin erschien mit den bestellten Gerichten, und alle machten sich über das Essen her. Für ein paar Minuten herrschte Schweigen.

„Lass uns zur Abwechslung mal von Hamburg für ein zwei Tage nach Sylt fahren", sagte Dorothea. „Alte Erinnerungen auffrischen."

„Oh ja", sagte Emilia. „Wir steigen in diesem noblen Hotel in Westerland am Meer ab, da wollt ich immer schon mal hin. Zwischen Weihnachten und Neujahr."

„Du meinst das Miramar", mischte sich Daniel ein.

„Keine Ahnung."

„Das ist ein Fünfsternehotel in der Friedrichstraße, direkt an der Kurpromenade."

„Unter fünf Sternen macht sie es nicht", sagte Dorothea.

„Als ob du in einer billigen Klitsche übernachten würdest."

„Jedenfalls muss man da früh buchen", sagte Daniel. „Zur Not gibt es bestimmt auch andere Hotels, die geöffnet haben."

„Ich war nur einmal mit meinem Mann auf Sylt, im Sommer. Wir konnten uns nur eine kleine Pension leisten. Es war wunderschön. Aber kalt."

„Das ist der Grund, meine Liebe, warum wir hier leben. Auf Dauer ist es im Norden zu ungemütlich." Dorothea nickte Maria zu. Für Daniel hatte es den Eindruck, als wollte sie Maria ausschließen.

„Ihr seid alle herzlich auf Sylt willkommen", hörte er sich sagen. „Eine Unterkunft findet sich immer."

„Pass auf, dass wir dich nicht beim Wort nehmen", sagte Dorothea. „Wir stehen schneller vor der Tür, als du Nein schreien kannst."

„Wir hüpfen von einer auf die andere Insel." Emilias Augen funkelten.

„Erstmal sind wir hier." Daniel wollte den Themenwechsel. „Es ist wunderbares Wetter, kein Grund, um ins nasse Deutschland zu fliegen. Lass mich mal schauen, wie lange die Sonne hier noch scheint."

Er langte hinter sich zu seiner Weste, in einer der Seitentaschen war sein Smartphone. Wegen des Golfspiels auf lautlos gestellt. Er aktivierte es. Auf dem Display ploppten Meldungen auf. Diverse Anrufe in Abwesenheit und eine WhatsApp-Nachricht von Lutz. Irgendetwas stimmte nicht. Hastig öffnete er die Mitteilung. „Ruf mich sofort an, wenn du das liest. Helen hatte einen Unfall."

Daniel sprang auf. „Entschuldigt mich einen Augenblick, ich muss telefonieren." Ohne auf eine Reaktion zu warten, verließ er die Terrasse und eilte die Treppenstufen

Richtung Golfplatz hinunter. Seine Hände zitterten, als er die Nummer von Lutz antippte. Hoffentlich nichts Schlimmes. Helen. Warum hatte er sie nicht längst angerufen?

„Mensch, Daniel, das ist auch höchste Zeit. Wo warst du?"

„Auf dem Golfplatz. Was ist passiert?"

„Deine Frau ist vom Auto angefahren worden und liegt in der Klinik auf Sylt. Ihre Freundin hat sich bei mir gemeldet, weil sie dich nicht erreicht hat. Marlene … irgendwie, hab den Namen vergessen."

„Hurst. Was hat sie gesagt? Wie geht's Helen?"

„Es gab noch keine Infos, außer, dass sie auf der Intensivstation liegt. Ich wollt gerade Sophie und Ben informieren. Hab bis jetzt gewartet, weil ich dachte, besser, wenn du das machst."

„Ja, ich kümmere mich. Hast du die Nummer von Marlene? Oder ich ruf direkt in der Klinik an." Seine Stimme brach, er hustete, um sich Luft zu verschaffen.

„Atme tief durch, Helen ist zäh. Die schafft das. Die Kontaktdaten von Frau Hurst habe ich, du müsstest sie auch haben. Sie hat zuerst versucht, dich zu erreichen. Hast du was zu schreiben?"

„Nein, schick sie mir bitte vorsichtshalber per WhatsApp. Danke."

„Gib mir Bescheid, wenn du was weißt."

„Ja … und Lutz. Buch mir einen Rückflug nach Hamburg. Ich fahre sofort zurück nach Palma."

„Alles klar."

Hoffentlich komme ich nicht zu spät. Das würde ich mir nie verzeihen. Er drückte auf die Anrufnachricht von Marlene und hörte es läuten. Geh an dein Handy, flüsterte er.

„Daniel, endlich."

„Sorry, war unterwegs. Wie geht es Helen?"

„Sie wurde noch in der Nacht operiert. Die Milz war verletzt und musste entfernt werden. Sie hat eine schwere Gehirnerschütterung, außerdem Prellungen. Es besteht das Risiko einer Hirnblutung, daher wird sie streng überwacht. Ich hab kurz mit ihr gesprochen."

„Wie ernst ist es?"

„Wenn es keine Komplikationen gibt, schafft sie es."

„Sind die auf der Insel überhaupt für solche Fälle ausgestattet? Hast du den Eindruck, dass sie in guten Händen ist?"

„Ja. Abgesehen davon ist sie nicht transportfähig."

„Ich nehme den nächsten Flieger zurück und leih mir einen Wagen am Flughafen."

„Tu das. Ruf mich an, wenn du da bist."

„Mach ich."

Daniel steckte das Smartphone in die Hosentasche und fuhr sich mit den Händen durch die Haare. Vom Grün näherten sich vier Golfspieler, die ihn freundlich grüßten. Von einer Sekunde auf die andere katapultierte ihn das Leben aus seiner Beschaulichkeit hinaus. Zurück nach Deutschland. Hoffentlich kam er noch rechtzeitig. Und Maria, er musste es Maria sagen. Mit unbeirrbarer Klarheit wusste er, dass es zu Ende war. Bevor es angefangen hatte.

Drei Augenpaare sahen ihm entgegen, als er zum Tisch kam. „Es ist etwas passiert, Helen hatte einen Unfall. Ich muss sofort nach Hamburg fliegen, von dort nach Sylt." Er griff die Weste und zog sie an.

„Oh Gott", sagte Emilia. „Hoffentlich nichts Schlimmes."

„Es hört sich nicht gut an", sagte Daniel. „Sie liegt auf der Intensivstation. Ich muss zu ihr."

„Ja. Du bist ihr Mann", sagte Dorothea. „Sie braucht dich jetzt."

Daniel griff nach seinem Portemonnaie.

„Lass nur, wir zahlen das", sagte Dorothea.

Daniel verabschiedete sich von Emilia und Dorothea mit einer Umarmung. „Ich melde mich bei euch telefonisch. Versprochen."

„Begleitest du mich zum Auto?", fragte er Maria.

Maria sprang auf. „Natürlich."

Schweigend gingen sie nebeneinander, Daniel zog seinen Golftrolley. Am Wagen angekommen, lud er das Golfbag vom Wagen und holte den Beutel mit seinen persönlichen Dingen heraus. „Danke, dass ich es benutzen durfte."

Maria sagte nichts, sah ihn nur an. Daniel schloss sie in die Arme. Sie schmiegte sich an ihn. Sekundenlang standen sie so. Schließlich löste sich Daniel von ihr, gab ihr einen sanften Kuss auf den Mund.

„Ich muss los. Und ..." Er zögerte für einen Augenblick. „Ich werde nicht wiederkommen."

„Ich weiß." Marias Augen verdunkelten sich.

„Soll ich dich anrufen?"

„Nein."

26

Helen versuchte, die Augen zu öffnen. Es schmerzte. Sie ließ es bleiben und konzentrierte sich auf den Schmerz. Bauch und Kopf. Daniel. Bist du da?

Stille.

„Frau Jakobi? Hören Sie mich? Sie hatten einen Unfall."

Unbekannte Stimme. Sie blinzelte. Grelles Licht. Wo war sie?

„Sie sind in Westerland, in der Nordseeklinik. Ich bin die diensthabende Krankenschwester. Hole die Ärztin."

Eine Hand hielt ihre. Das war nicht Daniels Hand. Wo war er? Sie hatten Streit, er war …

„Helen, ich bin's. Marlene. Reg dich nicht auf. Alles wird wieder gut."

Schritte auf dem Flur. Gelächter. Langsam bewegte sie die Füße. Danach die Finger.

Ihr Bett stand am Fenster, sie sah den blauen Himmel. Keine Wolken. Was war passiert? In ihrem Kopf herrschte Durcheinander, sie erinnerte sich nicht. Daniel? Sie sackte weg.

***

Etwas strich über ihr Gesicht. Es fühlte sich vertraut an,

der Geruch … Helen öffnete die Augen. Daniel saß auf einem Stuhl, seine Hand auf ihrem Arm.

„Hallo du", sagte er, lächelte.

„Hallo …" Sie musste schlucken. Ihr Mund war ausgetrocknet. Wasser.

„Ich gebe dir was zu trinken. Moment."

Das Rückenteil des Bettes fuhr hoch. Daniel hielt ihr einen Becher an die Lippen, sie trank gierig.

„Nicht so hastig. Du verschluckst dich sonst."

Helen sah ihn an. Braungebrannt. Dunkle Ringe unter den Augen. Sie tastete nach seiner Hand und drückte sie. „Danke."

„Wofür?"

„Dass du da bist."

„Ich bin dein Mann. In guten wie in schlechten Zeiten, schon vergessen?"

„Nein. Ich dachte …"

„Darüber reden wir später. Wichtig ist, dass du wieder gesund wirst."

Das Sprechen strengte sie an. „Charlie?"

„Dem kleinen Racker geht's ausgezeichnet. Er ist bei Marlene und Max. Schlaf jetzt. Ich bleib bei dir."

✳ ✳ ✳

Früher Morgen. Vogelgezwitscher. Vorsichtig richtete Helen sich auf. Neben ihrem Bett stand eine Flasche mit Wasser. Sonst nichts. Ihr Magen grummelte. Sie hatte Hunger. Wann hatte sie das letzte Mal etwas gegessen? Gestern einen Becher Joghurt. Ob sie nach einer Schwester klingeln sollte? Kein Kopfschmerz, ihr Bauch fühlte sich aufgeblasen an.

Sie kniff die Augen zusammen. Der Streit mit Irene, die auf Sylt aufgetaucht war. Das kopflose Wegrennen von ihr. So typisch. Immer läufst du weg. Daniel. Daniel war zurückgekommen. Würde er bleiben? Willst du das?

Eine blonde Frau mit weißem Kittel trat in das Zimmer.

„Sie sehen heute das erste Mal richtig wach aus, Frau Jakobi. Wie geht es Ihnen?"

„Besser. Seit wann bin ich hier?"

„Seit Montagabend. Heute ist Donnerstag. Haben Sie Appetit aufs Frühstück?"

„Und wie."

„Kommt sofort."

✳ ✳ ✳

Nach dem Essen schlief Helen wieder ein. Sie träumte von einem türkisfarbenen Meer, Palmen und weißem Sand. Eine Bootsfahrt, Delfine, die an der Oberfläche schwammen. Es klopfte abermals. Dieses Mal war es Marlene. Sie lächelte und gab ihr einen leichten Kuss auf die Wange.

„Es geht dir besser, Gott sei Dank. Du hast uns ganz schön erschreckt. Mach das bitte nicht nochmal."

„Ich verspreche es."

Sie schwiegen, und Helen sah in das vertraute Gesicht der Freundin. „Daniel war hier. Hast du ihn angerufen?"

„Ich habe es versucht, ihn nicht erreicht. Über das Netz habe ich sein Büro gefunden und mit seinem Partner telefoniert."

„Mit Lutz?"

„Ja. Der hat ihn informiert."

Helen zögerte, bevor sie weitersprach. „Glaubst du, er bleibt?"

„Ehrliche Antwort? Ich kann es dir nicht sagen. Frag ihn selbst. Im Moment geht er mit Jasper und den Hunden am Strand spazieren. Irene ist auch dabei."

Helen schloss die Augen. Irene. „Ich bin schuld, dass es so gekommen ist. Ich weiß das jetzt. Warum muss Schreckliches passieren, bis man realisiert, was man hatte?"

„Ach, Schuld ist ein gewaltiges Wort. Viele Frauen, die ich kenne, neigen dazu, sich immer für alles schuldig zu fühlen. Das ist Blödsinn. Wenn überhaupt, reden wir von Verantwortung. Du und Daniel, ihr seid verantwortlich für eure Beziehung. Ihr müsst darum kämpfen. Du musst kämpfen. Wenn du ihn willst."

„Kämpfen. Ich weiß gar nicht mehr, wie das geht. Ob ich das kann."

„Wenn du etwas wirklich willst, dann klappt das."

„Ich habe Fehler gemacht. Auch mit Irene."

„Möchtest du sie treffen?"

„Nein. Im Moment nicht. Wie lang ist sie auf der Insel?"

„Sie fährt erst übernächstes Wochenende zurück. Zum Ende der Herbstferien."

„Ach so."

„Ich habe mir überlegt, dass du zuerst zu mir kommst. In mein Gästezimmer. Ich kümmere mich um dich. Keine Widerrede. Daniel zieht in das Appartement, das du gemietet hast. Jedenfalls vorübergehend."

„Danke."

„Dafür sind Freundinnen da. Ich sehe morgen wieder nach dir. Schlaf jetzt."

✳ ✳ ✳

Nachmittags brachte die Schwester Früchtetee und Marmorkuchen. Früchtetee war Helen verhasst. Sie bedankte sich höflich und bat um eine weitere Flasche Wasser. Minuten später tauchte Daniel im Zimmer auf, in der Hand das gewünschte Getränk. Er beugte sich zu ihr hinunter und gab ihr einen Kuss auf die Schläfe.

„Ich habe die Schwester auf dem Gang getroffen. Sie hat mir gesagt, dass es dir schon besser geht. Wenn alles gut läuft, wirst du am Wochenende entlassen. Sophie und Ben sind informiert, ich habe sie angerufen, sie lassen dich grüßen. Hab beiden versprochen, dass du dich meldest. Sie wollten hochkommen, das habe ich ihnen ausgeredet. Ich hoffe, das war richtig."

Helen zog die Bettdecke bis zum Kinn. „Danke. Kannst du mir ein Glas eingießen? Bitte, der Tee ist nichts für mich. Marlene war heute Vormittag da. Sie nimmt mich bei sich auf, wenn ich hier rauskomme. Du brauchst nicht hierzubleiben, wenn du nicht willst."

Daniel zog die Augenbrauen hoch. „Ist das dein Ernst?"

„Nein und ja. Ich meine", stotterte sie, „ich möchte nicht, dass du fährst. Wenn du aber nicht willst, schaff ich es ohne dich."

„Das habe ich gemerkt."

„Mach dich nicht lustig."

Daniel hob die Hände. „Vielleicht war das missverständlich. Du bist seit ein paar Wochen hier und scheinst mich nicht zu vermissen. Angerufen hast du jedenfalls nicht."

„Du hast dich auch nur einmal gemeldet. Außerdem

waren deine letzten Worte in Hamburg, dass ich dich nicht belästigen soll."

„Belästigen habe ich sicher nicht gesagt."

„Du hast es aber gemeint."

„Möglich."

„Du warst mit Jasper am Strand? Ich hab ihn nur kurz kennengelernt, er macht einen netten Eindruck. Genau der Richtige für Marlene."

„Geschickter Ablenkungsversuch." Daniel lächelte sie an. „Jasper ist sympathisch. Die Geschichte mit Irene, ich mein, dass er ihr Halbbruder ist, ist unglaublich. Wer hätte das gedacht? Hätte ich deiner Mutter gar nicht zugetraut. Ob dein Vater es gewusst hat?"

„Keine Ahnung. Wenn ich raus bin, muss ich mit Irene sprechen. Wenn sie will. Wir müssen das klären. Ein für alle Mal. Weglaufen war ein Fehler. Ich war …" Sie wählte die Worte sorgfältig. „… nicht vorbereitet. Überrascht, verletzt. Hätte besser meinen Verstand eingeschaltet, als kopflos zu türmen. Es tut mir leid."

Daniel rückte mit dem Stuhl näher an sie heran. Er griff nach ihrer Hand und drückte sie. „Ich habe Irene heute gesehen. Sie war mit uns am Strand. Wir haben kurz über dich gesprochen. Ich glaub, sie will sich auch mit dir unterhalten. Jedenfalls war sie nicht feindselig. Es wäre ein Anfang, Helen."

„Ja." Sie gähnte. Auf einmal fühlte sie sich wie gerädert, konnte die Augen kaum offenhalten.

„Du bist erschöpft, ruh dich aus. Das alles hat Zeit."

„Nein, bitte nicht. Wie soll es mit uns weitergehen? Fährst du zurück?" Sie zwang sich dazu, wach zu bleiben.

„Ich bin hier und lass dich nicht allein. Wir werden

reden, wenn es dir besser geht. Schlaf jetzt." Er küsste ihre Hand.

„Danke."

Alles verschwamm.

27

„Was für ein Schlamassel." Daniel saß zusammen mit Jasper in der Bar des Strandhörn. Irene hatte sich verabschiedet und war zu Bett gegangen. Seiner Schwägerin schien die Nordseeluft zu bekommen. Sie wirkte lockerer, nicht mehr so lehrerinnenmäßig wie früher. Er seufzte.

„Du hast es nicht einfach, Kumpel", sagte Jasper und zeigte auf die leeren Gläser. „Eine letzte Runde?"

„Ja. Es geht doch nichts über ein Pils."

„Meine Rede." Er gab dem Barkeeper ein Zeichen.

„Irgendwie sind wir jetzt verwandt, oder? Bist du nun mein Schwager?"

„Darüber hab ich noch nicht nachgedacht", sagte Jasper.

„Egal. Hauptsache, die beiden Damen sprechen wieder miteinander. Sonst wird es schwierig mit Familientreffen."

„Jo."

„Wie ist das so für dich, auf einmal eine Schwester zu haben?"

„Eine Bereicherung. Bin Einzelkind gewesen, meine Eltern leben nicht mehr."

„Okay."

„Sie war am Anfang ungeheuer misstrauisch.

Inzwischen haben wir uns ein Stück zusammengerauft. Sie ist auf der Insel, damit wir uns besser kennenlernen."

„Ausgerechnet bei deiner Marlene treffen die Zerstrittenen aufeinander. So ein Pech."

„Jo. Vielleicht hat es auch was Gutes."

„Mal sehen."

Der Barkeeper stellte zwei Jever auf die Theke. „Zum Wohl."

Jasper prostete Daniel zu. „Kommt mit deiner Frau alles in Ordnung?"

„Ja. Ich hoffe es."

„Ganz schöner Schreck, nicht wahr? Du warst auf Mallorca, habe ich gehört."

„Ich wollt bis zum Ende des Jahres dableiben. Vielleicht auch länger. Helen und ich, wir haben, wir sind ... ach, ich weiß es nicht."

„Fährst du wieder hin?"

„Nein. Das Kapitel ist abgeschlossen. Als ich die Nachricht von dem Unfall bekam, ich dachte, mein Herz bleibt stehen. Ich musste zurück, obwohl ... ich war nicht allein."

„Oha. Eine andere Frau."

„Ja. Maria. Es hat sich so ergeben. Nein", korrigierte sich Daniel. „Das ist unfair. Ich wollte es, und es hat mir gefallen."

„Nichts dagegen einzuwenden. Ich meine, wenn ihr getrennt wart."

„Ich muss es Helen sagen. Hab sie nie betrogen. Wenn es eine zweite Chance für uns gibt, dann nur mit reinem Tisch."

„Wie lang seid ihr zusammen?"

„Über dreißig Jahre."

Jasper pfiff. „Wow, das ist verdammt lang."

„Ja." Daniel sah trübsinnig in sein Bierglas. „Aber in den letzten Monaten war es mit ihr nicht mehr auszuhalten. Helen war ewig schlecht gelaunt und hat gemeckert. Mit nichts konntest du sie glücklich machen. Verstehst du, ich will reisen. Das Leben genießen. Ich hab nur geschuftet. Na ja, natürlich hat sie auch gearbeitet. Das mein ich nicht. Aber die Kinder sind aus dem Haus, und wir haben Zeit. Keiner weiß, wie viel Zeit uns noch bleibt. Du siehst ja, wie schnell das geht. Ein Unfall, und alles ist vorbei. Puff."

„Marlene sagt immer, dass du dir selbst Freude schenken musst. Sie nennt das, Konfetti in das eigene Leben bringen. Früher hat man gesagt, du bist deines Glückes Schmied. Da ist was dran."

„Ja. Der Ausbruch nach Mallorca war für mich der erste Schritt. Zurück flieg ich nicht mehr. Aber ich will zusammen mit Helen die Zukunft bewusst erleben. Wenn sie das nicht kann, muss ich allein meinen Weg gehen."

„Wichtig ist, dass die beiden Schwestern sich aussprechen."

„Ja. Ich hab keine Ahnung, wie das funktionieren soll."

„Ich auch noch nicht. Aber das wird schon. Immer schön sutje."

„Ja, kommt Zeit, kommt Rat. Was ganz anderes: Ist das nicht hinderlich mit so einem Stecker im Ohr?"

✳ ✳ ✳

Daniel erwachte mit einem schmerzenden Kopf. Ein Jever zu viel. Die Bettwäsche roch nach Helen, ihrem Parfum. Er hielt sich das Kopfkissen vor das Gesicht und atmete ein. Ein Hauch von Sandelholz und Rose. Der typische Helen-Duft. Schwerfällig wälzte er sich aus dem Bett und ging zur Kochzeile. Einen starken Kaffee. Irgendwie würde es weitergehen.

Nach dem ersten Espresso wählte er die Nummer von Marlene. „Guten Morgen, meine Liebe. Ich brauch dringend Bewegung. Hast du was dagegen, wenn ich die Hunde mitnehme?"

„Nein, hab ich nicht. Im Gegenteil", ertönte es am anderen Ende heiter. „Moin erstmal. Hattet ihr einen schönen Abend?"

„Das letzte Pils hätte ich besser gelassen. Ich muss an die frische Luft."

„Haha, das kommt vor."

Daniel überlegte einen Augenblick. „Denkst du, es wäre eine blöde Idee, wenn ich Irene frage, ob sie mitkommt?"

„Du hast Angst, dass du Helen damit in den Rücken fällst."

„Ja."

„Warte, bis du dich mit ihr ausgesprochen hast. Nicht, dass sie sonst glaubt, alle hätten sich gegen sie verschworen. Wenn man körperlich angeschlagen ist, ist man nicht immer so rational."

„Du hast recht. Ist es okay, dass ich gleich komme?"

„Ja. Die Hunde haben gefrühstückt und sind abmarschbereit."

✳✳✳

Charlie sprang an ihm hoch. Daniel bückte sich, um ihn zu streicheln. Der Hund freute sich, ihn zu sehen. Er flippte bei ihm aber nie so aus, wie er es bei Helen tat. Sie war eindeutig seine Favoritin, die Rudelführerin. Marlene stand mit Max zusammen im Flur, sie hielt den Retriever am Halsband fest.

„Charlie fühlt sich hier sehr wohl. Danke, dass du dich um ihn kümmerst."

„Kein Problem. Max hat Gesellschaft. Die beiden sind lieb miteinander, solange der Kleine nicht an seinen Futternapf geht."

„Charlie ist ein echter Terrier. Der schreckt vor nichts zurück."

„Magst du einen Kaffee, bevor ihr loszieht?"

„Gern. Wenn ich dich nicht aufhalte."

„Nö. Das ist der Vorteil am Ruhestand. Ich kann mir die Zeit selbst einteilen. Wenn ihr weg seid, zieht es mich wieder in mein Atelier. Später schau ich bei Helen vorbei. Wann wirst du im Krankenhaus sein? Wir müssen nicht beide gleichzeitig an ihrem Bett sitzen."

Daniel zögerte. „Ich denke, am späten Nachmittag. Erstmal fahre ich mit den Hunden zum Weststrand und lass sie laufen. Das wird bestimmt so zwei bis drei Stunden dauern. Danach esse ich einen Happen und bring sie hierher. Ich melde mich bei dir, damit du auch zu Hause bist."

„Alles klar." Marlene sah ihn forschend an. In ihrem mit Farbe bekleckerten halbgeöffneten Kittel, den sie über einer Jeans und Pullover trug, wirkte sie ausgesprochen unkonventionell. Er räusperte sich. „Darf ich dich was fragen?"

„Sicher."

„Es ist so …" Er rutschte auf der Küchenbank hin und her. „Es gab da auf Mallorca eine andere Frau."

„Mhm."

„Das klingt jetzt bestimmt blöd, aber ich bin nicht nach Mallorca geflogen, um meine Frau zu betrügen. Ich wollte Abstand und in Ruhe nachdenken."

Marlene nickte und sagte nichts.

„Lutz, also mein Kanzleipartner und Freund, hat dafür gesorgt, dass ich Maria kennenlerne. Ich war sauer auf ihn, weil er eine Verabredung mit ihr arrangiert hat, ohne mich vorher zu fragen. Sie sollte mir ein paar Tipps geben, wo man einkaufen kann und so. Außerdem ist sie Golfspielerin. Du weißt vielleicht, dass ich vor Jahren angefangen habe, Golf zu spielen. Helen war nicht begeistert, und ich hab es wieder gelassen. Jedenfalls, ich hab auf der Insel erneut losgelegt damit. Es ist ein großartiger Sport. Maria hat mich begleitet. Wir haben zusammen Zeit auf dem Golfplatz verbracht. Dann gibt es Emilia und Dorothea, zwei reizende alte Damen, die ich im Flieger kennengelernt habe. Die wohnen im selben Ort wie Maria. Oh Gott, ich muss mich bei Emilia melden. Die waren dabei, als der Anruf von Lutz kam. Wir, also Maria und ich, waren einige Male mit ihnen essen. Jedenfalls, es ist passiert. Ich wollte es eigentlich nicht, aber dann wollte ich es doch. Und Maria auch." Er stoppte. „Ich glaub, ich rede jetzt grad ziemlich viel Blödsinn."

Marlene lachte scheppernd los. „Ich hab dich schon verstanden. Willst du zu ihr zurück?"

„Das hat mich Jasper gestern auch gefragt. Nein, will ich nicht. Maria ist eine liebenswerte Frau, und ich wünsche ihr, dass sie den richtigen Mann findet. Ich bin es nicht, und das weiß sie. Es war so … unbeschwert mir ihr. Nicht problembelastet. Falls du weißt, was ich meine."

„Okay. Du willst von mir wissen, ob du es Helen erzählen sollst."

„Ich werde es ihr sagen. Aber ich …" Er nahm seine Brille ab und rieb sich die Augen.

„Keine Absolution von mir. Ihr müsst euch aussprechen. Alles auf den Tisch. Danach werdet ihr euch entscheiden müssen, wie es weitergeht. Helen ist eine kluge Frau. Sie wird es verstehen, ob sie dir auch vergeben kann, keine Ahnung. Kannst du dir verzeihen und einen Neuanfang wagen?"

„Das versuche ich, herauszufinden."

„Lass dir Zeit, und geh am Meer spazieren. Mir hat das immer geholfen, wenn ich mit mir im Unreinen war."

„Danke. Das ist ein Rat, den ich beherzigen werde." Er stand auf und streckte sich. „Los geht's, ihr zwei. Der Strand ruft."

✳✳✳

Daniel ließ die Hunde von der Leine, beide stoben davon. Max jagte durch die auslaufenden Wellen. Charlie bemühte sich, den Kontakt zum Nass zu vermeiden. Sie scheuchten die Möwen auf. Übermütiges Hundetreiben.

Daniel joggte ihnen hinterher, lieferte sich einen Wettkampf, den er nach einigen Minuten außer Atem verlor. Die Tiere verfügten über die deutlich bessere Kondition. Vielleicht sollte er die Zeit hier dazu nutzen und einmal am Tag am Strand rennen? Auf jeden Fall würde er den Golfclubs der Insel einen Besuch abstatten. Wenn er länger blieb, musste er seine Schläger aus Hamburg hochholen. Wenn. Er kickte mit dem Fuß eine Muschel ins Meer.

Sylt war nicht mit Mallorca zu vergleichen, auf eine andere Art bezaubernd. Hier im Norden war seine Heimat. Die raue Nordsee, die Gezeiten, das Watt. Hamburg, seine Geburts- und Lieblingsstadt.

Trotzdem zog es ihn in die Ferne. Er wollte in unbekannte Länder reisen, etwas erleben. Am liebsten mit Helen. Zur Not ohne sie. Gab es einen Kompromiss? Erstmal musste sie gesund werden.

✳ ✳ ✳

Auf dem Weg zum Krankenhaus kaufte er im Supermarkt ein paar Zeitschriften für Helen. Die Hunde hatte er ausgetobt zu Marlene zurückgebracht. Beide lagen vermutlich entspannt vor dem Kachelofen. Im Gegensatz zu ihm, dessen Nervosität anstieg, je näher er dem Zimmer seiner Frau kam. Es nutzte nichts, er würde ihr die Wahrheit sagen. Jetzt gleich.

Helen lag im Bett, das Kopfteil aufgestellt. Sie lächelte ihn an, sah nicht so blass aus wie am Vortag.

„Hallo. Heute wirkst du noch munterer als gestern. Es geht dir besser, nicht wahr?" Er beugte sich über sie und gab ihr einen Kuss auf den Mund. Ihr Parfum erkannte er nicht, irgendwas mit Zitrone.

„Hallo zurück. Ja, ich fühle mich nicht mehr so erschöpft. Vorhin war Marlene da und hat mir erzählt, dass du mit den Hunden am Strand bist. Bei mir wird es dauern, bis ich wieder weitere Strecken gehen kann. Das wird mir fehlen. Ich bin in den vergangenen Wochen den einen oder anderen Kilometer täglich zu Fuß gegangen."

Daniel setzte sich auf den Stuhl neben dem Bett. „Das glaub ich dir. Ich habe auf Mallorca auch gemerkt, wie ich die Bewegung brauche. Habe erneut angefangen, Golf zu spielen. Es macht mir total viel Spaß. Ich denke, ich werde meine Golfsachen aus Hamburg holen."

„Heißt das, du bleibst hier?"

„Hab ich dir gestern schon gesagt. Ich bleib auf jeden Fall, bis es dir besser geht. Auch noch länger, wenn …" Er stockte.

„Wenn?" Helen sah ihn fragend an.

„Ich muss dir etwas sagen", schoss es aus ihm heraus. „Ich hatte eine Affäre. Auf Mallorca. Die Sache war in dem Moment vorbei, als ich von deinem Unfall erfahren habe. Aber es ist geschehen, und ich bereue es nicht."

Daniel zwang sich dazu, Helen in die Augen zu sehen. Sie wich seinem Blick nicht aus, eine Träne rollte über ihre Wange. Er fühlte sich erleichtert, dass er reinen Tisch gemacht hatte.

„Es ehrt dich, mir das zu erzählen", sagte sie schließlich, und Daniel merkte ihrer gespannten Stimme an, wie viel Mühe es sie kostete, ruhig zu bleiben. „Wie stellst du dir unser weiteres Leben vor?"

„Denkst du, es gibt ein Uns?"

Helen schüttelte langsam den Kopf. „Ich weiß es nicht", flüsterte sie. „Diese Frau, auf Mallorca, warst du in sie verliebt? Wenn der Unfall nicht passiert wäre …" Sie stockte. „Wärst du dortgeblieben?"

Daniel griff nach ihrer Hand und hielt sie fest. „Helen, wir sind über dreißig Jahre zusammen. Du bist die Liebe meines Lebens. Das ist die eine Seite. Die andere Seite ist, dass es mir in den letzten Monaten nicht gut ging. Genauso, wie es dir nicht gut ging. Wir haben nur gestritten, nicht mehr miteinander geschlafen, wenig gemeinsam unternommen. Ich werde aufhören zu arbeiten. Ich will reisen, die Welt sehen. Ich möchte, dass wir beide noch einmal neu anfangen. Ich will dich nicht verlieren, aber ich kann so wie bisher nicht weiterleben mit dir."

„Das hast du gesagt, als du abgereist bist."

„Es hat sich nichts verändert."

„Außer, dass du mich betrogen hast."

„Ja. Du musst für dich herausfinden, ob du damit leben kannst. Ob du mir vergibst. Wir können das nur zusammen schaffen."

„Du hast mit Marlene gesprochen?"

„Ja. Wie kommst du darauf?"

„Das klingt nach Marlene. Sie ist eine weise Frau."

„Ich habe auch mit Jasper geredet. Gestern an der Bar. Wir haben das eine oder andere Pils geleert."

„Weiß Irene ebenfalls Bescheid?" Helens Stimme zitterte. Er drückte ihre Hand, die sie ihm nicht entzogen hatte. War das ein gutes Zeichen?

„Von mir nicht. Ich denk nicht, dass er oder Marlene mit ihr darüber reden. Es geht sie schließlich nichts an."

„Nein, das tut es nicht." Helen befreite ihre Hand aus seiner. „Lässt du mich bitte allein. Ich muss nachdenken."

Daniel stand auf und betrachtete seine Frau, die ihre Augen geschlossen hatte. Sie wirkte so verletzlich. „Sicher. Ich komm morgen wieder, wenn du mich sehen willst."

28

Der frische Seewind wirbelte ihre Haare durcheinander. Helen war dankbar, das Krankenhaus zu verlassen. Sie sehnte sich nach einem heißen Bad, was ihr für die nächsten Wochen untersagt war. Daniel hatte sie zusammen mit Marlene im Audi abgeholt. Sie schwankte, als sie aus dem Auto stieg. Ihr Kreislauf spielte noch nicht so mit. *Lassen Sie es ruhig angehen,* hatte der Arzt zum Abschied gesagt. *Sie haben verdammtes Glück gehabt.* Ja, dachte sie und wartete, bis Marlene ihr den Arm hinhielt. Das habe ich wirklich.

„Warte bitte, ich helfe dir. Nichts überstürzen."

Daniel trug die Tasche mit ihren Sachen. Seit er ihr vorgestern seine Affäre gebeichtet hatte, herrschte Funkstille. Gestern hatte sie ihm über Marlene ausgerichtet, nicht zu ihr zu kommen. Sie müsse nachdenken.

Langsam ging sie mit Marlene zur Haustür. Ihre Freundin ließ sie kurz davor los, weil sie nach dem Schlüssel suchte. Helen spürte, wie ihre Beine anfingen zu zittern. Ihr war ein wenig übel. Daniel, der dicht hinter ihr stand, legte den Arm um sie.

„Du hast es gleich geschafft."

Helen wurde von einer Welle Kummer überschwemmt. Ihr Mann, so vertraut und doch weit weg. Warum hatten sie sich so voneinander entfernt?

Sie drückte die Tränen weg und zwang sich dazu, sich auf den Augenblick zu konzentrieren. Nicht hinfallen, weitergehen.

Marlene schloss auf und strahlte sie an. „Willkommen in meinem Heim." Sie schob die Tür einen Spalt auf. „Moment, ich bändige Max. Nicht, dass er dich umstößt."

Helen hörte, wie sie mit dem Hund sprach. Die Tür wurde aufgestoßen und Charlie schoss wie eine Rakete hindurch, auf sie zu. Er quietschte und sprang an ihr hoch. Sein Schwanz wedelte, und er überschlug sich beinahe bei dem Versuch, sie zu erreichen. Sie weinte und versuchte, sich zu bücken. Daniel hielt sie zurück.

„Charlie, ist ja gut. Bin wieder da."

„Komm, leg dich bitte hin. Du fällst sonst um", sagte Daniel und führte sie durch den Flur in das Gästezimmer. Charlie folgte ihr auf dem Fuße, hüpfte aufgeregt hin und her. Helen merkte, wie ihre Kräfte schwanden. Sie stützte sich schwer auf Daniel, der sie festhielt, bis sie auf dem Bett saß. Charlie nahm Anlauf und landete neben ihr auf der Decke. Sie streichelte ihn und ließ es zu, dass er ihr über das Gesicht leckte.

Marlene klatschte in die Hände. „Das reicht für heute. Ich helfe dir beim Ausziehen, ab ins Bett. Daniel, in der Küche gibt es Kaffee für dich und Croissants, wenn du magst."

Helen hielt Charlie fest umschlungen. Sie war dankbar, dass Marlene bei ihr blieb. Alleinsein mit Daniel war nichts, was sie sich im Augenblick wünschte. So schwach und hilflos hatte sie sich lange nicht gefühlt.

„Alles klar", sagte Daniel und küsste Helen aufs Haar. Er warf ihr einen liebevollen Blick zu, bevor er aus dem Zimmer ging.

„Danke", flüsterte Helen.

„Wofür?", fragte Marlene, die angefangen hatte, ihr die Schuhe auszuziehen.

„Dass du da bist."

✳ ✳ ✳

Später brachte Marlene ihr Tee und ein Stück Butterkuchen. Sie rückte einen weißen Holztisch, auf dem eine dunkelblaue Vase mit roséfarbenen Rosen stand, neben ihr Bett. „Brauchst du was?"

Helen schob Charlie, der neben ihr auf der Bettdecke lag, ein Stück zur Seite. Der Hund strahlte eine ungeheure Wärme aus. „Danke, ich werde gleich wieder schlafen. Bin so müde. Ist Daniel noch da?"

„Nein, ich hab ihn weggeschickt. War doch richtig, oder?"

„Ja. Ich brauch Zeit. Fühl mich so schlapp und will nicht nachdenken. Verstehst du das?"

„Sicher, Liebes." Marlene setzte sich auf die Bettkante und strich ihr die Haare aus dem Gesicht. Ihre Hand auf der Haut fühlte sich tröstend an. „Das wird schon. Wird dir der Hund zu schwer? Dann nehme ich ihn mit. Obwohl er …"

„Lass ihn bitte hier", fiel sie Marlene ins Wort. „Er tröstet mich. Du weißt doch, dass Hunde es merken, wenn es einem nicht gutgeht."

„Ja. Ich denke auch, dass es schwierig wird, Charlie von dir fernzuhalten. Ich sehe später wieder nach dir."

Kaum war Marlene weg, fielen Helen die Augen zu. Sie träumte von Düsternis, Regen, den aufblendenden

Scheinwerfern. Zwischendurch schreckte sie auf, weil sie Schmerzen hatte, versuchte, eine einigermaßen bequeme Lage im Bett zu finden. Charlie wich nicht von ihrer Seite. Irgendwann, es war längst dunkel, kam Marlene und half ihr ins Bad.

„Ich lass den Hund kurz raus und bring ihn dir zurück", sagte sie und klemmte sich den widerwillig wirkenden Yorkshire unter den Arm. Helen hätte gelacht, wenn sie sich nicht so zerschlagen gefühlt hätte.

✳✳✳

Am anderen Morgen wurde sie von Max geweckt, der sie mit seiner feuchten Hundeschnauze anstupste. Er wedelte und sah sie mit seinen braunen Augen treuherzig an. Helen räkelte sich behutsam und griff nach dem Handy. Acht Uhr. Sie hatte über zwölf Stunden geschlummert. Charlie knurrte leise aus seiner Deckenkuhle, in die er sich im Laufe der Nacht eingegraben hatte. Sie gab ihm einen leichten Klaps auf den Rücken. „Schäm dich, das ist dein Hundefreund."

Draußen klapperte es, und wenige Sekunden später schaute Marlene durch die Tür. „Moin. Ich hab dir Mäxchen geschickt, damit er Charlie zum Aufstehen verlockt. Wie ich sehe, hat das nicht geklappt. Hast du gut geschlafen?"

„Ja, danke. Vor allem lange. Ich fühl mich ausgeruht, gestern war ich irgendwie ausgeknockt."

„Sehr gut. Schmeißt du Charlie aus dem Bett, oder soll ich ihn rausholen? Ich geh mit den Hunden zum Bäcker. Einen speziellen Wunsch?"

Helen gab dem Hund einen Schups. Beleidigt hüpfte

er auf den Boden, wo er von Max begrüßt wurde. „Bring ein Croissant für mich mit. Danke."

Kurze Zeit später hörte sie, wie die Haustür ins Schloss fiel. Vorsichtig erhob sie sich und tapste ins Bad. Marlene hatte ihre Toilettenartikel auf der Konsole über dem Waschbecken verteilt. Helen putzte sich die Zähne und schöpfte warmes Wasser in ihr Gesicht. Abtrocknend sah sie sich im Spiegel an. Etwas bleich vielleicht. Aber auf dem Weg der Besserung.

Sie bestand darauf, zum Frühstück aufzustehen. Charlie zu ihren Füßen, saß sie auf der Küchenbank und beobachtete, wie Marlene die Hundenäpfe säuberte. Es knisterte, als sie die Tüte mit dem Trockenfutter aufriss. Charlie sprang auf und lief schwanzwedelnd zu Marlene.

„Da sieht man es mal wieder. Kaum geht es ums Fressen, bin ich abgeschrieben."

Marlene füllte die Näpfe und stellte sie auf den Boden. „Ich auch, wenn es dich tröstet."

Die Hunde machten sich geräuschvoll über das Futter her. Sie stellte Butter, Marmelade und die Croissants auf den Tisch. „Tee oder Kaffee?"

„Kaffee bitte."

Das heiße Getränk belebte Helen. „Lecker. Der Kaffee im Krankenhaus hat nicht geschmeckt."

„Das tut er nie."

„Nein." Helen riss ein Stück Croissant ab. „Ich hab mir überlegt, mit Irene zu sprechen. Nicht heute, aber vielleicht morgen oder übermorgen. Wenn ich ein bisschen fitter bin. Je eher, desto schneller hab ich's hinter mir. Denkst du, sie kommt hierher?"

Marlene zog die Stirn in Falten. „Ich werde sie fragen.

Mehr als Nein sagen, kann sie nicht. Woher der Sinneswandel? … Ich find es gut", ergänzte sie. „Miteinanderreden ist das Beste, was man tun kann."

„Ich muss das zwischen ihr und mir ein für alle Mal klären. Egal, wie es ausgeht. Das Nichtaussprechen meiner Wut war falsch, das habe ich inzwischen begriffen." Helen umfasste den Kaffeebecher und spürte der Wärme nach.

„Jasper hat mir erzählt, dass Irene erleichtert war, dass du den Unfall halbwegs überstanden hast. Sie hat sich durchaus Sorgen gemacht."

„Meinst du, es fließt so etwas wie schwesterliches Blut durch ihre Adern?"

„Erwartest du eine ernsthafte Antwort?"

„Nein, das war blöd. Vergiss, was ich gesagt hab."

„Ist nicht so einfach, sich von vertrauten Feindbildern zu trennen."

„Ist es nicht."

„Was ist mit Daniel?"

„Eins nach dem anderen. Erst ist Irene dran. Daniel muss warten."

„Du willst ihn nicht sehen?"

„Sag ihm bitte, er soll sich ein paar Tage gedulden."

Nach dem Frühstück war Helen dankbar, zurück unter die Bettdecke kriechen zu können. Sie schwor sich, nachmittags erneut aufzustehen. Jeden Tag ein wenig mehr. Charlie folgte ihr und sprang wie selbstverständlich auf das Bett. Dieses Mal rollte er sich zufrieden am Fußende ein. Verdauungsschläfchen. Kurz bevor sie wegdämmerte, nahm sie wahr, wie Max in den Raum tappte. Mit einem Lächeln auf den Lippen schlief sie ein.

***

Ein summendes Geräusch weckte sie. Eine SMS von Daniel war eingegangen. *Bin nach Hamburg gefahren, um Golfsachen zu holen. In zwei Tagen wieder da. Soll ich dir was mitbringen? Kuss Daniel*

Helen legte das Handy weg und setzte sich aufrecht hin. Die Hunde waren verschwunden. Vermutlich mit Marlene unterwegs. *Nein danke, ich brauche nichts.* Sie überlegte einen Augenblick lang, bevor sie die Nachricht mit *Helen* beendete.

29

„Deine Schwester möchte mit dir sprechen", sagte Jasper.

Irene bekam den Milchkaffee in den falschen Hals und hustete. Sie saßen in Nielsens Kaffeegarten und genossen den Blick aufs Watt. Ihr Bruder hatte sie durch Keitum geführt, ihr sein Elternhaus gezeigt. Auch das Haus ihres Vaters, wie sie sich zwischendurch klarmachen musste. Das Restaurant, das Jaspers Eltern aufgebaut hatten, gab es nicht mehr. In den Räumlichkeiten befand sich inzwischen ein Modegeschäft. St. Severin, die Kirche, in der Jasper getauft worden war, hatte es ihr angetan. Der rote Backsteinturm war ihr schon bei der Überfahrt mit dem Zug aufgefallen.

„Natürlich nur, wenn du zustimmst", sprach Jasper weiter. „Niemand will dich drängen. Ich hab dich überredet, hierher zu kommen, damit ich dir meine Heimat zeigen kann. Ich will auf keinen Fall, dass du ein schlechtes Gefühl hast."

„Das ist sehr fürsorglich von dir", sagte Irene und zerkrümelte mit der Gabel das Stück Kuchen, das vor ihr lag. „Ich habe in den letzten Tagen nachgedacht. Ich werde einen langgehegten Traum verwirklichen und mir ein Wohnmobil kaufen."

„Aha."

„Du fragst dich gerade, was das mit meiner Schwester

zu tun hat. Erschließt sich nicht auf den ersten Blick. Ich will vorher in meinem Leben aufräumen. Helen gehört dazu. Denk nicht, dass ich ihr etwas Böses wünsche. Sie und ich, wir sind grundverschieden. Wir werden nie beste Freundinnen sein. Aber wir sollten auch nicht in Feindschaft leben."

„Das ist weise."

„Ich arbeite daran." Irene lachte. Die letzten Tage hatten ihr die Augen geöffnet, den Horizont erweitert. Vielleicht lag es an dem weiten Himmel, dem unendlich erscheinenden Meer. Du bist ja nahezu romantisch, neckte sie sich selbst und kicherte.

„Was ist so lustig?"

„Ich hab überlegt, dass sich bei mir so einiges verändert hat." Irene sah Jasper an, der ihr mit blau-weiß gestreiftem Hemd und dunkelblauem Troyer gegenübersaß. Mit Ankerohrstecker. „Ich hab einen Seemannsbruder bekommen mit Ohrstecker."

„Gefällt dir mein Ankerstecker nicht?"

„Um ehrlich zu sein, nein. Ich find es schrecklich, wenn Männer Ohrringe tragen. Überhaupt Schmuck. Außer dem Ehering. Ich hab mich bei dir inzwischen daran gewöhnt, er stört mich nicht mehr."

„Aha."

„Wieso trägst du überhaupt nur einen Ohrstecker? Ist das besonders in?"

„Als ob ich ‚in' wäre. Den Anker habe ich vor vielen Jahren von einer jungen Frau in Singapur geschenkt bekommen. Hab ihr in einer blöden Situation geholfen." Jasper lehnte sich zurück und verengte seine Augen.

„Erzählst du mir die Geschichte?"

„Klar. Ich hatte Landgang und war in Chinatown

unterwegs. Hab beobachtet, wie sie von zwei Typen bedrängt wurde. Der eine hatte die Hand unter ihrem Rock, der andere hielt sie fest."

„Du hast dich mit zwei Männern angelegt?"

„Ich habe laut ‚Police' geschrien und mein Handy gezückt." Jasper grinste sie an. „Damals war ich deutlich besser in Form. Habe regelmäßig trainiert. Sagen wir mal so, die beiden haben schnell das Weite gesucht."

„Hast du Kampftraining gemacht?"

„Ich hab Tai Chi Chuan praktiziert. Sieht man in Asien oft in Parks. Ist ein fließender Ablauf von Schritten und Bewegungen. Von Chi-Kung hast du bestimmt schon mal was gehört."

„Du überraschst mich immer wieder. Chi-Kung kenne ich. Auch Tai Chi ist mir vage ein Begriff. Ich glaub ja nicht an so etwas wie Chi oder Chakren."

„Probier es aus. Mehr kann ich dazu nicht anmerken. Mir hat es geholfen, meine überschüssigen Energien in Bahnen zu lenken."

Irene sah ihn nachdenklich an. „Vielleicht sollte ich das wirklich tun. Bei all dem Neuen, was ich in den letzten Wochen erfahren habe, schadet es sicher nicht."

„Mich hat es geerdet."

„Hm. Hört sich bei einem Mann komisch an. Was ist aus der jungen Frau geworden?"

„Kann ich dir nicht sagen. Ich hab sie zur Polizei begleitet und eine Zeugenaussage gemacht. Am nächsten Tag bekam ich über einen Boten eine Karte, wo ‚Thank you' draufstand, zusammen mit dem Ohrstecker. Das war's."

„Danke, dass du es mir erzählt hast. Ich werde deinen Ohrring von nun an mit anderen Augen betrachten. Wie so vieles andere auch." Irene trank den Rest des Kaffees.

„Was meinst du?"

„Ich hab mich verändert, bin nicht so verbittert wie zuvor. Das ist dein Verdienst."

„Wieso denkst du, dass ich was damit zu tun hab?"

„Du hast mich hierhergelockt. Die erste Durchbrechung meines sonst so routinierten Lebens. Ohne dich wäre ich nie nach Sylt gekommen. Hätte nie erlebt, wie zauberhaft es hier ist. Vielleicht hat es mich geerdet."

„Jo."

„Ich würd gern wiederkommen. Mit meinem eigenen Wohnmobil."

Jasper grinste und hob die Hand. Irene sah ihn überrascht an. „Du musst ebenfalls deine Hand heben und mich abklatschen. High Five.

„Okay." Sie hob zögerlich den rechten Arm und berührte mit der Handfläche die von Jasper.

„Mit etwas mehr Schwung bitte."

Beim zweiten Versuch klatschte sie ihn ab. Noch eine Premiere.

„Natürlich kommst du wieder. Wer einmal hier war, den lässt die Insel nicht los. Außerdem fließt in deinen Adern doch friesisches Blut."

Irene sah Jasper verblüfft an. Darüber hatte sie bis jetzt nicht nachgedacht. „Stimmt."

„Dauert zwar ein büschen bis Weihnachten, aber ich zähl darauf, dass du uns besuchst. Marlenes Heiligabend-Party ist ein absolutes Highlight. Sie lädt jedes Jahr Freunde und diejenigen Bekannten ein, die sonst allein zu Hause sitzen müssten."

„Danke, ich überleg es mir."

„Das ist gebongt. Du kannst bei mir übernachten, ich

zieh so lange zu Marlene. Mit dem Wohnmobil würd ich erst bei Plustemperaturen starten."

Irenes Herzschlag beschleunigte sich. Sie verspürte auf einmal eine ungeheure Energie. „Das hört sich so einfach an."

„Das ist es auch. Gib dir einen Ruck."

„Ja. Ich lasse mein friesisches Blut sprechen." Sie zwinkerte Jasper zu.

Auf dem Weg von Keitum nach Munkmarsch, wo das Auto von Jasper geparkt war, spekulierte sie darüber, warum Helen um ein Treffen bat. Musste sie sich irgendwie vorbereiten? Würde die Schwester den Pflichtteil fordern? Besser, Irene verabredete den Termin mit ihr so zügig wie möglich. Sonst würde ihr die Sache nur unnötig die letzten Urlaubstage im Kopf herumspuken. Klarheit vereinfachte die Angelegenheit, das hatte sie inzwischen begriffen.

„Denkst du, ich kann Helen morgen sehen?"

Jasper, der neben ihr ging, blieb stehen und sah sie an. „Ich frag sie und geb dir Bescheid. Ist wohl angebracht, wenn Marlene und ich euch allein lassen. Vielleicht am Nachmittag?"

„Ja. Eigentlich bin ich jemand, der unangenehme Privatsachen aufschiebt. Hoffentlich bedaure ich es nicht."

Sie spazierten weiter, und Irene beobachtete die Surfer, die sich auf dem Meer tummelten. Vom Land aus sah alles so mühelos aus.

„Warum solltest du es bereuen? Im besten Falle findet ihr einen Modus, wie ihr miteinander umgehen wollt. Ich helf dir, wenn ich kann."

„Du bist lieb, großer Bruder." Irene boxte ihn in die Seite.

30

„Hoffentlich schlagen sich die beiden Schwestern nicht die Köpfe ein", sagte Jasper und kraulte Max, der eine Pfote in seinen Schoß gelegt hatte, zwischen den Zehen.

„Glaub ich nicht", antwortete Marlene.

Sie saßen in der Küche. Helen war nach dem Abendessen zusammen mit Charlie ins Gästezimmer verschwunden. *Ich muss Kräfte sammeln für morgen,* waren ihre Worte, mit denen sie sich verabschiedete.

„Ich eigentlich auch nicht. Irene hat mir heute erzählt, dass sie sich ein Wohnmobil kauft. Kaum zu fassen, oder? Sie will damit verreisen."

„Warum nicht? Bisher hat sie nicht so viel gesehen von der Welt. Sie wird aufhören zu arbeiten, hat sie mir gesagt. Das Reisen liegt bei euch doch in der Familie, sie fängt halt nur später als du mit den Touren an."

„Stimmt auch wieder. Sie kann es sich leisten, weil sie geerbt hat."

„Eine Lösung und gleichzeitig ein Problem. Für Helen."

„Ich hab Irene übrigens zu deiner Weihnachtsparty eingeladen. Ich dachte, sie kann bei mir übernachten, und du nimmst mich auf. Nur für ein paar Tage."

„Soso, ich soll dich aufnehmen. Nichts lieber als das. Wollen wir das heute mal ausprobieren?"

„Ist das eine Einladung?"

„Du bist ein Schnellmerker."

„Angenommen. Aber …" Er runzelte die Stirn. „Stören wir Helen nicht?"

Marlene fing seine Augen ein. „Was hast du vor?"

„Lass dich überraschen."

„Ich liebe Überraschungen."

„Dann los. Wir treffen uns im Schlafzimmer."

✳ ✳ ✳

Marlene erwachte vor Sonnenaufgang. Ein Blick auf die Uhr verriet ihr, dass es erst kurz vor sechs war. Jasper lag auf dem Rücken und hatte den Mund leicht geöffnet. Ab und zu ertönte ein verhaltenes Schnarchgeräusch. Sie schloss die Augen, wusste aber, dass sie nicht wieder einschlafen würde. Der Unfall von Helen und das bevorstehende Aufeinandertreffen der Schwestern beschäftigte sie. Um Jasper nicht zu wecken, griff sie im Dunkeln nach Jeans und Pullover und schlich aus dem Raum, die Tür hinter sich zuziehend.

Im Badezimmer betrachtete sie sich im Spiegel. Ihr Haar stand ab, das Nachthemd war verkehrt herum angezogen. Sie grinste ihrem Spiegelbild zu. Was hatte sie für ein Glück, in ihrem Alter einen so feurigen und aufmerksamen Liebhaber wie Jasper gefunden zu haben.

In der Küche hob Max kurz den Kopf, bevor er sich mit einem Seufzen erneut in seinem Hundekorb ausstreckte. Zu früh für ihn. Sie stellte die Kaffeemaschine an und holte Milch aus dem Kühlschrank. Ein erster Milchkaffee vor dem Gassigehen.

Sie hörte Schritte im Flur. Wenige Sekunden später erschien Helen, Charlie im Schlepptau.

„Guten Morgen", sagte sie und gähnte. „Du bist aber zeitig auf."

„Du auch."

„Ich konnte nicht mehr schlafen."

„Hast du Schmerzen?"

„Nein, die Tabletten helfen. Mein Gehirn ist zu vollgestopft. Stör ich dich um die Uhrzeit?"

„Nein. Soll ich dir einen Milchkaffee machen?"

„Lieber nur schwarz."

Marlene schob zwei Becher unter die Auslaufhähne der Maschine und das Gerät erwachte zum Leben. Kaffeearoma erfüllte den Raum.

„Der Duft von frisch gebrühtem Kaffee ist was Feines", sagte Helen. „Man vergisst, wie wichtig solche kleinen Glücksmomente sind."

„Der Geruch wird getoppt durch den ersten Schluck am Morgen." Marlene stellte den Kaffee vor Helen hin und nippte an ihrem.

Beide schwiegen für einige Minuten. Durch das geöffnete Fenster erklang das Gepiepse der Vögel. Marlene war dankbar, dass Helen nicht zu den Menschen gehörte, die in der Frühe schon ohne Unterlass redeten. Sie war kein Morgenmuffel, liebte es aber, sich den Tag gemächlich zu erobern. Ihr Blick wanderte zu Helen: Die beobachtete die Hunde, die aneinander gekuschelt schliefen. Ein friedliches Bild.

„Soll ich uns frische Croissants und Brötchen vom Bäcker holen?", fragte sie schließlich.

„Bleib doch noch ein wenig sitzen. Es ist so gemütlich hier. Nur wir zwei und die Tiere."

„Ja. Das kleine Hundeparadies." Marlene streckte die Arme zu den Seiten aus und dehnte sich.

„Nicht nur für Hunde. Ich fühle mich bei dir sehr wohl, geborgen. Danke nochmal, dass ich hier sein darf. Hoffe, dass es Jasper nicht stört."

„Warum sollte es ihn stören?"

„Na ja, du weißt schon. Liebesleben und so."

„Mach dir darum keine Sorgen. Meinem Liebesleben ging es nie besser. Möchtest du noch einen Kaffee?"

„Danke, erstmal nicht."

Die Badezimmertür quietschte, und Max spitzte die Ohren. Wenige Minuten später kam Jasper in die Küche, bekleidet mit Boxershorts und T-Shirt. Die Hunde standen auf und trotteten auf ihn zu, beide Schwänze heftig wedelnd.

„Moin ihr Süßen", sagte Jasper und fuhr mit der Hand über den Kopf von Max. Charlie hüpfte an ihm hoch, er beugte sich zu ihm hinunter und kraulte ihn hinter den Ohren. „Du sollst auch nicht leer ausgehen."

„Was hat der Mann bloß an sich? Bei mir hat sich kein Hund gerührt." Marlene hob theatralisch die Augenbrauen.

„Wir Kerle müssen zusammenhalten. Moin ihr zwei Hübschen." Jasper gab ihr einen Kuss auf die Wange. „Mich hat der Kaffeeduft aus dem Bett gelockt." Er öffnete den Schrank über der Spüle und nahm sich einen Becher heraus.

„Du kommst gerade recht", sagte Marlene. „Deine Hundefreunde sollten ihr morgendliches Geschäft erledigen, und Helen und ich hätten gern frische Croissants."

„Darf ich austrinken, oder muss ich sofort los?" Jasper lehnte mit seinem Kaffee an der Spüle.

„Austrinken und anziehen ist okay." Marlene drehte sich zu Helen hin. „Irene kommt um zwei. Soll ich für euch einen Kuchen backen?"

„Bloß nicht. Du tust genug für mich. Hab eh schon ein schlechtes Gewissen."

„Also wenn du mich fragst", unterbrach Jasper, „ich würde nicht Nein sagen."

„Glaub ich dir. Du wirst aber beim nachmittäglichen Kaffeetrinken nicht dabei sein, sondern mit mir und den Hunden einen längeren Spaziergang unternehmen. Ist auch besser für die Figur."

„Hör ich da leise Kritik?" Jasper lächelte ihr zu.

„Ich hab natürlich nur von meiner Figur gesprochen", antwortete Marlene und grinste.

„Vermutlich vergeht mir eh der Appetit, wenn Irene mir gegenübersitzt", sagte Helen und verdrehte die Augen. „Sorry, Jasper, nimm mich bitte nicht ernst, ich will dich wirklich nicht gegen deine Schwester aufhetzen. Oder meine."

„Schon okay. Ist nun unsere Schwester."

„So richtig ist das noch gar nicht in meinem Gehirn angekommen. Meine Mutter und ein anderer Mann."

„Wieso?", fragte Jasper. „Kommt in den besten Familien vor."

„Klar, aber ..." Helen stockte. „Mami war so konservativ in allem, hat einen auf heile Familie gemacht. Sie hat mit mir monatelang nicht gesprochen, weil ich aus Leverkusen weggezogen bin. Hat mich gestraft, indem sie mich nur selten besucht hat. Na ja, Schwamm drüber."

„Vielleicht war das ihre Art, mit dem eigenen schlechten Gewissen umzugehen", sagte Marlene. „So etwas wie Überkompensation."

„Ich frag mich, ob Papi davon gewusst hat." Helen starrte in ihren Kaffeebecher.

„Wir werden es nie erfahren", sagte Japser. „Aus den Briefen deiner Mutter geht das nicht hervor."

„Stimmt, sie hat deinem Vater ja geschrieben. Mir hat sie nur zum Geburtstag und zu Weihnachten Karten geschickt."

Marlene langte über den Tisch nach Helens Hand. „Gräm dich nicht über Dinge, die du nicht mehr ändern kannst."

„Du hast recht, ich muss damit aufhören. Mami hatte auch ihr Päckchen zu tragen. War bestimmt nicht einfach, ein Kind von einem anderen Mann zu erwarten und es meinem Vater unterzuschieben."

„Das weißt du nicht", sagte Marlene sanft.

„Nein."

Jasper räusperte sich. „Ich geh dann mal. Ihr habt noch fünf Minuten, um mir eure Bestellungen für den Bäcker mitzugeben." Er stellte den Becher in den Ausguss und verließ die Küche.

„Ups", sagte Helen. „Das war blöd von mir. Der Ärmste muss sich wirklich nicht mit meinen Problemen herumschlagen."

„Irgendwie gehört er nun auch zu deiner Familie, oder? Mitgehangen, mitgefangen." Marlene warf Helen eine Kusshand zu und ging Jasper hinterher. Es schadete nie, für den Notfall eine Packung Friesenkekse vorrätig zu haben.

31

Helen hatte sich die ersten Sätze zurechtgelegt. Sie würde sich nicht mehr so überrumpeln lassen wie bei der letzten Begegnung. Marlene hatte angeregt, sich im Wohnzimmer zu treffen. *Das ist ungeheuer anstrengend, es ist besser, wenn du die Möglichkeit hast, dich hinzulegen. Nicht, dass du mir vom Stuhl fällst.*

Fürsorglich hatte sie dafür gesorgt, dass Tee und Kaffee bereitstanden. Außerdem eine Schale mit Keksen und Schokoladentäfelchen. *Ihr beide braucht Nervennahrung, jede Menge Nervennahrung.*

Es klingelte, und Helen hörte trotz des Hundegebells, wie Jasper seine Schwester begrüßte. Seine Schwester und gleichzeitig ihre Schwester, immer noch ein unwirklicher Gedanke. Murmelnde Geräusche im Flur. Sie streckte probeweise die Hände aus. Leichtes Zittern. Die Tür klappte ein zweites Mal zu, Marlene und Jasper gingen mit den Hunden raus und ließen sie allein. Charlie hatte Marlene vorhin vom Sofa geklaubt und aus dem Zimmer genommen. *Der Kleine benötigt Auslauf.* Helen hätte ihn gern als Unterstützung neben sich gewusst. *Manchmal spinnst du wirklich.*

Es klopfte, und Irenes Kopf schob sich um die Ecke, bevor sie mit langen Schritten auf sie zukam. Sie war mit Jeans und Pullover sportlich gekleidet. Nicht so formell wie sonst. Die Seeluft schien ihr zu bekommen, ihr Gesicht war gebräunt. Kurz vor der Couch blieb sie stehen, die Hände in die Hüften gestemmt.

„Hallo. Geht's aufwärts?"

„Danke, jeden Tag ein bisschen besser. Komm, setz dich doch. Marlene hat Tee und Kaffee gekocht. Bediene dich selbst, wenn etwas fehlt, findest du es in der Küche." Helen merkte, dass ihre Stimme bebte. Sie lag und hatte die Decke bis zur Brust hochgezogen. Darunter presste sie die Finger zusammen.

„Ich gieß mir gleich einen Tee ein. Für dich auch?"

„Nein danke."

Helen beobachtete, wie Irene sich ihr gegenüber in einen der Ohrensessel setzte, die Beine übereinanderschlug. Ob sie auch nervös war? Sie zeigte es nicht. Ihre Schwester war ausgezeichnet darin, Gefühle zu verbergen. Helen rief sich die vorbereiteten Sätze in Erinnerung.

„Ich entschuldige mich für meine Bemerkungen, die ich bei unserem letzten Aufeinandertreffen geäußert habe. Ich hab das nicht so gemeint. Natürlich kannst du hinfahren, wo du möchtest. Es war für mich halt eine totale Überraschung. Du und Jasper, Geschwister. Ich kann das immer noch nicht so recht glauben."

„Ist schon gut. Du kannst dir vorstellen, dass es mich wie aus heiterem Himmel getroffen hat. Auf einmal einen Bruder zu haben. Na ja, genau genommen Halbbruder. Ich nehme an, dass Jasper und Marlene dir inzwischen die ganze Geschichte erzählt haben."

„Ja, haben sie. Mami hat Jaspers Vater jede Menge Briefe geschrieben." Helen schüttelte den Kopf. „Wenn man überlegt, dass sie keine große Briefeschreiberin war.

Überhaupt, mir hat sie gepredigt, sich anständig zu verhalten. Mir ein schlechtes Gewissen bereitet, wenn ich abends spät nach Hause kam, weil ich mich angeblich mit Jungs rumtreiben würde. Und dann ist sie selbst die größte Heuchlerin gewesen."

„Sprich nicht so über unsere Mutter."

„Ich kann über Mami so reden, wie ich es möchte. Das kannst du mir nicht verbieten."

„Du bist ja nur beleidigt, weil sie dich enterbt hat. Folgerichtig übrigens."

Helens Herz schlug ihr bis zum Hals. Sie war froh, dass sie auf Marlenes Ratschlag gehört hatte und auf der Couch lag. Am liebsten wäre sie aufgesprungen und hätte ihre Schwester geschüttelt. Wieso blieb die so ungerührt sitzen, konnte sich jetzt auch noch mit sicherer Hand einen Tee eingießen, während Helen buchstäblich vor Wut zitterte? Tief ein- und ausatmen, sonst ist das Gespräch so schnell beendet, wie es begonnen hat.

„Das bringt nichts. Ich freu mich für dich, dass du einen so liebenswerten Bruder bekommen hast. Jasper ist ein feiner Mensch."

„Das ist er wirklich", sagte Irene und lächelte das erste Mal, seit sie ins Zimmer gekommen war.

„Wie gefällt dir Sylt?"

„Es ist wunderschön hier. Hätte ich nie gedacht. Die Nordsee, das Wattenmeer, die langen Strände. Jasper hat mich einladen, über die Weihnachtstage wieder-zukommen. Ich kann bei ihm übernachten. Wäre das in Ordnung für dich?"

„Du fragst mich, ob du hierher zu Besuch kommen kannst?"

„Ja. Du bist mit Marlene befreundet, sie ist die Frau

meines Bruders. Ich will nicht, dass es Streit gibt zwischen den beiden. Wenn es dir nicht recht ist, bleibe ich zu Haus."

„Wow." Gegen ihren Willen war Helen beeindruckt. „Du würdest Jasper zuliebe auf einen Aufenthalt hier verzichten?"

„Ja sicher."

Das musste Helen erst einmal verdauen. Sie richtete sich auf und nahm sich eines der eingewickelten Schokoladentäfelchen. In Zeitlupentempo befreite sie die Süßigkeit vom Papier, während sie angestrengt nachdachte. „Ich hab nichts dagegen, wie und wo du Zeit mit Jasper verbringst. Wie ich schon eingangs sagte, es ist nicht meine Insel. Du kannst kommen und gehen, wie du magst."

„Danke."

Helen biss ein Stück von der Schokolade ab. Ein herber Kakaogeschmack breitete sich in ihrem Mund aus, sie schob sich den Rest der Süßigkeit direkt hinterher. Besser, sie kaute auf irgendetwas herum, als spontan das zu äußern, was sie in Wirklichkeit berührte.

„Wie soll es mit uns beiden weitergehen?", fragte sie schließlich und bewegte die Hand in Richtung der Kekse. Irene saß immer noch kerzengerade mit überschlagenen Beinen im Sessel, ohne eine Gefühlsregung zu zeigen. Gehörte das zur Lehramtsausbildung? Wieso schaffte sie das eigentlich nicht?

„Was meinst du? Forderst du nun doch deinen Pflichtteil ein?"

„Das ist wieder so typisch. Ich rede von unserer Beziehung, und du sprichst über Geld."

„Selbstverständlich spreche ich über Geld. Geld ist für

mich wichtig. Im Gegensatz zu dir muss ich es mir hart erarbeiten und habe keinen Mann, der mich ernährt."

Helen schnappte sich ein weiteres Stück Schokolade. Bloß nicht provozieren lassen. „Du denkst, dass ich nicht arbeite?"

„Ich denke, dass du immer schon gut darin warst, dich vor deinen Pflichten zu drücken und den bequemsten Weg zu wählen."

„Weil ich mir ein eigenes Leben in Hamburg aufgebaut habe, mit Mann und Kindern?"

„Weil du unseren Eltern den Rücken zugekehrt und dich nur um dich gekümmert hast."

„Wie sich inzwischen herausgestellt hat, waren es ja gar nicht deine Eltern. Dein Vater saß hier auf der Insel und hat sich nicht für dich interessiert."

Treffer versenkt. Irene öffnete den Mund und schloss ihn wieder. Das erste Mal gab sie ihre entspannte Haltung auf und stützte sich mit den Händen auf den Oberschenkeln ab. „Du als liebende Tochter deines Vaters bist ja praktisch sofort an sein Krankenbett geeilt und hast ihn umsorgt, als er es selbst nicht vermochte. So wie mit Mutter, nicht wahr?" Ihre Stimme war lauter geworden.

„Ich hätte geholfen, wenn ich willkommen gewesen wäre. Ihr habt dafür gesorgt, dass ich mir wie eine Außenseiterin vorgekommen bin. Mami hat dich immer bevorzugt. Inzwischen weiß ich, warum. Sie hat deinen Vater mehr geliebt als meinen."

Irene machte eine wegwerfende Bewegung mit der Hand. „Das ist kompletter Blödsinn, den du dir da einredest. Wenn unsere Mutter meinen Vater wirklich so sehr geliebt hätte, hätte sie Papa verlassen. Sie hat Jaspers Vater geschrieben, ja. Aber niemals mit einem liebenden

Wort, es waren Zustandsberichte über mich. Beschreibungen der wichtigsten Ereignisse in meinem Leben. Nicht mehr und nicht weniger. Schlag dir das aus dem Kopf. Denk doch nicht in jedweder Situation nur an dich."

„Bestreitest du etwa, dass du es mir in unserem Zuhause so unerträglich wie möglich gemacht hast? Du hast mich bei jedem Besuch spüren lassen, dass ich nicht willkommen bin. Als es darum ging, dass ich etwas tun sollte, ja, da war ich auf einmal gut genug." Helen riss das Papier eines Schokoladentäfelchens auseinander und stopfte sich das gesamte Stück in den Mund.

„Du kannst die Briefe von unserer Mutter gern lesen, ich zeig sie dir. Wenn du mir nicht glaubst, glaubst du vielleicht ihr."

Helen schluckte die Schokolade hinunter und sah ihre Schwester an. „Ich nehme das, was ich eben über deinen Vater gesagt habe, zurück. Das war gemein. Papi hat dich geliebt, du warst für ihn seine Tochter. Egal, ob er es gewusst hast oder nicht."

„Wir werden nie erfahren, ob er im Bilde war", sagte Irene und runzelte die Stirn.

„Das ist ein komisches Gefühl für dich, oder?"

Irene goss sich eine weitere Tasse Tee ein und hielt die Kanne in Richtung von Helen. „Willst du nicht doch was trinken? Oder lieber Kaffee?"

„Schnaps wäre das Richtige", sagte Helen und kicherte. „Weißt du noch, wie wir als Kinder mal den Apfelkorn getrunken haben, weil wir dachten, es wäre Saft?"

„Ich erinnere mich mit Grausen, wie wir hinterher gekotzt haben. Und an die Strafe."

„Fernsehverbot für zwei Wochen."

Beide schwiegen.

„Ich trink einen Kaffee. Hast du Lust auf einen Brandy? Ich bin sicher, Marlene hat nichts dagegen."

„Du denkst, wir vertragen uns besser, wenn wir betrunken sind?"

„Nein, das glaub ich nicht. War ja nur 'ne Frage."

„Ich nehme einen."

Helen befreite sich von der Decke und stand auf. Ihr Kreislauf spielte mit, als sie an Irene vorbei zum Bauernschrank schlurfte, in dem Marlene ihren hochprozentigen Alkohol lagerte. Sie beförderte die Flasche zu Tage und stellte sie auf den Couchtisch. „Ich geh mal in die Küche, nach Gläsern Ausschau halten."

„Ist dir das nicht zu anstrengend?"

„Geht schon, Bewegung schadet nicht."

Sie fand zwei passende Schnapsgläser in einem der Oberschränke und lehnte sich für einen Moment an der Spüle an. So katastrophal wie gedacht, war es bisher gar nicht gelaufen. Immerhin redeten sie noch miteinander. Obwohl sie Irene zeitweilig durchschütteln wollte, war nicht alles falsch, was sie gesagt hatte. Sollte sie das zugeben? Würde das helfen?

„Hier, gieß uns ein." Helens Beine zitterten, sie war erleichtert, sich hinlegen zu dürfen. Das Gespräch strengte sie mehr an, als eine Runde im Garten drehen. Gestern war sie das erste Mal seit der Entlassung aus dem Krankenhaus draußen gewesen.

„Worauf sollen wir trinken?", fragte Irene und schob ihr das Glas hinüber.

„Darauf, dass wir uns noch nicht umgebracht haben."

Der Brandy ran ihr die Kehle hinunter und hinterließ

ein wärmendes Gefühl im Bauch. Sie schloss die Augen und genoss den nussigen Geschmack in ihrem Mund. Mit einem Seufzer lehnte sie sich im Sofa zurück und zog die Decke zu sich heran. Aus dem Augenwinkel nahm sie wahr, wie Irene nach einem Keks griff.

„Du hast recht damit, dass ich neidisch auf dich war. Bin."

Überrascht riss Helen die Augen wieder auf. „Wieso um Himmels willen?"

„Du hast Kinder und einen Mann. Konntest dein Leben lang tun und lassen, was du wolltest. Im Gegensatz zu mir."

„Das stimmt doch gar nicht. Mit Kindern und Mann ist man gebundener. Du bist immer Single gewesen. Du hättest nur deinen Hintern heben müssen. Niemand hat dich gezwungen, in Leverkusen zu bleiben."

„Du hast recht", sagte Irene und biss vom Keks ab. Undeutlich sprach sie weiter: „Aber wer hätte sich denn um die beiden gekümmert, wenn ich nicht da gewesen wäre?"

Helens Herzschlag beschleunigte sich erneut. Wieso war Irene so begriffsstutzig? So stur. „Willst du allen Ernstes behaupten, dass du seit deiner Geburt dich nicht entfalten konntest, weil du dich um unsere Eltern kümmern musstest?", stieß sie mit überschlagender Stimme hervor. „So einen Schwachsinn hab ich schon lang nicht mehr gehört. Wie schaffen das all die anderen bloß?"

„All die anderen haben mich noch nie interessiert."

„Jetzt klingst du so bockig wie die Schüler, über die du dich bei jedem Familientreffen beschwert hast."

„Du hast mich nie verstanden."

„Du mich auch nicht. Wenigstens darin sind wir uns einig."

Helen trank den Rest des Brandys aus. Gern hätte sie sich ein weiteres Glas gegönnt. Irene hatte an ihrem nur genippt.

„Ich will von dir wissen, ob du Geld haben willst", sagte Irene.

„Deshalb bist du hier. Wegen dem Geld."

„Wegen des Geldes."

Helen fing an zu kichern und schob ihrer Schwester das Brandyglas hin. „Schenk mir bitte nochmal ein, Frau Lehrerin. Um es deutlich zu sagen: Ich will von dir kein Geld. Werde glücklich mit dem Erbe."

Irene sah sie zweifelnd an. „Meinst du das ernst?"

„Sicher. Ich bin weder betrunken noch verrückt. Behalte alles. Verkauf das Haus, oder verkaufe es nicht. Ich brauch davon nichts."

„Gibst du mir das schriftlich?"

„Klar, hast du was zum Schreiben hier?"

„Nein." Irene sprang auf und ging zum Fenster. Minutenlang sagte niemand etwas. Helen beugte sich nach vorn und goss sich selbst einen Brandy ein.

„Im Keller stehen Kisten mit Sachen, die Mami gehört haben. Ich habe nichts Wichtiges weggeschmissen. Vielleicht möchtest du einige Teile zur Erinnerung aufheben. Wir könnten auch die Fotoalben durchsehen."

„Du denkst, jede von uns sollte ihre Babyfotos bekommen."

„Wir schneiden die durch, auf denen wir beide drauf sind."

„Du kannst ja richtig witzig sein."

„Ich hab beschlossen, mit der Arbeit aufzuhören. Ich

kauf mir ein Wohnmobil und geh auf Reisen. Quer durch Europa."

„Das meinst du nicht wirklich, oder?"

„Das ist mein voller Ernst." Irene drehte sich zu Helen hin. „Ich weiß noch nicht, ob ich das Haus in Leverkusen verkaufe oder vermiete. Wenn ich es verkaufe, bekommst du einen Teil des Geldes."

„Ich will von dir gar nichts."

„Dann geht es an Ben und Sophie. Wenn mir was passiert, beerben die beiden mich sowieso."

„Du hast ein Testament gemacht?"

„Klar, du nicht? Ich hab doch keine Familie außer euch." Sie setzte sich zurück in den Sessel. „Nein, stimmt nicht mehr. Ich hab Jasper."

Helen wusste nicht, was sie sagen sollte. „Du erstaunst mich", brach es schließlich aus ihr hervor.

„Ist das im positiven Sinne gemeint?"

„Ja."

„Gut."

„Wie soll es weitergehen mit uns?"

„Darüber habe ich nachgedacht. Mir würde es helfen, wenn du irgendwann anerkennen könntest, was ich geleistet habe. Bei der Pflege von Mami. Das war nicht einfach, kannst du mir glauben. Tag und Nacht da zu sein, mir ihr Gejammer anzuhören, die Schmerzen. Sie zu waschen und auf die Toilette zu bringen. Kaum freie Zeit für mich. Kein Urlaub. Kein freies Wochenende."

Ein Stich durchfuhr Helens Brust. „Ich hab auch nachgedacht. Wir sind ein Stück weit das Produkt unserer Erziehung. Ich erkenne an, was du getan hast. Auch wenn du Mamis Lieblingstochter warst, war es schwer."

„Danke."

„Glaubst du, wir können irgendwann wieder einen halbwegs normalen Kontakt haben?"

„Wünschst du dir das?", fragte Irene und rückte im Sessel bis zur Kante vor.

„Ich bin dankbar, dass ich noch eine Chance bekommen habe, etwas zu verändern. Die Ärzte haben mir gesagt, dass es auch anders hätte ausgehen können. Wenn man mich zu spät in die Klinik gebracht hätte. Du bringst mich zur Weißglut, aber ich will dich nicht mehr bekämpfen. Das Leben ist zu kurz und endet zu hundert Prozent tödlich."

„Das klingt nahezu weise."

„Ich gebe mir Mühe."

„Ich habe eine Bitte. Ich würde gern den Kontakt zu Ben und Sophie nicht verlieren. Bitte, steh mir nicht im Weg."

„Du kennst mich wirklich nicht. Ich würde den Kindern nie verbieten, mit dir Umgang zu haben. Abgesehen davon, dass sie auf mich sowieso nicht hören würden."

„Du weißt genau, was ich meine."

Helen seufzte. „Sophie hat mich mehrfach beschworen, dich anzurufen. Ich erzähl ihr, dass wir uns getroffen haben. Ruf sie an, Ben natürlich auch. Bin sicher, dass sich beide freuen, wenn du ihnen mit eigenen Worten berichtest, wie du zu Jasper gekommen bist."

„Danke."

Helen spürte, wie ihr die Augen zufielen. Hinter ihren Schläfen pochte es.

„Ich glaub, ich gehe jetzt besser, du siehst auf einmal ziemlich fertig aus. Melde dich, wenn du die Briefe haben willst. Oder die Fotoalben. Tschüss."

Wie durch eine Nebelwand bekam Helen mit, dass Irene aufstand. Das Zufallen der Haustür hörte sie nicht mehr.

Schweiß ran an ihrem Körper hinunter. Das Meer leuchtete türkisblau und lockte. Wellen, die sie trugen. Auf dem Rücken treiben. Schwerelos sein.

Irgendetwas Feuchtes strich über ihr Gesicht, drückte auf die Brust. Helen öffnete die Augen und sah sich der Knopfnase von Charlie gegenüber. „Runter mit dir."

Mühsam richtete sie sich auf. Die Decke war zu Boden gefallen, auf dem Tisch standen die leeren Tassen und Gläser. Und die Brandyflasche. Der Alkohol hatte sie umgehauen. Oder Irene.

„Du bist aufgewacht. Hoffe, der Brandy hat geholfen." Marlene kam lächelnd mit Max auf sie zu."

„Entschuldigung, dass ich mich einfach bedient habe. Es war … hat … geholfen."

„Ah, ihr seid nicht wie die Kampfhennen aufeinander losgegangen?"

„Zwischendurch ging es durchaus hoch her. Abgesehen davon, dass ich vom körperlichen Zustand einer Kampfhenne weit entfernt bin"

Marlene setze sich auf den Sofarand und sah sie prüfend an. „Alles in Ordnung?"

„Ja. Es war richtig, dass wir gesprochen haben. Es fühlt sich besser an."

Marlene strich ihr über den Kopf und sagte nichts, lächelte sie nur an.

32

Daniel stieß mit dem Kopf gegen den Deckenbalken und fluchte lauthals los. Es pochte an der Schläfe, das würde eine dicke Beule geben. Egal. Irgendwo in diesem Chaos mussten seine Golfsachen sein.

Er wühlte sich durch einen Haufen von Winterschuhen, Skiern und Stöcken. Die Kiste mit den Weihnachtssachen lag auf den Koffern und schwankte bedenklich, als er sich vorbeischob. Wann hatten sie zuletzt Weihnachten gemeinsam zu Hause gefeiert?

In der hintersten Ecke, neben einem Karton mit Kinderbüchern, lag sein Golfbag. Eine Spinne hatte ihr Netz von einem der Schläger bis zur Wand gespannt. Daniel wuchtete das Teil hoch und bahnte sich einen Weg durch den Kellerraum. Die Hälfte der Sachen hier konnte ohne Reue dem Sperrmüll übergeben werden. Es war an der Zeit, auch hier unten Platz zu schaffen.

Zurück in der Wohnung, brachte er das Bag auf die Terrasse. Es fehlte nur die gründliche Säuberung, dann stand seiner Golferkarriere nichts mehr im Weg. Schließlich war die Ausrüstung so gut wie neu, kaum benutzt.

Er vermisste Helen. Vor wenigen Tagen hatte er sich auf Mallorca wie im Paradies gefühlt und kaum an sie gedacht. Seit er von dem Unfall erfahren hatte, bohrte es in ihm. Ein Stachel, der schmerzte. Was, wenn Helen nicht mit ihm leben wollte? Wenn sie nicht bereit war, Veränderung zuzulassen?

Gestern Abend hatte er sich mit Lutz auf ein Bier in der Stadt getroffen. Das Büro hatte er gemieden. Er würde an dem Plan, es bis zum neuen Jahr nicht aufzusuchen, festhalten. Beide hatten über die Zukunft der Steuerberaterkanzlei nachgedacht. *Für Vertretungen stehe ich zur Verfügung. Ansonsten steht mein Entschluss fest, ich höre auf.* Daniel pfiff vor sich hin. Die Welt lag ihm zu Füßen. Wenn Helen …

Sein Smartphone klingelte. Unbekannte Nummer. „Jakobi."

„Daniel, hier ist Emilia. Aus Mallorca. Wie geht es deiner Frau?"

„Emilia, das ist aber eine Überraschung. Helen geht es besser, sie durfte raus aus dem Krankenhaus. Eine Freundin hat sie aufgenommen."

„Du bist nicht bei ihr?"

„Nee, bin gerade in Hamburg, meine Golfsachen holen."

„Du denkst ans Golfspielen, obwohl deine Frau dich braucht?"

Daniel hatte verdrängt, wie direkt Emilia war. „Äh, ganz so ist es nicht. Fahre morgen zurück nach Sylt. Helen … sie wollte eine Pause."

„Du hast ihr von Maria erzählt."

„Ja."

„Guter Junge. Wir nehmen Maria unter unsere Fittiche, mach dir keine Sorgen. Ich weiß, wie das ist, wenn die Hormone mit einem durchgehen. Sieh zu, dass du das mit deiner Frau wieder in Ordnung bringst."

„Mhm."

„Ach übrigens, wir haben Flüge gebucht. Sind über Weihnachten auf Sylt in diesem Hotel, hab den Namen vergessen."

„Miramar", murmelte Daniel.

„Genau. Augenblick, warte mal ... Was sagst du, Dorothea? Ich versteh dich nicht, komm näher."

Daniel bemühte sich, nicht loszulachen. Die beiden waren wirklich unglaublich.

„Ach so, wir gehen davon aus, dass wir uns sehen. Zu Weihnachten. Deine Frau wollen wir natürlich auch kennenlernen. Muss aufhören, melde mich wieder. Dorothea, hör auf, den Zitronenbaum zu schneiden. Du verunstaltest den nur."

Weg war sie. Daniel betrachtete das Handy und schmunzelte. Marlene wäre bestimmt entzückt, zwei weitere Gäste auf ihrer Heiligabend-Party zu begrüßen.

✳ ✳ ✳

Mit Einkaufstüten bepackt schob sich Daniel durch die Menschenmassen in Eppendorf. Auf Mallorca hatte es ihm nichts ausgemacht, in Lebensmittelläden zu gehen. Vielleicht weil es dort nicht so ruppig zuging wie hier? Oder war das Einbildung, weil er keine Lust auf das Vertraute hatte? Wobei vertraut nicht bedeutete, dass er in der Vergangenheit unendlich Zeit im Supermarkt verbracht hatte. Helen war diejenige, die sich um den Einkauf kümmerte. Kochen fiel ebenfalls nicht in seinen Zuständigkeitsbereich. Außer Spiegelei und Bratkartoffeln bekam er nicht viel zustande. Im Notfall konnte er eine Dose Ravioli öffnen. Auch daran würde er arbeiten.

Vor der Boutique angekommen, spähte er durchs

Fenster. Von Nicole war nichts zu sehen. Er trat durch die Ladentür und stellte die Tüten neben dem Sofa ab.

„Kleinen Augenblick bitte. Komme sofort", ertönte aus dem hinteren Bereich ihre Stimme. Daniel setzte sich auf die Couch und ließ sich mit einem Seufzer in die Polster fallen. Sekunden später erschien Nicole.

„Ach, du bist es", sagte sie und warf ihm eine Kusshand zu."

„Dir auch einen guten Tag."

„Sorry, war nicht persönlich gemeint. Willst du 'nen Kaffee?"

„Espresso?"

„Klar."

Nicole verschwand, und Daniel hörte, wie sie mit jemandem tuschelte.

„Wie geht es Helen?", fragte Nicole und stellte eine Espressotasse vor ihm ab.

„Von Tag zu Tag besser. Du telefonierst doch bestimmt mit ihr."

„Sie hat mich heute Morgen angerufen, klang aufgeräumt. Fährst du zurück nach Sylt?"

„Morgen."

„Denkst du, ihr ...", druckste sie, „kommt wieder zusammen?"

„Ich hoffe es." Daniel gab Zucker in den Kaffee. „Helen hat dir sicher berichtet, dass ich aufhören möchte zu arbeiten. Auf jeden Fall nicht mehr so intensiv wie früher. Ich will etwas von der Welt sehen, am liebsten mit ihr. Meinst du, dass ihr das mit der Boutique hinbekommt? Man könnte zusätzlich jemanden einstellen. Ich hab das nicht mit Helen besprochen, kann ich ja sowieso nicht entscheiden."

Nicole nickte. „Hat Helen dir erzählt, dass ich im Januar für einige Wochen in Stockholm sein werde?"

„Nein. Was willst du denn dort im Winter?"

„Ich, äh …"

„Sie begleitet mich. Hallo erstmal." Ein großgewachsener Mann mit hellblonden Haaren, bekleidet mit einem dunkelgrauen Anzug, kam auf Daniel zu und schüttelte ihm die Hand. „Sören Holm". Er legte den Arm um Nicole und zog sie zu sich hin.

„Sören, das ist Daniel Jakobi, der Mann von Helen."

„Angenehm."

„Schatz, ich muss los. Melde mich heute Abend." Er küsste Nicole und winkte Daniel zu. „Man sieht sich."

„Ich wusste gar nicht, dass du einen neuen Freund hast."

„Du warst ja auch nicht im Lande."

„Touché."

Nicole setzte sich neben ihn auf die Couch. „Denkst du, sie kommt wieder in Ordnung?"

Daniel drehte sich zu ihr hin. „Körperlich auf jeden Fall. Hat sie dir von ihrer Schwester erzählt?"

„Ja, die beiden haben sich gestern ausgesprochen."

„Sieh mal an, das ist mir auch neu."

„Frag einfach mich, wenn du Infos brauchst." Nicole kicherte so ansteckend, dass er mitlachen musste.

„Wir bleiben Weihnachten auf Sylt, kommen spätestens im neuen Jahr zurück. Du kannst nach Schweden aufbrechen. Zur Not helfe ich Helen hier."

„Na, das wär bestimmt der Hit."

✳✳✳

Der Autozug war ihm vor der Nase davongefahren. Daniel lenkte den Audi am Kassenhäuschen vorbei in die erste Warteschlange. Zeit für eine Currywurst mit Pommes. Als die Kinder klein waren, gehörte das zum Beginn des Urlaubs. Daniel stieg aus und schlug den Kragen seiner Jacke hoch. Er fröstelte. Im Kofferraum befand sich neben den Golfsachen eine Tasche mit Wintersachen. So wie es sich anfühlte, würde er die brauchen.

In Westerland angekommen, überlegte er, ob er bei Marlene vorbeifahren sollte. Besser nicht. Helen musste sich melden. Er würde ihr eine kurze Nachricht schicken. Erzwingen konnte man gar nichts.

Sollte er Jasper anrufen? Sich mit ihm auf ein Bier in der Lässig-Bar treffen? Oder bei Gosch? Vielleicht hatte Irene auch Lust? Wenn sie sich wirklich mit Helen getroffen hatte, konnte er ebenfalls mit ihr reden, ohne dass Helen beleidigt sein würde. Wer weiß, eventuell gab es in der Zukunft sogar wieder Familienzusammenkünfte. Mit Jasper würden die sicher deutlich entspannter werden. Sein Handy klingelte. Sophie war am Apparat.

„Hallo meine Süße, bin zurück auf Sylt. Alles okay bei dir?"

„Ich ruf an, um zu fragen, wie es dir geht."

„Bei mir ist alles im grünen Bereich."

„Du hast mit Mami gesprochen?"

„In den letzten Tagen nicht mehr. Warum?"

„Ich hab mit ihr telefoniert. Sie hat sich mit Tante Irene ausgesprochen. Ein kleines Wunder."

„Manchmal bewirkt so ein Unfall, dass man über sein Leben nachdenkt. Selbst, wenn man nicht unmittelbar betroffen ist."

„Ja. Wenn du Tante Irene triffst, grüß sie bitte von mir. Ich bin echt erleichtert, dass die beiden nochmal einen Versuch wagen."

„Und ich erst. Vor allem für deine Mutter."

„Vertragt ihr euch wieder?"

Daniel stockte. Er wusste nicht, was genau Helen erzählt hatte. „Das wird schon."

„Ich drück dir die Daumen. Mami auch. Komme auf jeden Fall in diesem Jahr noch nach Sylt."

„Mach das. Freue mich immer, wenn ich dich sehe."

„Tschüss."

Daniel räumte die Lebensmittel in die Schränke. Danach würde er sich eine Portion Scampi mit Knoblauch gönnen. Und ein Pils. Das Treffen mit Jasper verschob er. Morgen war schließlich auch noch ein Tag.

33

Helen wohnte jetzt bald eine Woche bei Marlene. Seitdem sie mit Irene gesprochen hatte, fühlte sie sich nicht mehr so getrieben. Eine Last weniger. Das nächste Mal würde sie ihre Schwester zu Weihnachten sehen. Auf Marlenes Heiligabend-Party. Das war in Ordnung. Irene hatte sich verändert, sie sich auch. Dieser Gedanke führte sie direkt zu Daniel. Er bewohnte das gemietete Appartement. Sollte sie zu ihm ziehen? Sie konnte schließlich nicht ewig die Gastfreundschaft von Marlene ausnutzen. Die Alternative war, dass einer von ihnen von der Insel abreisen musste. Wenn, dann er, dachte sie trotzig.

Charlie lag neben ihr auf der Bettdecke und zuckte im Schlaf. Hundeträume. Heute war sie das erste Mal mit ihm zusammen im Garten gewesen, hatte ihn beim Herumtoben mit Max beobachtet. Charlie war durch das Gartentor geschlüpft und hatte Mäxchen von draußen angebellt. Der kleine Schlawiner liebte es zu provozieren. Sein Hundefreund stand auf der anderen Seite, wartete geduldig. Helen, die auf einer Bank in der Sonne saß, rief ihn zu sich und kraulte ihn ausgiebig am Rücken. Der eifersüchtige Terrier reagierte sofort und schoss unter dem Zaun auf sie zu. Wenn nur alles so berechenbar wäre wie Charlie.

Quatsch, besann sie sich und sah zum wiederholten

Male auf die gestrige Nachricht von Daniel. *Bin wieder da, willst du mich sehen?* In einem vorhersehbaren Leben würdest du dich zu Tode langweilen.

Es klopfte, und Marlene trat mit einem Tablett in den Raum. „Na, ausgeschlafen? Lass uns Tee zusammen trinken. Mit Keksen natürlich."

„Du mästest mich."

„Stimmt. Schadet dir aber nicht." Marlene, die über ihrem Kleid einen Malerkittel trug, lächelte sie an. „Du siehst jeden Tag besser aus."

„Das verdanke ich deiner liebevollen Pflege. Pass nur auf, dass Charlie und ich uns hier nicht auf Dauer einquartieren."

„Davor hab ich keine Angst. Du bist mir hier sehr willkommen."

Helen setzte sich aufrecht hin und trank einen Schluck. „Ich muss mich der Realität stellen. Entscheiden, wie es weitergehen soll. Mit mir und Daniel."

Marlene sah sie aufmerksam an. „Was sagt dein Herz?"

„Sollte nicht lieber mein Verstand gefordert sein?"

„Hör auf dein Bauchgefühl. Du bist eine selbständige Frau, finanziell nicht auf Daniel angewiesen. Eine exzellente Ausgangsposition, um eine Ausrichtung zu finden."

„Das klingt nicht romantisch."

„Soll es auch nicht. Romantik ist ein Geschenk, aber nicht das, was eine Beziehung letztlich ausmacht. Vertrauen, sich aufeinander verlassen können. Und Sex natürlich." Marlene kicherte.

„Soso." Helen fiel in das Gelächter ein. „Mein Sexleben liegt derzeit brach." Nachdenklich sprach sie weiter:

„Daniel hat mich betrogen. Ich bin mir nicht sicher, ob ich ihm noch vertrauen kann."

Marlene sah sie forschend an. „Ist schwierig." Sie griff nach einem Keks und biss ein Stück ab. „Immerhin hat er es dir sofort von sich aus erzählt."

Helen streichelte Charlie über den Bauch. „Und er ist hierhergekommen."

„Ja, ist er. Er hatte eine Riesenangst um dich. Trotzdem …"

„Trotzdem?"

„Du musst dir sicher sein, dass du ihm verzeihst. Du musst das fühlen. Sonst wird das nicht funktionieren."

„Setzt du dich mal bitte kurz zu mir", bat Helen. Sie gab Charlie einen Stupser. Er sprang vom Bett und sah sie beleidigt an.

„Na klar." Marlene nahm auf der Kante Platz.

Helen roch ihr herbes Parfum und breitete die Arme aus. „Ich muss dich dringend umarmen."

✳ ✳ ✳

Das Prasseln des Regens, der gegen die Fensterscheiben drückte, weckte Helen am Montag in der Frühe. Sie hatte durchgeschlafen, traumlos. Gestern war Irene abgereist, bei strahlendem Sonnenschein. Jasper hatte sie zum Zug gebracht und ihr abends ausgerichtet, dass sie sich bei der Schwester melden solle. Wegen der Fotoalben und der Kisten mit den Sachen von Mami. *Sie wünscht dir gute Besserung.*

Der Knoten in ihrem Bauch hatte sich gelöst. Helen fühlte sich tatendurstig, nicht mehr so gelähmt. Das erste Mal seit Monaten. Sie würde Nicole anrufen. Ihr versichern, dass sie ab Januar in der Boutique zur Verfügung stehe. In ein paar Wochen würde sie wieder fit sein. Die Frühjahrskollektion war längst eingetroffen, sie freute sich auf die ausgesuchten Stücke. Auf ihre Kundinnen.

Helen stand auf und ging zum Fenster. Es war noch dunkel, das Wasser lief die Scheibe hinunter. Sie malte einen Kringel auf das Glas. Es war richtig gewesen, auf die Insel zu fahren. Alles hinter sich zu lassen und es wiederzufinden. Sich wiederzufinden. Nach dem Frühstück würde sie telefonieren: mit Nicole, den Kindern und mit Daniel.

✳ ✳ ✳

Marlene hatte ihr das Haus für den Abend überlassen. Sie war mit Jasper verabredet und würde bei ihm übernachten. *Ihr braucht ein wenig Zweisamkeit und mir schadet die Abwechslung nicht. Morgen Vormittag bin ich wieder da.* Max hatte sie mitgenommen. Der Tisch in der Küche war gedeckt, Daniel hatte ihr gesimst, dass er Essen von Gosch mitbringen würde.

Helen wartete im Wohnzimmer. Es fiel ihr schwer, sich auf ihren Krimi zu konzentrieren. Sie ertappte sich dabei, dass sie umblätterte, ohne die Worte aufzunehmen. Charlie schien ihre Unruhe zu spüren, er lag neben ihr auf dem Sofa, dicht an sie gekuschelt. Endlich schellte es. Der Yorkshire sprang von der Couch und peste bellend in den Flur. Die Rolle des Haushundes hatte er mühelos übernommen.

Sie öffnete die Tür und blickte direkt in die Augen

von Daniel. So vertraut. Ein Engegefühl machte sich in ihrem Brustkorb breit, ließ sie schlucken.

„Hallo", sagte sie etwas lahm und trat zur Seite. Der Hund hüpfte um ihn herum.

„Guten Abend, ihr beiden." Daniel stellte zwei Tüten auf den Boden und gab Helen einen Kuss auf die Wange. „Du siehst gesünder aus. Gott sei Dank." Charlie winselte und krallte sich mit den Vorderpfoten an seiner Jeans fest. Er beugte sich zu ihm hinunter und kraulte ihn. „Na Kleiner, geht's dir gut?" Der Hund drehte sich sofort auf den Rücken und genoss die Streicheleinheiten am Bauch.

Helen beobachtete die Szene. Ihr Herz klopfte, sie presste die Hände zusammen. Die Jacke, die Daniel trug, kannte sie nicht. „Ist die neu?", fragte sie und zeigte auf das Kleidungsstück.

„Ja. Ich hab sie mit anderen Sachen im Golfladen erstanden."

„Hast du hier schon gespielt?"

„Ja. Überlege, im Club in Braderup Mitglied zu werden."

„Hm." Helen bückte sich nach den Tüten.

„Kommt gar nicht in Frage, du sollst nichts tragen." Daniel gab Charlie einen Klaps und folgte ihr mit dem Essen in die Küche. „Ist alles frisch. Ich habe uns auch einen Weißburgunder mitgebracht. Setz dich bitte, ich kümmere mich."

Er holte eine Flasche hervor, drehte den Schraubverschluss auf und goss ihr und sich ein. Suchend sah er sich um und öffnete einen der Schränke. Helen probierte den Wein. Fruchtig und erfrischend zugleich. Seit dem Brandy mit Irene hatte sie keinen Alkohol mehr getrunken. Es klapperte. Sie sah aus dem Augenwinkel, wie Daniel eine Schüssel herauszog.

„Ich hab uns Thai-Nudeln mit Flusskrebsfleisch geholt. Und Milchreis zum Nachtisch. Hoffe, das ist in Ordnung."

Es roch nach Meer und Curry. Eine ihrer Lieblingsspeisen. Helen merkte, wie ihr das Wasser im Mund zusammenlief. Ihr Appetit schien trotz der angespannten Situation nicht gelitten zu haben.

„Danke. Ich hab richtig Hunger."

Daniel prostete ihr wortlos zu, und sie fingen an zu essen. Die Kombination aus der Schärfe der Chilischoten, Kokosmilch und Currypaste war köstlich. Sie nahm mit der Gabel ein bisschen Flussfleisch auf und betrachtete es. „Ich wollte das immer nachkochen. Muss mich mal erkundigen, ob man mir das Rezept verrät."

„Die genaue Zusammensetzung wirst du vermutlich nicht bekommen."

„Vielleicht kann mir Jasper helfen, der kennt da jemanden."

„Jasper ist ein wirklich netter Kerl."

„Ja. Er und Marlene passen wunderbar zueinander."

„Darf ich dich was fragen?"

„Sicher." Helen legte ihren Löffel zur Seite. Würde er jetzt über ihre Beziehung sprechen?

„Hast du dich mit Irene ausgesöhnt?"

Sie nahm das Besteck wieder auf und schob die Nudelreste zusammen. „Ausgesöhnt ist das falsche Wort. Wir haben lange gesprochen und die unterschiedlichen Sichtweisen jeweils akzeptiert." Helen spießte mit der Gabel eine Cocktailtomate auf. „Ich werde meinen Pflichtteil nicht einfordern. Sie will alles den Kindern vermachen. Und sich ein Wohnmobil kaufen."

„Das mit dem Wohnmobil hat sie mir auch erzählt. Wir haben uns zweimal getroffen." Er sah sie an und ergänzte hastig: „Mit Jasper."

Helen kaute auf der Tomate herum und ließ sich Zeit. „Du bist mir keine Rechenschaft schuldig."

„Bin ich nicht?"

„Nein."

Daniel räumte die Teller ab und stellte sie in die Spüle. „Hast du noch Lust auf den Milchreis?"

„Später vielleicht. Für den Augenblick bin ich satt."

„Wollen wir hier sitzen bleiben oder lieber ins Wohnzimmer wechseln? Da kannst du dich auf die Couch legen, ist bequemer für dich."

Helen stütze sich beim Aufstehen auf der Tischkante ab. „Ja, nimmst du bitte den Wein mit?"

Mit einem Seufzen legte sie sich auf das Sofa und breitete die Decke über sich aus. Es kribbelte in ihrem Bauch. Sie versuchte, Gewicht abzugeben, die Schultern zu entspannen. In den letzten Tagen hatte sie sich auf dem Tablet ein paar Yogavideos angesehen. Einer ihrer Vorsätze für das nächste Jahr.

„Es geht mir wirklich schon viel besser, ich brauch nicht mehr den ganzen Tag herumzuliegen", sagte Helen und wackelte mit den Füßen. Daniel schob das Weinglas in ihre Richtung. Charlie nahm Anlauf und sprang auf das Sofa, wo er sich zu ihren Füßen einige Male um sich selbst drehte, bevor er sich zusammenrollte. „Wenn es nach Charlie ginge, sollte ich nur ruhen. Abgesehen von den Zeiten, wo er am Strand herumtollen möchte. Wird schwer, ihm das Auf-das-Bett-Hüpfen wieder abzugewöhnen." Helen stoppte. Was redete sie für ein belangloses Zeug?

„War er jemals anders?"

„Nein." Helen bemühte sich um ein Lächeln und trank hastig einen Schluck Wein. Fang endlich an zu reden, feuerte sie sich an.

„Wir müssen …"

„Willst du …", fingen beide an zu sprechen.

Daniel grinste und streckte seine Beine aus. Er hatte sich den Ohrensessel herangezogen und saß, die Unterarme auf den Lehnen, kerzengerade. Auf Helen wirkte er komplett entspannt.

„Du zuerst", sagte sie und nippte erneut am Wein.

„Ich weiß gar nicht, wo ich anfangen soll. Ich glaub, ich war schon lange nicht mehr so nervös."

„Was? Auf mich wirkst du wie die Gelassenheit in Person."

„Alles Tarnung." Er beugte sich vor. „Helen, ich will, dass wir zusammen leben, zusammen lachen, die Welt erkunden, unser Dasein genießen." Er breitete die Arme aus. „Ich schätze, ich hab noch nie so viel über uns nachgedacht wie in den letzten Tagen. Ich weiß, dass ich Fehler begangen habe. Eine Menge sogar. Ich hab zu exzessiv gearbeitet, nicht auf mich geachtet und dich für sämtliche Dinge verantwortlich gemacht, die schief liefen. Auf Mallorca ging es mir seit ewiger Zeit mal wieder richtig gut."

Helen öffnete den Mund. „Ich …"

„Bitte, lass mich erst ausreden." Daniel gestikulierte wild. „Nicht, weil ich mit einer anderen Frau geschlafen habe. Okay, das hat mir auf eine Art und Weise gefallen. Hab mich begehrt gefühlt. Was ich meine, ist … ich habe mich wieder gespürt, hab das getan, was ich wollte. Mich erinnert. War nicht so fremdbestimmt."

Er lehnte sich zurück und sah Helen an. Die wich seinem Blick nicht aus. Ihr Herz klopfte schnell, so hatte er noch nie mit ihr gesprochen.

„Was ich eigentlich sagen will, ist, bitte verlass mich nicht. Ich weiß, dass wir es besser machen können. Dass ich es besser machen kann."

Helen schluckte. Charlie bewegte sich zwischen ihren Füßen. Träumte. „Ich hab auch nachgedacht. Mache seit Wochen kaum was anderes. Ich war so wütend auf dich. Darauf, dass du mich im Stich gelassen hast. Kein Verständnis für meine Probleme mit Irene hattest. Nach Mallorca abgehauen bist. Ich war nur mit mir beschäftigt. Mit meinem Schmerz." Sie ballte die Hände zu Fäusten und löste sie wieder. „Der Unfall war ein Glücksfall, das hab ich begriffen. Ohne den wärst du im Süden, und ich würde weiter grollen. Unsere Kommunikation ist definitiv ausbaufähig." Sie holte ein Taschentuch hervor und wischte sich über die Augen. „Der letzte Satz stammt übrigens von Sophie."

„Sie hat recht."

„Ja." Helen zerknüllte das Tuch und schob es unter die Decke. „Marlene hat gesagt, dass ich es fühlen muss, wenn ich dir verzeihe. Dein Fremdgehen."

„Marlene ist eine weise Frau." Daniel sprang auf und ging zum Kamin. Mit dem Schürhaken stocherte er in der Asche herum. „Kannst du mir denn vergeben?"

Helen beobachtete ihn von hinten. Seine vertraute Gestalt, die grauen Strähnen in seinem Haar. „Wir müssen uns verzeihen, das habe ich inzwischen begriffen. Wir sind beide verantwortlich. Ja, ich will einen Neustart mit dir. Vielleicht schaffen wir es nicht allein. Dann holen wir uns professionelle Hilfe."

Daniel drehte sich um, der Schürhaken fiel zu Boden. Charlie schreckte auf und schüttelte sich, bevor er vom Sofa hüpfte.

„Meinst du das ernst?", fragte er mit heiserer Stimme.

„Ja."

„Darf ich …" Er stockte, sah sie an und versuchte es erneut. „Darf ich dich küssen?"

Helen fing seinen Blick ein. Tränen flossen über ihr Gesicht. „Bitte."

✳ ✳ ✳

Später lag ihr Kopf in seinem Schoß. Mit geschlossenen Augen atmete sie den wohlbekannten Duft ein. Sandelholz und Moschus. Seine Hand streichelte ihre Wange. Sie fühlte sich schwerelos und schläfrig zugleich. Geborgen.

„Soll ich mit Charlie nochmal rausgehen? Der Kleine drückt sich vor der Tür herum."

Helen versuchte, sich aufzurichten.

„Warte, ich helfe dir." Er umfasste ihre Schultern und schob sie nach oben.

„Ich bin so unbeweglich wie ein Sack Zement", keuchte sie, als sie neben ihm saß.

„Stimmt."

Helen knuffte ihn in die Seite. „Du musst mich nicht in allem beim Wort nehmen. Ich geh ins Bett. Der Schlüssel steckt von innen. Kann sein, dass ich schon schlafe, wenn du zurückkommst. Marlene übernachtet bei Jasper. Fühl dich frei, morgen früh mit Charlie zum Bäcker zu laufen und Brötchen zu holen."

„War das eine Einladung?"

„Ich denke nicht, dass wir zusammen in das Gästebett passen. Der Platz an meiner Seite wird derzeit vom Hund belegt." Sie kicherte. „Du darfst mir aber einen Gutenachtkuss geben, wenn du magst."

„Ich mag."

Daniel zog sie sanft zu sich heran und küsste sie. Er schmeckte nach Zitrusfrüchten. Neu und gleichzeitig doch vertraut. Schwer atmend lösten sie sich voneinander.

„Wir lassen uns Zeit, gehen es langsam an", sagte Daniel und half ihr auf die Beine.

„Das tun wir. Schlaf schön."

„Du auch."

34

In der Nacht hatte es gefroren. Auf den Hagebutten-hecken glitzerte der Raureif in der Sonne. Noch eine Woche bis Weihnachten. Helen schlenderte durch Wester-land, auf der Suche nach Geschenken. Ben und Sophie hatten sich zu einer Stippvisite am zweiten Weih-nachtstag angekündigt. Daniel war es gelungen, für beide Pensionszimmer zu buchen.

Wie jedes Jahr feierte Marlene den Heiligen Abend mit alten und neuen Freunden. Immer, wenn sie sie besuchte, stand Marlene am Herd und fabrizierte Unmengen an Keksen. Im Haus roch es wie in einer Weihnachtsbäckerei. *Ich kann gar nicht so schnell backen, wie die Plätzchen verputzt werden,* sagte sie vergnügt und füllte die Dose für Helen mit Weihnachtsgebäck auf. Daniel behauptete, dass er zugenommen habe. *Obwohl ich mich so viel bewege wie nie zuvor.*

Helen hatte angeboten, Marlene bei den Party-vorbereitungen zu helfen. Sie verfügte schließlich in ihrem Appartement ebenfalls über eine eingerichtete Küche. Marlene hatte dankend abgelehnt. *Mona kommt mit Tobias und einer Wagenladung voll mit Essen. Wir werden nicht verhungern.* Schlussendlich hatte Daniel zwei Kisten Wein und einen Karton Champagner besorgt und direkt vor Marlenes Tür anliefern lassen.

✳ ✳ ✳

In Paulinas Bücherstube wartete eine Dame vor der Kasse. Kim war dabei, einen Bildband in goldenes Papier einzupacken. Helen nickte ihr grüßend zu. Paulina saß in ihrem Ohrensessel, die obligatorische Teekanne auf einem Tischchen neben sich. Zwischen Weihnachtsbüchern und den Bestellern auf dem Büchertisch stand eine kleine Tanne in einem Topf, geschmückt mit roten Kugeln und Strohsternen.

„Moin Helen", sagte Paulina und rückte die Füße, die auf dem Fußbänkchen lagen, ein Stück zur Seite. „Setzt dich doch. Möchtest du eine Tasse Tee mit mir trinken? Wo ist Charlie?"

Helen gab ihr einen Kuss auf die Wange. „Hallo meine Liebe, Charlie ist mit Daniel und Max am Strand. Ich nehme gern einen Tee. Soll ich mir von hinten eine Tasse holen?"

„Ja bitte. Kim ist gerade beschäftigt und Arno unterwegs."

Helen ging an Kim vorbei durch den Gang in die Küche, wo sie auf der Ablage neben der Spüle einen Becher fand.

Sie goss sich selbst den Earl Grey ein. Das richtige Getränk für einen kalten Tag im Dezember. „Ich möchte ein paar Bücher verschenken, an Sophie und Ben. Außerdem welche für Marlene, Jasper und für mich. Und einen Campingführer für Irene."

Paulina klatschte in die Hände und strahlte sie an. „Was für eine zauberhafte Idee. Kim ist bestimmt gleich frei und wird dich unterstützen."

„Ich dachte, du kannst mich beraten."

Die Augen der alten Dame funkelten vergnügt. „Wenn du auf die Empfehlung einer betagten Frau Wert legst."

„Das tue ich."

Unter großem Gelächter und mit Hilfe von Kim stapelten sich neben dem Sessel nach und nach in rotes, grünes und goldenes Papier eingewickelte Bücher. Paulina bestand darauf, die Romane, die Helen für sich ausgesucht hatte, ebenfalls einzupacken. „Das Auspacken von Geschenken gehört zu Weihnachten dazu. Das gilt besonders für die Sachen, die man sich selbst schenkt."

Helen nickte und freute sich über den Eifer von Paulina. Mit ihr wurde es nie langweilig.

„Ihr kommt doch auch zu Marlenes Weihnachtsfeier?"

„Na klar. Das köstliche Essen und die liebe Gesellschaft lassen wir uns auf keinen Fall entgehen. Ups …" Sie schlug sich vor den Mund und kicherte. „Natürlich andersherum."

Helen fiel in das Lachen ein. „Ich weiß genau, was du meinst."

„Sag mal", sagte Paulina und verzog die von Falten durchzogene Stirn zu noch mehr Falten. „Wie ist das nun mit dir und Daniel ausgegangen? Seid ihr wieder gut miteinander?"

„Ja, das sind wir. Wir haben uns ausgesprochen, verbringen Zeit zusammen und fahren sogar einmal in der Woche zu einer Paartherapeutin nach Husum."

Paulina fummelte an ihrer Lesebrille, die sie an einer Kette um den Hals hängen hatte. „Ihr macht das richtig. Sprechen ist wichtig. Keine großen Geheimnisse voreinander haben, kleinere sind in Ordnung. Glaub mir, ich kenne mich aus."

„Hast du während deiner Ehe mal einen anderen

Mann angeschaut? Du musst mir das natürlich nicht beantworten."

„Kucken schadet nicht," Paulina sah sie verschmitzt an. „Arno und ich, wir haben unsere Krisen gehabt. Bleibt nach beinah sechzig Jahren Zusammensein nicht aus. Wäre sonst zu langweilig. Wir haben es trotzdem geschafft, uns irgendwie immer wieder zusammen-zuraufen. Sind aufeinander zugegangen. Nicht sofort, manchmal hat es gedauert. Am Ende zählt das Ergebnis. Ihr Leute gebt heutzutage viel zu schnell auf. Als ob das nächste männliche Wesen immer die Verbesserung bringt. Den Traumprinzen backt dir niemand. Denk doch an die ganze Erziehungsleistung, die wir bis dahin in den Kerl investiert haben. Bei jedem neuen Mann fängst du erneut von vorne an. Das ist auf Dauer zu anstrengend."

Helen warf den Kopf nach hinten und fing an, lauthals zu lachen. „Darüber hab ich noch nie nachgedacht", japste sie zwischen den Lachflashs. „Paulina, du bist gött-lich."

Auf dem Weg zurück zu ihrem Auto kam Helen an einem Reisebüro vorbei. „Frühling auf Mauritius" war mit bunten Buchstaben unter ein Plakat geschrieben, auf dem ein weißer Strand mit Palmen abgebildet war. Dahinter leuchtete türkisblaues Meer. Der Indische Ozean. Delfine. Sie blieb stehen und fixierte das Bild, bevor sie mit einem Ruck die Ladentür öffnete. Weih-nachten lag in der Luft. Und die Verheißung auf etwas Neues.

Danke

Auch dieses Buch ist nicht ohne die Hilfe anderer entstanden.

Meine Lektorin Eva Maria Nielsen hat mich bei der Entstehung des Romans von Anfang an begleitet und war zwischendurch genauso gespannt wie ich, wie die Geschichte weitergehen würde. Danke, Eva Maria, für deine immer wieder wertschätzenden Anmerkungen.

Ira Wundram, meine Korrektorin und Buchgeburtshelferin, hat detektivisch alle Fehler aufgespürt, den Buchsatz gestaltet und mich durch die technischen Prozesse der Veröffentlichung geführt. Es ist ein sehr beruhigendes Gefühl, liebe Ira, dass du mir zur Seite stehst.

Wie auch beim letzten Roman habe ich zwei Testleserinnen gebeten, vorab zu lesen. Ohne meine Mitarbeiterin und Leseratte Alexandra Galinski (sie liest tatsächlich noch mehr als ich) hätte die pinkfarbene Ente in diesem Buch keinen Auftritt. Sie war es, die mich mehr oder weniger dezent darauf hinwies, dass Charlie statt mit einer Gummimaus auch mit einer pinkfarbenen Ente spielen könnte.

Meine Freundin Dorothee Zanger aus Hamburg hat den Roman gelesen und mir postwendend zurückgeschrieben, dass die Zeit reif sei für eine erneute gemeinsame Reise nach Sylt. Zu den Originalschauplätzen sozusagen. Das machen wir, meine Liebe.

Nahezu stoisch erträgt mein Mann, dass sich ab und zu eine pinkfarbene Ente vordrängelt, die dringend fotografiert werden muss. Auch die kleineren Missgeschicke, wie angebranntes Essen im Ofen (das Kapitel musste unbedingt beendet werden), nimmt er klaglos hin. Besser kann es die Autorin nicht antreffen.

Zum Schluss mein aufrichtiger Dank an Sie, dass Sie bis hierhin gelesen haben. Wenn Sie mehr aus meinem Autorinnen- und Anwältinnenleben erfahren möchten, empfehle ich Ihnen meinen Newsletter. Die Anmeldung dazu finden Sie auf meiner Website katharina-mosel.de. Natürlich freue ich mich auch über eine Rezension, wenn Ihnen mein Roman gefallen hat.

Vielleicht begegnen wir uns einmal auf meiner Lieblingsinsel?

Lassen Sie es sich gutgehen!

Katharina Mosel
Köln, Juni 2021

Katharina Mosel: Konfetti im Winter – Ein Sylt-Roman

Du musst Konfetti in dein Leben bringen, es bunt und lebenswert gestalten.

Nach dem Tod ihres Mannes flieht die fünfzigjährige Zoey nach Sylt. Alles scheint ohne Sinn. Doch dann trifft sie am Strand auf die Künstlerin Marlene, die mit ihrem Hund mitten im Nordsee-Idyll wohnt. Marlene macht sie mit dem Witwer Moritz bekannt und führt sie nicht nur damit in Versuchung …

Wird Zoey in ihr Leben zurückfinden? Oder doch ein ganz anderes entdecken?

Ein liebevoller und mutmachender Frauenroman – ein Plädoyer für das Leben!

2019, 312 Seiten
eBook und Taschenbuch

Erhältlich überall, wo es gute Bücher gibt: online und im lokalen Buchhandel.

**Katharina Mosel: Frühlings-
wellen – Ein Sylt-Roman**

> *Zuhause ist der Ort, wo man dich
> aufnimmt.*

Die Aussteigerin Henrike kehrt wenige Monate vor ihrem 50. Geburtstag
schweren Herzens auf ihre Heimat-
insel Sylt zurück. Alles, was ihr bisher Sicherheit gab, ist
verloren. Sie zieht bei ihrer Mutter Witta ein, der sie in der
Vergangenheit aus dem Weg gegangen ist.
Aus Geldmangel nimmt Henrike einen Job bei Joris, dem
Bruder ihrer Kindheitsfreundin Ulli, an. Beide kommen
sich näher, aber für Henrike steht fest, dass Sylt nur eine
Zwischenstation ist. Wäre da nicht dieses komische Gefühl,
dass ihr etwas Entscheidendes entgeht. Wieso hat Witta so
viele Freundinnen? Und was belastet Joris? Ist das Inselleben
tatsächlich so trostlos, wie Henrike es in Erinnerung hatte?

> ❚❚ *Der Roman erzählt einfühlsam mit viel Sylt-Flair von
> Menschen, die auch mit 40+ noch Mut zur Veränderung
> haben.*
>
> Heike Steppenrath, Frau Goethe liest

2023, 364 Seiten
eBook und Taschenbuch

Erhältlich überall, wo es gute Bücher gibt: online und im
lokalen Buchhandel.

**Katharina Mosel: Winterkaprio-
len – Ein Sylt-Roman**

*Die Zeit vergeht nicht langsamer,
wenn man stehenbleibt.*

Die im Ruhestand lebende Künstlerin Marlene freut sich auf die all-
jährliche Heiligabendparty in ihrem
Haus auf Sylt. Die Vorbereitungen laufen auf Hochtouren
und eine tierische Geschenkidee hält sie und ihre Umgebung in Atem. Für Marlene kann das Fest kommen, doch
dann trübt das seltsame Verhalten ihres Freundes Jasper
die vorweihnachtliche Stimmung.
Will Jasper ihr gemeinsames Leben auf den Kopf stellen
oder sieht sie Gespenster? Welche Rolle spielt seine plötzlich
auftauchende Bekannte Lydia und wieso hat Marlene auf
einmal das Gefühl, dass ihr Liebster Wichtiges vor ihr ver-
schweigt? Verbirgt er ein Geheimnis oder handelt es sich
nur um den ganz normalen Wahnsinn des Alltags, der zum
Dasein dazugehört?
Eine Geschichte über die Schwierigkeit, mit Veränderungen
umzugehen.

Nach dem Erfolg von „Konfetti im Winter, „Herbstwege"
und „Frühlingswellen" der vierte Sylt-Roman der Autorin.

2023, 240 Seiten
eBook und Taschenbuch

Erhältlich überall, wo es gute Bücher gibt: online und im
lokalen Buchhandel.

Katharina Mosel: Paragrafen und Prosecco – Justitia und das wahre Leben

Ein humorvoller Roman aus dem Leben zweier Anwältinnen
Erzählt wird die Geschichte von Ida und Karla, die zufällig aufeinandertreffen und beschließen eine Anwaltskanzlei zu gründen. Unterstützt werden die beiden von Susi, die ihr Examen wegen Prüfungsangst nicht bestanden hat und ohne die beiden Freundinnen bis ans Ende ihrer Tage kellnern müsste. Schon bald kommen die ersten Aufträge, die so bunt sind wie das wahre Leben. Die jungen Frauen erkennen schnell, dass die Lösung nicht immer im Gesetz steht, sondern Einfühlungsvermögen und Herz erfordert.
Während sich Ida mit der unerwarteten Eifersucht ihres Gatten herumschlagen muss, rutscht Susi von einer amourösen Katastrophe in die nächste. Nur Karla will mit Männern nichts zu tun haben. Das sieht der charmante Kollege aus der Nachbarkanzlei, der ihr mit Rat und Tat zur Seite steht, völlig anders …

2016, 292 Seiten
eBook, Taschenbuch und Hardcover

Erhältlich überall, wo es gute Bücher gibt: online und im lokalen Buchhandel.

Katharina Mosel: Paragrafen und Prosecco – Justitia und andere Katastrophen

Das Paragrafen-und-Prosecco-Team ist wieder da
Susi ist ihr Single Dasein leid, aber kein Mann mit Villa an der Alster beißt an. Liegt es an ihren ausgefallenen Männerwünschen oder kann wirklich nur eine Diät helfen?
Karla kümmert sich um eine unbeabsichtigte Heirat, die sofort aufgelöst werden soll. Welche Rolle spielt dabei die neue Kollegin aus der Nachbarkanzlei, mit der Ida von Anfang an auf Kriegsfuß steht? Ist die wirklich hinter Idas Mann her oder sollte sich Ida lieber um ihre geheimnisvolle Mandantin kümmern, die um jeden Preis unerkannt bleiben will?
Susi, Karla und Ida: Drei Frauen, die unterschiedlicher nicht sein können, und doch immer an einem Strang ziehen, wenn kreative Lösungen für menschliche Katastrophen gefragt sind.
Katharina Mosel erzählt neue Geschichten aus der Kanzlei an der Alster – die charmanteste, lustigste und verrückteste Anwaltsgeschichte des deutschen Buchmarkts.

2018, 264 Seiten
eBook und Taschenbuch

Erhältlich überall, wo es gute Bücher gibt: online und im lokalen Buchhandel.

**Katharina Mosel: Prosecco auf dem Gerichtsflur –
Geschichten aus der Anwaltskanzlei**

Muss man als erfolgreiche Anwältin einen Porsche fahren?
Was passiert, wenn Anwältin und Mandant nicht
zusammenpassen? Und welche Rolle spielen die lieben
Kollegen in der täglichen Arbeit?
Darf eine Scheidungsanwältin romantisch sein und gibt
es ein Leben nach der Scheidung?

Die Kölner Rechtsanwältin Katharina Mosel plaudert in
dreißig Geschichten aus dem Anwältinnenleben – eine
Auswahl von Beiträgen aus ihrem regelmäßig
erscheinenden Newsletter.

2020, ca. 63 Seiten
eBook

Erhältlich überall, wo es gute eBooks gibt.

Katharina Mosel: Sommergolf

Eine Frau in der Mitte des Lebens, die die Liebe aus den Augen verloren hat.

Die erfolgreiche Strafverteidigerin Tine lebt nur für ihren Beruf. Nach ihrem fünfzigsten Geburtstag erhält sie von ihrer Ärztin einen Warnschuss. Sportliche Betätigung ist angesagt. Tine entscheidet sich für das Golfspiel. Gleichzeitig übernimmt sie die Verteidigung einer jungen Frau, die ihren Ehemann erschossen hat. Zwei Dinge, die scheinbar nichts miteinander zu tun haben, wäre nicht der ermittelnde Staatsanwalt auch ein leidenschaftlicher Golfspieler …
Kann Tine ihre Vorurteile über Bord werfen und einen neuen Weg beschreiten?

Ein lebensbejahender und spannender Frauenroman, der Mut zur Veränderung macht.

2020, 336 Seiten
eBook und Taschenbuch

Erhältlich überall, wo es gute Bücher gibt: online und im lokalen Buchhandel.

Katharina Mosel: Vier Mal Frau

Julia steht als erfolgreiche Unternehmerin mitten im Leben und vertreibt sich die Abende mit wechselnden Männerbekanntschaften, während die Yogalehrerin Cecilia von der großen Liebe träumt. Als die gemeinsame Freundin Mona von Lars nach langer Ehe wegen der jüngeren Vanessa verlassen wird, verändert sich auch das Leben der Freundinnen.

Cecilia versucht ihr Glück bei einer Online-Partneragentur, während Mona erste Schritte in die Unabhängigkeit wagt. Julia will ihr Leben keineswegs verändern und muss sich doch auf einmal zwischen der Arbeit und der Liebe entscheiden.

Und dann ist da noch Vanessa, die um ihre Beziehung zu Lars kämpfen muss ...

2021, 2. Auflage, 336 Seiten
eBook und Taschenbuch

Erhältlich überall, wo es gute Bücher gibt: online und im lokalen Buchhandel.